짝

당신의 짝은
지금 행복합니까?

짝

남규홍 지음

당신의 짝은
지금 행복합니까?

지금 내 곁에 있는 사람이,
바로 그 사람이 내 운명이다.

책을 펴내며

어쩌다 보니 나는 짝의 화신이 되었다. 짝에 대한 인생 번뇌 때문에 신년특집 SBS스페셜에서는 〈짝〉 3부작을 만들었고 지금은 애정촌 촌장으로서 날마다 〈짝〉이란 프로그램만 지독하게 생각하며 살고 있다. 그리고 책을 쓰며 또 '짝'이란 말을 수없이 되뇌며 생각하고 또 생각했다. 나의 짝은 도대체 무엇이고 누구인가? 그 여자인가? 저 프로그램인가? 나는 지금 그들에게 좋은 짝인가? 힘의 균형이 무너지면 사물은 무너진다. 어느 것 하나 소중하지 않은 것이 없는데 살다 보면 힘쓰는 곳은 집중되어 있다. 나의 '짝'에는 소홀했고 세상이 보고 있는 저 〈짝〉에는 몰두했다. 모두가 인정한다. 〈짝〉에 올인했고 몰두했다. 벼룩이 제 몸이 동강나는 줄도 모르고 살 속으로 파고들며 피를 빨아먹는 모습, 그것을 몰두라고 했다. 또 그렇게 몰두해서 책 한 권을 써 냈다. 또 미련할 정도로. '짝' 생각만 한 것 같다. TV처럼 한정되고 정해진 말만 하지 않고 나름 하고 싶은 말들을 해서 기분은 좋았다. 이 모든 것이 헛소리가 되지 않는 것은 '그 여자'가 있고 저 프로그램이 있기 때문이다. 짝의 화신으로 살아온 시간이 있기 때문이다. 도대체 언제까지 '짝'만 생각하며 살지는 모르지만 '짝'이란 화두를 가지고 번뇌하는 삶은 당분간 계속될 것이다. 그러나 한치 앞도 알 수 없는 게 인생이다. SBS스페셜 팀에 처음 왔을 때만해도 신년특집 두 번만 하고 갈 줄은 몰랐다. 어떤 키워드를 통해 한국인을 들여다보려는 의도로 '나는 한국인이다' 시리즈를 기획할 때만 해도 '짝' 생각은 없었다. 인간의 욕망 1번지, 2번지를 따지다 보니 '출세'와 '짝'이란 주제를 다루게 되었다. 그것이 사회생활, 가정생활의 핵심 화두이다 보니 개인적인 주관이 많이 들어가는 것은 어쩔 수 없었다.

SBS스페셜 〈짝〉이란 프로그램을 만들 때 분석적이고 이론적인 접근을 하지 말자고 다짐했다. 인생에는 정답이 없는데, 또 강요할 수는 없는 일이다. 다만 인생을 돌아보고 생각해보는 프로그램이었으면 좋겠다고 생각했다. 책을 쓰면서도 그 생각은 변함이 없다. 파란만장한 인생을 사신 어르신 분들도 많은데 감히 '짝'을 가지고 설을 푸는 것은 무리수라고 본다. 다만 내가 살아온 인생과 지금까지 놓고 있지 않는 '짝'이란 화두를 솔직하게 표현하면 된다고 보았다. 대한민국에서 살아가고 있는 중년의 한 남자가 이렇게 생각하고 있구나 하고 편하게 읽었으면 하는 마음으로 썼다. 이 책을 읽고 단 한 쌍이라도 싸움을 그치고 이별을 멈추고 술잔을 기울이는 계기가 될 수 있었으면 하는 것이 작은 바람이다. 살다 보니 제일 고마운 존재가 짝이었기에...

신년특집 SBS스페셜 〈짝〉 방송을 위해 애써 주신 모든 분들께 지면으로나마 감사의 마음을 전한다. '나는 한국인이다 시리즈'를 2년 연속 기획하면서 〈출세만세〉에 이어 〈짝〉에도 절대적인 지지와 도움을 준 민인식 CP, 지성과 카리스마의 새 면모를 느끼게 해준 황정연 작가 그리고 영원한 희망의 상징이고 한번쯤은 저런 여자를 짝으로 둔 남자는 행복하겠다는 생각을 하게 하는 백시원 PD, 독특한 생각과 뛰어난 글솜씨로 좋은 작가가 될 수 있다고 믿는 이은숙 보조작가에게 고마움을 전하고 싶다. 완장촌에 이어 애정촌

을 함께 지어 준 나상원 PD가 있어 좋았고 〈출세만세〉에
이어 〈짝〉까지 헌신해 준 윤대영 촬영감독이 있어 행복했
다. 그들도 그들의 짝도 모두 행복했으면 좋겠다.

아... 그 여자! 나의 짝도 행복했으면 좋겠다.

2011년 12월 남 규 홍

책을 펴내며
Prologue "짝 때문에 내 인생은 풍성해져 간다"

1부 짝의 의미 내게도 좋은 짝이 있었으면...

지금 왜 짝을 이야기하는가?
　　'사랑의 조각배는 일상에 부딪혀 박살났다'_ 18
　　짝에게 당신은 어떻게 해주고 있는가? _ 28
　　짝에게 가장 무례한 한국인을 보았다 _ 29
　　집으로 돌아가지 않는 남자들 _ 33
　　행복해 보이는 그들이 정말 행복할까? _ 35
　　좋은 짝을 만나 행복하게 살아가려는 것은
　　　　모든 인간의 욕망이다 _ 37

짝 없이 살아간다는 것은...
　　음양의 조화를 잊고 살아가는 사람들 _ 41
　　구룡포 연가 _ 45

2부 짝의 탄생 그 황홀하고 순수한 첫 만남처럼

내 님은 어디에 있는가? 나도 짝을 찾고 싶다

종로서적과 교보문고 사이 _ 60
단체 미팅과 소개팅 사이 _ 63
결혼 정보 업체와의 은밀한 거래 _ 68

애정촌의 탄생

완장촌은 애정촌을 낳았다 _ 72
애정촌은 달콤하고 잔혹한 통속 다큐멘터리다 _ 74
애정촌으로 간 짝 없는 12명의 남자, 여자 _ 75

애정촌 들여다보기

만남과 탐색 _ 80
소풍... 그리고 잔인한 점심식사 _ 84
신상공개 그리고 여자들의 선택 _ 88
나는 어떻게 살아왔는가? _ 93
해변의 밤 _ 98
애정촌의 열혈남아 99
남자 1호, 여자 3호를 데리고 해변에 가다 _ 102
선물을 주고받으면 짝이 된다 _ 106
해가 뜨거든 이 꽃을 가져가세요 _ 107
짝을 이루지 못한 자는 애정촌을 떠나야 한다 _ 114
애정이 충만함을 보여주어라 _ 115
애정촌은 무엇을 말하는가? _ 116

3부 짝의 성장 너는 내 운명인가?

님과 함께
남자는 배 여자는 항구 _ 121
날카로운 첫 키스의 추억은... _ 123
온 동네사람이 구경했던 첫날밤 이후... _ 125
사량도에서 만난 여인의 인생 _ 127

한 남자와 두 아내 이야기
아버지와 아들 _ 138
아들과 딸 _ 143
한 남자 두 여자 _ 146
두 아내와 함께 50년 세월이 가고 _ 150
큰 할머니는 행복했을까? _ 154
작은 할머니는 행복했을까? _ 159
남자와 두 아내 그들은 행복했을까? _ 165
장손, 두 할머니와 할아버지에 대해 말하다 _ 171

개울가 외딴집 님과 함께 74년
한마을에 시집온 세 여자 _ 176
'아재 아재' 하다 짝이 된 조병만과 강계열 _ 179
두 손 꼭 잡고 횡성장에 가다 _ 183
나도 할머니 할아버지처럼 살아가고 싶다 _ 186
93세 남자와 88세 여자가 물싸움을 했다 _ 188
조병만 강계열 부부의 가족은 어떻게 짝을 찾아 갔을까? _ 190

통영 야소골 두 남자의 짝
박영안 씨 아내가 갑자기 암에 걸렸다 _ 194
김덕래 최학년 부부는 왜 함께 살아가고 있나? _ 213
너는 내 운명인가? _ 228

interview 우리는 부부입니다 _ 230

4부 짝의 균열과 회복 미워도 다시 한번

잉꼬 새는 지금 왜 울고 있는가?
　메모지로 대화한 부부 _ 238
　당신은 짝으로 인해 행복한가? _ 242

한국의 짝은 지금 어떻게 살고 있을까?
　CCTV 속에 비친 어느 부부의 일상 1 _ 245
　　-귀신이랑 사는 것 같고 벽보고 얘기하는 것 같고...
　CCTV 속에 비친 어느 부부의 일상 2 _ 247
　　-죽도록 사랑해서 결혼했는데...
　CCTV 속에 비친 어느 부부의 일상 3 _ 252
　　-그들은 지금 좀비가 되어가고 있는가?
　CCTV 속에 비친 어느 부부의 일상 4 _ 257
　　-그들만의 여행을 떠나 보았다
　'짝' 또는 '결혼'에 대한 한국인의 마음 _ 261
　좀비가 된 로맨티시스트 _ 263

interview 한국의 아내와 남편
　짝의 균열에 대한 어느 아내의 고백 _ 267
　포장마차에서 만난 남자들 짝에 대해 말하다 _ 271

짝의 회복을 위하여
　추민수 부부의 파란만장 결혼생활 극복기 _ 272
　이용희 할머니의 망부가 _ 281
　좋은 짝이 되기 위한 준비는 되어 있는가? _ 288

Epilogue "네가 있어 다행이야"

Prologue
"짝 때문에 내 인생은 풍성해져 간다"

인생을 절반쯤 통과하고 나니 문득 나는 혼자가 아니라는 것이 실감 났다. 천둥과 번개처럼, 바다와 파도처럼 너와 나는 늘 그렇게 따라 다녔다는 것을 알았다. 돌아보면 그것이 내 뜻은 아니었다. 운명이 었고 신의 명령이었다.

너는 왜 거기에 있고 나는 왜 여기에 있는가?
세상의 수많은 사람들 중에 왜 너는 나와 살고 있는가?

수없이 칼을 쳐서 매듭을 잘라내도 매이고 또 묶였다.

누가 우리를 굴비 두름처럼 엮어 놓고 새장 안 잉꼬처럼 가두어 놓 았는가. 오래 지나고 보니 그것은 모두 조물주의 심술일지도 모른다 는 생각이 들었다. 그러니 우리 반항하지도 거역하지도 말고 착하 게 버티어야 할지도 모른다. 사랑하고 종족 번식에 충실한 지구인으 로서 말이다. 하물며 좁씨도 수백 알 좁씨알을 물고 번창하고 있는 데 신의 사주를 거역하지는 말지어다. 본능대로 몸도 맘도 꿈틀거렸 고 문득 아침에 눈 떠 보면 늘 네가, 내가 젓가락처럼 놓여 있었다. 큰 눈이 내리는 날도 큰 비가 내리는 날도 너는 나는 그렇게 붙어 있었다. 벼락이 내리쳐 하늘을 두 쪽 내기 전까지는 변화가 없을 것만 같았다.

그리고 어느 날 눈 떠 보니 우리 옆에 하나, 둘, 셋 새끼들이 누워 있었다. 수십 번, 수백 번 사랑을 한 대가다. 비로소 조물주가 우리를 짝으로 인정한 인증서들이다. 이 인증서가 없다면 우리는 벌써 몇 번은 헤어지고 만나고 헤어지고 했을 것이다. 생각해보라, 지정된 짝이 없다면 이 세상의 수컷들은 모두 양육을 포기할지 모른다. 그러다 보면 양육에 지친 암컷은 새끼들을 더 이상 낳지 않으려 할 것이다.

지구인은 점점 희귀한 동물이 될지 모른다. 짝을 지어 도망가지 못하게 하라. 지구인을 번성하게 하려는 조물주의 계략에 단단히 걸려들었다. 콩 한쪽을 얻어도 반을 나누어 먹어야 했고 그 부스러기를 아껴 새끼들을 먹여야 했다. 그 생고생을 함께하다 보니 특별한 감정도 생겨났다.

그것이 정情이다. 징글징글한 정이다.
그 모든 것이 짝을 이루고 살았기 때문이다.

그래도 너와 나는 비스듬히 기대 사람답게 살아왔다.

천생연분으로 만나 동반자로 살다가 원수로 지내다 가도 어쩔 수 없는 것이 인생이다. 그러지 못한 인간도 부지기수고 인증서를 못 남긴 짝도 차고 넘친다.

이 또한 감사하지 않은가?

오늘 밤도 조물주는 은밀한 눈으로 인간의 본능을 주시하고 있다. 사랑의 묘약을 타고 언제 장난칠지 모른다. 누구나 눈이 멀고 코가 삐는 이상한 약 말이다. 그래도 이 밤, 약 달라고 아우성이다.

번식을 위한 섹스에 조물주는 관대했다. 우리를 조종하는 것은 도덕이 아닌 본성이다. 우리도 그 순간 행복해서 눈을 질끈 감고 인생을 던졌다. 우리의 생산 행진이 멈추어버리자 조물주는 더 이상 약을 주지는 않았다. 그러나 인생은 점점 약이 필요해지고 있다.

인생 처방전도 가지가지다.

짝도 모르고 짝도 없이 가는 인생에 무슨 희로애락이 있을까?

모든 것은 사랑에서 시작되었다.
사랑 모르고 가는 인생은 감동이 없다.
'즙'이 없는 인간은 가라.

짝이 아니면 뭐 이런 구시렁거리는 이야기도 없겠지만
어쨌든 짝 때문에 나의 밤도 낮도 인생도 풍성해져만 간다.

1부 짝의 의미

지금 왜 짝을 이야기하는가?
  '사랑의 조각배는 일상에 부딪혀 박살 났다'
  짝에게 당신은 어떻게 해주고 있는가?
  짝에게 가장 무례한 한국인을 보았다
  집으로 돌아가지 않는 남자들
  행복해 보이는 그들이 정말 행복할까?
  좋은 짝을 만나 행복하게 살아가려는 것은
      모든 인간의 욕망이다

짝 없이 살아간다는 것은
  음양의 조화를 잊고 살아가는 사람들
  구룡포 연가

내게도
좋은 짝이
있 었 으 면

나는 아직도 너를 향하고 있는데
너는 나를 빠져나가 자식을 품고 있다.

나는 당신을 향하고 있는데
당신은 나를 빠져나와 일에만 몰두하고 있다.

지금 왜
짝을
이야기하는가

'사랑의 조각배는 일상에 부딪혀 박살 났다'

친구를 따라 봄에 러시아를 다녀왔다. 하바롭스크에서 블라디보스토크까지 차만 타고 다니는 별로 재미없는 여행이었는데 의외로 '러시아 통' 친구 이야기는 들을 만 했다. 보드카를 마시며 혹은 차창을 스치며 지나치는 풍경을 보며 우리는 러시아에 대해 러시아 사람에 대해 이야기를 했다. 지금 러시아는 여전히 강대국이지만 상대적으로 러시아 사람은 잘살지도 못하고 행복해 보이지도 않는다. 오히려 빈곤에 고통스러워하는 것이 대다수 러시아 사람들의 현주소라고 하는 것이 옳다. 왜 초강대국 러시아는 몰락했을까? 최초의 우주선을 개발한 초강대국이 어쩌다 이렇게 정체되고 침몰해가고 있을까?

거대한 초식공룡의 몰락처럼 안쓰러움과 안타까움이 밀려왔다. 그것은 러시아 민중에 대한 애정 때문이다. 전 세계에 존재하는 모든 민중들은 아무런 죄가 없다. 북한의 김일성과 김정일 부자를 미워하는 이유는 그들이 북한의 민중들을 고통으로 몰아갔기 때문이다. 전작인 〈출세만세〉에서 하고 싶었던 말도 무능한 지도자에 대한 비판과 경고였다. 출세한 사람들이 똑바로 이끌어주어야 하고 제대로 된 지도자를 골라야 내 삶이 온전할 수 있음을 말하고자 함이었다. 멍청한 지도자가 깃발을 들면 모두 골로 가는 법이다. 옳고 똑똑한 지도자가 깃발을 들어야 한다는 말은 러시아에서도 유효했다.

알다시피 러시아는 보드카의 원조 국가다. 그러나 보드카가 아무리 맹위를 떨쳐도 러시아에 실익은 전혀 없다. 헐값에 자원의 보고 알래스카 땅을 팔아치운 것처럼 보드카에 대한 상표권도 이미 팔아치웠기 때문이다. 빚잔치가 끝나면 후손은 고통을 받는 법이다. 물질적 탕진은 당장 참으면 그만이지만 정신적 유산은 독이 되고 만다. 그래서 과거의 빛나는 역사는 반드시 오늘의 영광을 선사한다. 러시아 지노자들은 제발 보드카만 들이키지 말고 국민 표정도 살펴보았으면 한다. 민중은 아무런 죄가 없다. 본능에 충실하게 짝을 이루어 예쁜 자식 낳고 행복하게 사는 게 꿈이다. 그러나 지금 그 꿈은 위태로워 보인다. 한때 아시아의 희망이고 우리보다 훨씬 장래가 촉망되던 필리핀도 결국 침몰했다. 모든 면에서 상대가 되지 못한다. 그 결과 필리핀 민중은 어떻게 살고 있는가? 필리핀의 딸들을 가정부로 수출하는 비극은 누가 만들었는가? 부패하고 무능한 지도자들이다. 러시아의 지도자가 그렇다.

　러시아에는 삼성이 없다. 거대 국가에 어울릴만한 국민 기업, 일류 기업이 없다. 러시아는 세계 제일의 자원을 보유한 부유한 국가다. 그러나 부(富)는 상위 1% 사람에게 집중되어 있다. 소비 산업도 제조업도 지지부진하다. 우주선을 지구 상에서 제일 먼저 개발한 나라지만 자동차도 TV도 제대로 만들지 못하는 나라다. 거의 모든 소비재를 만들지 못하고 수입해서 사용하는 나라다. 도대체 거대한 몸뚱이 어디 하나 제대로 작동하는 것이 없다. 경제는 엉망이다. 우주선을 만들던 기술의 1%만이라도 러시아 국민을 위한 소비재 산업에 힘쏟다면 이들의 경제는 숨통이 트일 것이다. 제조업이 없고 소비산업이 부진하니 일자리도 없다. 비옥하기 그지없는 광대한 땅들이 버려진 채 놀고 있다. 실업자들이 속출하고 빈민들이 늘어난다. 도시의 모습은 수십 년 전 그대로 방치되어 있다. 과거에는 괜찮았겠지만 지금은 상대적으로 초라하고 볼품없다. 이미 낡고 녹슨 기계를 보는 것처럼 안쓰럽다. 그럼에도 러시아 물가는 엄청 비싸다. 휴대전화는커녕 단순한 생활용품이고 고급명품이고 모조리 수입해서 해결한다. 좋은 물건은 극소수 지배 부유층의 전유물이고 값싼 중국제 물품은 서민용이다. 결국, 중국제가 없으면 타격받는 것은 서민들이란다. 명품은 실 수 없는 사람들이 짝퉁을 애용할 수밖에 없듯이 러시아 서민들은 값싼 중국 제품을 이용할 수밖에 없다. 이미 중국과 러시아 국경지대는 중국 상인들이 점령해 가고 있다. 불법으로 국경을 넘어 야금야금 밀려오는 중국인들과 중국 제품들은 거대한 쓰나미의 예고 같다. 극동의 광활한 땅은 곧 황색인으로 바뀔 수도 있다. 러시아가 극동을 통치하기에는 이미 경제적으로 체력이 달리고 있다. 극동을 달리다 보니 파란 눈을 가진 백인보다 우리와 비슷한 중국인들이 더 많아 보이기도 한다. 머지않아 연해주 일대는 중국 땅이 될지 모른다는 말이 실감이 난다. 그렇게 중국 상인들은 불법을 무릅쓰고 끊임없이 자국의 상품들을 들여온다. 인력시장도 중국인들이 점령해간다. 러시아에서 부자들은 더 부자가 되고 서민들은 점점 가난해져 간다. 러시아는 이미 상위 1%의 나라가 되었다. 이 모든 것은 어리석은 민중의 책임인가? 천재지변 앞에서 운수 사나운 인간을 비웃을 수 있는가? 〈출세만세〉에서 이미 말했듯이 그 책임은 출세한 러시아 지도자들에게 있다. 그런데 현실은 절망적이다. 정치지도자는 이미 마피아가 장악한 곳이 있다. 주지사가 마피아인 곳이 하나 둘이 아니다. 그들은 사법부와 경찰을 장악하고 국가권력을 사유화해 버렸다. 불행하게도 언론도 죽었다. 문제점을 들추다가 쥐도 새도 모르게 사라져가는 언론인이 속출했다. 푸틴 치하에서 희망은 없다. 감히 누가 푸틴에게 돌을 던질 것인가? 언론도 죽었고 정치도 죽었는데 누가 혁명을 외칠 것인가? 마피아들의 이야기와 정치인의 이야기가 동일 구멍에서 나온다. 검고 구리고 불쾌하다. 부패는 일상이 되었고 원칙과 질서는 파괴되었다. 국가에 대한 믿음은 이미 없어졌고 지도자에 대한 불신은 팽배했다. 제대로 국가가 돌아갈 리 없다. 국가 지도자가 무능하고 부패한 나라 국민들은 피똥을 싸게 된다. 푸틴이 만든 신기루는 러시아 민중을 고통으로 몰아갔다.

우리를 따라다닌 샤샤도 그런 러시아 민중의 한 사람이었다. 그는 40대 후반인데 이미 머리가 거의 없는 60대 노인의 모습을 하고 있다. 그는 직장을 잃고 경제적 무능 때문에 이혼을 당했다. 샤샤처럼 그렇게 무너진 러시아 가정은 많다. 러시아의 아내들은 경제적으로, 성적으로 무능한 그런 남자를 내버려 두지 않는다고 했다. 러시아에서 사랑의 주도권은 여자가 가진다. 집에 대한 소유권과 자녀양육권도 여자에게 있다. 무능한 남자는 언제든지 보따리를 쌀 준비를 해야 한다. 여자는 더 젊고 유능한 남자를 집안에 들인다. 그러다 일자리를 잃고 무능해지면 또 버리고 하는 그 악순환이 빈번하다는 것이다. 애도 뺏기고 집도 쫓겨나서 오갈 데 없는 남자는 급속하게 늙는다. 샤샤도 그런 사람 중의

하나였다는데 현재 러시아에는 샤샤와 같은 그런 사람이 매우 흔하다고 했다. 무일푼으로 나와 갑자기 비참하게 전락한 남자가 의지할 것은 독한 보드카뿐이다. 알코올에 의지한 인생도 길지는 않다. 50대에 이미 할아버지 모습을 한 샤샤가 한인의 하인이 되어 졸졸 따라다닌다. 그렇게 무너진 가정의 아이들은 일찍이 성과 마약과 폭력 등에 노출되어 사회문제가 된다. 마피아가 지도자인 곳에서 이쯤 되는 일이 뭐가 대수란 말인가. 짝의 균열이 가정의 붕괴를 낳는 것은 당연한 일이다. 그런 짝의 균열에 국가는 책임이 없는가? 단순히 성격 차로 논할 일이 아니다. 인생 모든 문제는 결국 밥의 문제다. 따뜻한 밥을 배불리 먹게 하는 것이 국가지도자의 제일 원칙이 아니던가. 러시아에서 보고 들은 국민들의 일상은 그처럼 위태롭고 불안했다. 국가의 모든 것은 개인과 연결되어 국민들의 일상을 좌우했다.

나의 아내여, 너는 가버리고 말았다.
나를 사랑하며 살 수는 없었다.
나는 생 울타리 너머로 슬프게 바라보고 있다.
야수 같은 눈길로 너를.

– A. 블로그, '나의 아내여' 中

러시아 소년과 소녀는 조숙하다. 불안한 러시아의 미래에서 청춘은 빨리 찾아온다. 외모에서 가장 빛을 발하는 것도 청춘의 순간 지금이다. 사랑을 하는데 언뜻 장벽은 없어 보인다. 우수리스크 거리에서 키스에 몰입하는 어린 연인을 보는 일은 어렵지 않다. 이 어린 연인들은 국가의 미래를 알까? 이 순간처럼 미래도 달콤했으면 좋으련만 국가의 미래는 어둡고 그 결과 이 연인의 미래도 밝지 않다. 설사 사랑을 이루고 결혼을 해도 끝까지 갈 확률은 희박하고 절망적이다. 그 이유는 단 하나 먹고 살기 힘들어서다. 밥이 없는 밤을 사랑만으로 채울 수는 없다.

우수리스크 텅 빈 건물에 누군가 있다. 십 대 어린 청춘이 이곳에 둥지를 틀었다. 씻지도 않고 빨지도 않은 허름한 형색이지만 표정은 맑다. 러시아 가정이 구멍 나니 아이들이 거리로 나온다. 학교에 안 가고 거리를 방황하는 아이들이다. 그러다 보면 쉽고 빠르게 성을 알고 마약에 빠지고 조숙한 어른 아이가 되어간단다. 그렇게 수시로 한 떼의 소녀들이 유령 건물로 출입하고 있다.

> 아무도 살지 않아 황폐한 정원
> 두 유령이 과거를 회상했네...

시를 쓰자면 이런 시가 저절로 쏟아져 내릴 것만 같다. 10대 초반의 아이들은 담배를 피우며 그들만의 아지트로 향했고 쉼 없이 이방인을 경계했다. 가이드는 함부로 상대하지 말라고, 그 '위험한 촬영'을 거두라고 거듭 경고하고 있다. 그만큼 그들을 상대하는 것은 위험하다는 것이다. 건물 안에서 누군가 고개를 내밀고 있다. 강한 경계심을 보이며 지켜보고 있다. 그들의 고민이 궁금했다.

> "경고하겠어, 이방인 꼰대 아저씨. 불안한 미래 따위는 내게 묻지마. 나는 현재도 충분히 즐겁다고, 이 담배 연기 속에서... 거리에서 배운 것으로 내 인생은 굴러가고 있어. 아무도 가르쳐주지 않았지만 나는 살아가고 있어. 저 자작나무처럼... 그러니 당신은 당신 갈 길이나 가."

무엇이 그들을 떠돌게 하는가? 러시아는 아이들을 제대로 돌보고 있는가? 그 거대한 권력이, 무늬만 국가인 나라가 미워졌다. 아무도 돌보지 않는 러시아 경제와 가정은 이렇게 평행선을 달리고 있다. 반면 지도자들은 그들만의 세계에서 단단히 문을 걸어 잠그고 있다. 살찐 곰들은 어디까지 뚱뚱해져야 만족할 것인가? 언제 동면에서 깨어날 것인가? 문득 러시아 시인 '마야코프스키'의 시구가 생각났다.

'사랑의 조각배는 일상에 부딪혀 박살이 났다'

러시아 문학을 사랑하고 러시아 사람에 대한 애정이 진하지만 마피아로 상징되는 부패한 지도자는 증오할 수밖에 없다. 러시아를 엉망으로 망친 푸틴은 물러나야 한다. 북한 인민을 굶주림으로 몰아간 김정일도 당장 물러나야 한다. 우두머리가 멍청하면 조직이 골로 가는 법이다. 마치 우리의 70년대, 80년대 모습을 보는 것처럼 러시아 도시들은 정체되어 있다. 일을 찾아 들개처럼 떠도는 40대 러시아 노인들의 모습은 충격적이다. 사람이 들개처럼 살 수는 없다. 짝의 균열은 러시아 가정을 가장 위태롭게 만들고 있다.

우리 인생은 시이트와 침대인 것이다.
우리 인생은 키스다. 소용돌이 속으로 빠지는 것이다.

노래를 불러라, 노래를 불러!
이 두 팔을 숙명적으로 크게 한 번 내두르는 짓에
숙명적인 불행이 있는 것이다.
하지만 뭐 그런 것은 될 대로 되라지...
나는 죽지 않으리라, 절대로...

- 세르게이 예세닌, '노래를 불러라' 中

신이 지구에 은총을 베푼 몇몇 나라들이 있다. 복덩이 땅만 가진 미국이 그렇고 땅 파보면 돈이 쏟아지는 러시아가 그렇다. 그러나 이 엄청난 은총의 땅이 빛을 잃어가고 있다. 회색 도시는 점점 어둡게 변하고 사람들은 말이 없어진다. 녹슨 열차 되어 세월도 멈추고 역사도 거꾸로 가고 있다. 맨 먼저 우주선을 쏘아 올리던 조상들의 명예는 다 똥이 되어 있다. 99%의 민중과 1%의 귀족이 오순도순 살기에는 러시아는 너무 광활하다. 가도 가도 끝없는 북반구 거대한 땅, 지구 전체의 6분의 1. 그 토지 위로 하얀 자작나무 숲이 끝없이 이어진다. 하얀 시베리아의 눈밭과 자작나무 숲. 투명한 러시아 사람들의 피부를 불그레하게 물들이는 보드카 물빛 타고 시인도 취해갔고 국가도 취해갔다. 러시아 혁명의 붉은 피를 먹고 자작나무는 점점 하얗게 변해갔다. 나무 위에 꽃이 피기 전에는 봄을 노래하면 안 되는가? 겨울에서 봄으로 가기 위해서 심장은 얼마나 더 더워져야 하는 걸까? 환경은 인간을 개조한다. 정치는 인간을 조종한다.

짝에게 당신은 어떻게 해주고 있는가?

러시아 여행을 하면서 짝이란 화두를 던져보고 싶어졌다. 짝의 균열에서 오는 가정의 붕괴는 사회문제를 위태롭게 할 수 있다는 가정은 극단의 시나리오인지도 모른다. 그러나 결코 과장된 이야기는 아닐 수 있다. 짝과의 불화는 각종 사건·사고로 이어지고 그 후유증은 너무나 깊고 클 수 있다. 우리는 이런 사례를 러시아가 아닌 대한민국에서도 종종 목격하고 있다. 문득 러시아의 현실이 대한민국에서도 유효할 수도 있다고 보았다. 우리의 일상이 흔들릴 때 짝의 균열이 오고 그것은 가정의 붕괴와 사회문제로 확대되어 갈 수 있다. 사람 사는 것이 거기서 거기 아니겠는가. 한국인은 러시아인과 무엇이 다를 것인가.

그렇다면 지금 한국 사람은 짝에게 어떻게 하고 있을까. 당신 옆에 있는 가장 소중한 사람, 당신 인생의 동반자 '짝'에게 당신은 어떻게 해주고 있는가? 선뜻 이 질문을 던졌을 때 뜨끔할 사람이 너무나 많다는 게 내 생각이다. 내 사람으로 만들기 위해서 가진 아양을 다 떨던 우리들의 과거는 그 여자가(남자가) 내 사람이 되는 순간 모두 거품처럼 뭉개져 버린다. 그리고 무심하고 무정하게 짝이라는 상징성만 가지고 돌부처처럼 살아가고 있다. 대다수 한국인의 인생은 그렇게 사랑을 모르고 살아가고 있다.

짝에게 가장 무례한 한국인을 보았다

　이것은 어쩌면 나의 이야기인지도 모른다. 남자는 가장 끔찍한 사랑을 하고 지금의 짝을 얻었다. 살다 보니 그 파란만장했던 과정은 기억상실증 때문에 망각해 버렸다. 처음과 끝만 살아있을 뿐이다. 처음은 지상에서 가장 순수한 마음으로 시작했지만, 지금은 가장 혼탁한 물이 되어 흘러가고 있다. 누구나 그러하듯이 사랑의 맹서는 가장 숭고했지만 가장 허술하게 무너져 내려갔다. 속절없이 빠르게 허물어졌다. 어쩌면 그것이 어리석은 인간이 짝을 이뤄 생활하는 방식일 것이다. 남자는 종종 그 원인을 생각하고 그 처음을 기억하려 하지만 끝내 실패하고 말았다. 믿을 수 없이 순수했던 우리의 시작이 자꾸만 꿈만 같아진다. 이대로 별수 없이 살아가야 하는가? 즙이 빠져가는 몸으로는 사랑하기에도 지쳐간다. 조금씩 늘어난 불평불만은 응고되어 쌓여가고 있다. 몸이 멀어지고 맘이 차가워지고 있다. 나는 아직도 너를 향하고 있는데 너는 나를 빠져나가 자식을 품고 있다. 나는 당신을 향하고 있는데 당신은 나를 빠져나와 일에만 몰두하고 있다. 일 년 전이나 십 년 전이나 지금이나 밥 먹고 일하고 잠자고 똑같은 반복이다. 그 일상은 고지식한 시계추를 닮아 있다. 감정이야 뭉그러지든 말든 나는 달려갈 테야 하는 시계추의 고집을 닮아 있다. 미운 시계추 운동 따라 어느새 아이들은 부쩍 자라 있다. 그들은 수천 번 엄마를 부르고 진짜 엄마를 만들었다. 그러나 수백 번도 부르지 않은 아빠는 점점 이방인이 되어갔다. 열심히 일한 죄밖에 없지만, 어느새 가정은 물이 새고 있다. 뭔 일을 대성하겠다고 늘 밤낮으로 회사에 충성했던가? 뭔 부귀영화를 누리겠다고 죽어라 일만 하면서 병신 몸이 되도록 골골댔던가? 회사는 안녕이지만 가정은 알게 모르게 파괴되어 갔다. 그럴수록 남자는 밖으로 나돌았고 여자는 아이들에게 집착했다. 그렇게 사랑은 변질되고 짝은 틈이 생기고 결혼 생활은 일그러져 갔다. 그것은 한국 남자 한국 여자의 숙명일지도 모른다.

사람들이 신이 나서 집으로 돌아와
면도기와 비누로 하루의 더러움을 씻어내듯
나 또한 그렇게
너에게 돌아가리

너는 나의 집!
흙에서 나와 흙으로 돌아가는 인생
무(無)에서 무로 돌아가는 인생
나 또한 그렇게 너에게 돌아가리
한 눈 한 번 팔지 않고
영원히
하나가 되기 위해

– 마야코프스키 詩, '나는 사랑한다' 中

나는 종종 '짝'에게 가장 무례한 한국인을 본다. 밖에서는 가장 점 잖고 친절한 사람이 집안에서는 가장 무례하고 뻔뻔스러운 배우자가 종종 있다. 어쩌면 그 모습은 가장 한국적인 모습일 것으로 생각해본 다. 아버지가 그랬듯이 아들은 또 그렇게 변해간다. 사람을 만나기 전 사랑도 그렇게 대물림될 줄 누가 알았겠는가?

나는 충청도 출신이다. 나는 충청도 양반이라는 말을 경멸한다. 양 반이라는 말에는 조선 후반으로 올수록 무위도식하는 좀벌레가 가진 기능이 강조되어 있다. 거기에 위선과 체면으로 똘똘 뭉친 양반의식은 경제적 무능과 겹쳐질 때 그 부정적 이미지는 정점을 달리게 된다. 연 암 박지원이 껍데기는 가라며 매섭게 몰아친 양반의 허상은 얼마나 통 쾌했던가? 충청도 양반이라는 말에도 역시 그 껍데기 정신은 오롯이 담 겨 있다. 겉으로만 얌전할 뿐 실상은 전혀 그러하지 못하기 때문이다. 체면 때문에 다른 사람에게는 깍듯하면서 집에 오면 폭군으로 변신하 는 사람이 어디 한둘인가? 충청도 양반의 근성이 부정을 타면 그 악취 는 온 집안을 가두고 만다. 그런데 불행하게도 나는 그 충청도 양반 정 신을 제대로 갖추고 있다. 내 고향은 충청도이고 내 정신은 껍데기로 단 단히 싸여 있다.

그 누구처럼 나도 회사 사람이든 친구들에게는 한없이 친절하고 선 하다. 그러나 집에 오면 내 마눌님에게는 막 대한다. 가장 편하다는 변 명하에 제멋대로 군다. 짝을 대하는 내 맘도 내 몸도 예의 없고 허술하고 부실하다. 그것이 대한민국 평균 남자 모습이다. 자꾸만 촉촉했던 줍이 빠져나가는데 맘은 날마다 짝과 잘해 보려고 몸부림치고 있다. 어리석은 인간의 하루가 이처럼 푸석거리며 가고 있다. '무엇을 했느냐? 오늘 하루 네 젊음을 가지고 무엇을 했느냐? 여인의 사랑 하나 지켜주지 못하고 도대체 무엇을 하였느냐?' 내 짝은 이미 과거의 첫사랑이 아니었다. 독기와 한이 응어리진 중년의 여인에게 첫사랑의 추억은 잔인하게 부서져 버렸다.

당신을 깨우거나 괴롭힐 필요가 어디 있겠는가
사람들이 말하듯 사건은 종결되었다.
사랑의 조각배는 일상에 부딪혀 박살이 났다.
당신과 나는 피장파장
서로에게 준 상처와 슬픔과 모욕을 되뇐들 무슨 소용

– 마야코프스키 詩, '미완성의 시' 中

집으로 돌아가지 않는 남자들

대한민국 어디를 가나 밤새워 술 마시는 사람을 보는 것은 어렵지 않다. 그야말로 대한민국은 술 천국이다. 외국 출장을 가면 한잔 생각이 나고 그럴 때마다 쉽게 술 마시지 못한다는 사실에 절망할 때가 있다. 그저 맥주로 갈증을 가시기에는 미진한 것이 있다. 왠지 알딸딸해져야 음주 기준점을 통과한 것 같은 기분이 든다. 맥주는 싱거우니 자네나 마시고 우리는 부어라 마셔라 취하도록 그렇게 끝을 보고 싶은 것이다. 왜 이렇게 대한민국의 밤은 낮보다 화려하고 술집은 밥집보다 붐빌까? 그런데 자세히 보면 꼭 술이 좋아서 그런 것 같지는 않다. 아니 뭔가 괴로워서 술을 마시고 있는 사람도 많다. 더 자세히 보면 외로워서 술을 퍼붓는 사람이 더 많아 보인다. 덕지덕지 묻어 있는 외로움 때문에 술잔을 부딪히는 것이다. 봄날 저녁 어느 출판사 여성 CEO와 식사를 하고 술을 마셨다. '짝'을 주제로 프로그램을 하고 싶다고 하니 그분이 단박에 무릎을 쳤다. 사태의 심각성을 한순간에 파악하고 대환영을 해준 것이다. 아직 신혼 생활이 끝나지 않은 30대 여성 CEO의 주위에는 업무 때문에 알게 된 동종업계 40대 남성 사장들이 무척 많다고 했다. 종종 그들과 술을 마시면 처음에는 태연한 척하지만, 심야로 가면 본인들의 고민과 심신 상태를 고백한다고 한다. 12시까지는 업무 이야기를 하지만 12시를 넘기면 저절로 사생활 이야기를 한다는 것이다. 12시 이전에는 근엄한 사장이지만 12시 이후에는 솔직한 숭년 남자가 된다. 스스로 사생활을 고백하고 남자의 진심을 보인다는 것이다. 나는 지금 외룹고 짝과는 심각한 문제가 있고 심신은 복잡하여 술을 마시고 있는 거라는 요지로 정리된다. 그 사정이 단박에 이해가 되었다. 먹고 사는 것이 팍팍하면 가정도 위태로워지기가 쉽다. 경기가 불황이면 위기의 부부가 늘어나고 그 정도가 심해지는 것은 당연한 결과일 수 있다. 그런데 안타깝게도 집에 가지 않기 위해 기를 쓰며 술을 마시려는 남편들이 대한민국에는 그렇게 많다. 아! 이 뜨끔한 진실이여! 일중독인 것은 일이 좋아서라기보다는 집에 가는 것을 두려워해서 그런 것일 수도 있다. 살다 보니 아내와의 다툼이 늘어나고 짝과의 동침도 동거도 의미가 약해지고 있다. 사랑하는 시간보다 미워하는 시간이 늘어나고 있다. 뱀띠와 개띠가 만나 봄날 미친 사랑을 할 거라고 날뛰더니 인생 한 치 앞도 못 내다보고 늘 싸움박질이다. 남남이 만나 살을 비비며 맘을 나누며 고소하게 사는 일은 정말 어렵다. 짝에 대한 고귀한 마음을 한결같이 유지하는 일은 더욱 어렵다. 그저 현실은 짝 때문에 인생이 골치 아프다는 사연들만 차고 넘친다. 물론 한국 남자들이 가정적이지 못하다는 것은 어느 정도 이해한다. 무한경쟁 사회에 먹고사는 현실은 얼마나 팍팍한가? 가정 문제로 끙끙대는 동병상련의 남성들에게 술집은 피난처요 구원의 장소다. 술집에 오래 있다고 모두 나 술고래는 아니다. 술잔에 담긴 사연이 그 남자가 취해가는 이유다. 술이 좋아 술을 먹는다고 생각한 것이 세상의 뚜껑을 본 것이라면 그들이 왜 집으로 가지 않는지 그 이유를 생각해보는 것은 뚜껑을 따고 진짜 세상을 보는 것과 같다. 이것이 사는 것인가? 이것이 정녕 우리가 꿈꾸었던 사랑의 본질이고 결혼의 속살인가? 오늘도 그 남자가 술집 문을 열고 있다.

행복해 보이는 그들이 정말 행복할까?

　행복 전도사 최윤희 부부가 동반 자살하면서 사람들에게 엄청난 충격을 주었다. 행복 전도사가 자살하리라고 누가 예상했겠는가? 권력의 최정상에 올랐던 대통령이 자살하리라고 누가 생각했겠는가? 수많은 사람들이 겉으로는 웃고 있지만 속으로는 울고 있다. 그때마다 함께 웃고 울어야 하는 존재가 있다. 죽음의 순간 가장 오열하는 사람은 늘 짝이다. 홀로 남은 채 쓸쓸함이란 외투를 걸치고 남겨진 세상을 건디는 일은 인생사 가장 큰 스트레스라고 한다. 그것을 견딜 수 없어 최윤희 부부는 동반자살을 선택했을지도 모른다. 노무현 전 대통령이 부엉이바위에 육신을 던졌을 때 국민을 생각했을까? 남겨진 아내를 생각했을까? 그때 그 뉴스를 처음 들었을 때 놀랍게도 권양숙 여사가 가장 먼저 떠올랐다. 이 비극이 그녀의 삶을 인두불로 지지는구나! 어찌 그 고통을 견뎌 나갈까? 참으로 모진 한 남자의 결심으로 한 여자가 가장 끔찍한 고문을 겪고 있구나!

　짝을 이루고 사는 모든 사람들은 조금씩은 갈등과 위기가 존재한다. 지금 행복하다고 웃고 있는 그들은 정말 행복한 것일까? 위장된 평화고 행복일 수 있다. 한 꺼풀만 벗겨 보면 진실이 드러난다. 당신은 짝을 만나 행복하게 살고 있습니까? 과연 이 말에 단호하고 과감하게 그렇다고 대답할 이는 누구인가? 짝을 지어 살다 보면 짝 때문에 인생은 울고 웃는다. 짝 때문에 행복하다가 짝 때문에 울상이 된다. 짝은 내 감정의 화수분이다. 그만큼 짝은 내 인생에서 행복을 좌우하는 결정적인 존재다. 그 존재가 아프거나 병들거나 사라지면 이 존재도 곧바로 감정이 전염된다. 그래서 가끔 짝은 행복의 이유이기도 하지만 고통의 근원일 수도 있다. 귀뚜라미 날개처럼 서로 비비다 보면 그 짝만의 소리가 난다. 때론 그것은 비명이기도 하고 쾌락의 외침이기도 하다. 어느 날은 찬물을 끼얹다가 어떤 날은 뜨거운 물을 퍼붓는다. 그 둘의 일생은 참으로 일관성 없게 흘러간다. 시냇물 따라 떠내려가는 종이배의 운명을 닮아있다. 아이의 눈으로 보는 종이배는 한없이 낭만적이지만 어른의 눈으로 보면 그것만큼 위태롭고 허술한 것이 없다.

무릇 살아 꿈틀대는 모든 것은 좋은 짝을 만나기 위해 인생의 모든 것을 건다. 죽기 살기로 덤비다 그대로 부서지는 것이 어디 불나방뿐이겠는가? 수컷 사마귀는 암컷 사마귀 입으로 잘근잘근 제 몸뚱어리가 씹혀 들어가면서 정액을 꾸역꾸역 밀어 넣는 수컷 본래 목적을 잊지 않는다. 수컷과 수컷의 전쟁은 살육을 뜻하지만, 암수의 전쟁은 사랑과 섹스를 의미한다. 암컷과 암컷의 공존은 수다스러울 뿐이지만 암수의 공존은 반드시 생산으로 이어진다. 정적인 나무 한 그루에서도 암수의 생사를 넘나드는 전쟁은 진행 중이다. 수나무의 도움이 원활해야 도토리나무도 은행나무도 풍성한 열매를 맺는다. 만물은 암수의 조화 없이는 번성하지 못하고 빈약하게 말라갈 뿐이다. 만물의 영장 인간이 이루는 짝은 그래서 신비롭고 위대하다. 그 목적이 단순히 생식에만 국한되지 않더라도 사랑은 위대하고 또 위대하다. 왜 내 짝은 저 사람이 아니고 이 사람인가? 조물주의 지시는 참으로 오묘하고 기묘하다. 만물에 짝을 지어주고 조물주는 음탕하게 암수 교접 풍경을 즐겨 보고 있을지도 모른다. 이 도시가 이 마을이 더욱 풍성해지도록 사랑의 묘약을 탔을지도 모른다. 어찌 되었든 짝이 만들어가는 인생 때문에 조물주도 나도 참 즐거운 구경을 하고 있다. 짝, 참 오묘하다.

좋은 짝을 만나 행복하게 살아가려는 것은 모든 인간의 욕망이다

'나는 한국인이다' 시리즈는 어떤 키워드를 통해 한국인을 들여다보면 숨겨진 한국인의 본성이나 기질이 잘 드러날 수 있다는 점에 착안해서 시작한 것이다. 그것에는 무엇이 있을까 했을 때 가장 먼저 눈에 들어 온 것은 한국인의 욕망 대상이었다. 남보다 잘 먹고 잘 살겠다는 것. 그중 핵심적인 욕망은 직장이나 일에서 성공하겠다는 것 그리고 마음에 꼭 드는 배우자와 만나 자식을 낳고 번듯하게 키워내는 것 그리고 돈 많이 벌어 떵떵거리며 살겠다는 것들이다. 그래서 '출세만세'를 했고 '짝'을 했다. 아마 후속은 자식 문제나 돈 문제가 이어질 수 있겠다. 결국, 내가 직장에서 그리고 가정에서 제대로 못 했고 혼란스러웠기 때문에 '출세만세'를 기획했고 '짝'을 기획했다고 보면 된다. 내가 만드는 프로그램의 모든 화두는 인생문제에서 출발한다. 그것이 모든 사람들의 숙제고 고민 아니겠는가? 프로그램은 사람들이 얼마나 공감할 수 있고 그 핵심을 어떻게 제대로 건드리느냐에 따라서 성공 여부가 결정된다고 본다. 나는 내 문제를 잘 아니까 내 문제를 다루는 것이고 그것을 많은 사람들이 공감해주니까 어떤 큰 사회적 화두가 된다고 본다. 난 '정의사회구현' 같은 거창한 구호를 외치는 것에는 자신이 없고 그럴 만큼 도덕적 군자도 아니고 인격적 성자도 아니다. 보통 사람들만큼 적당히 때도 묻어 있고 속물적 욕심도 담겨 있다. 개인적으로 잘 먹고 잘 살면서 이 육신 잘 보시하면서 살고 싶은 저급한 욕망을 부인 못하겠다. 그러다 보니 제 인생 문제만으로도 질식할 것 같고 그것을 못 견뎌 제 주변부터 쳐 나가고 있는 것이다. 그런데 아이러니하게도 이런 나와 동조하는 사람들이 훨씬 많기 때문에 이것은 내 문제가 아니고 한국 사회의 문제가 된다. 그런 내 문제의 두 번째로 출세에 이어 짝을 정한 것은 그렇고 그런 배경이 작용하고 있다.

이 세상에서 가장 재미있는 것은 사람 구경이고 그중에서도 남녀 간의 정을 살피는 것만큼 진실한 것은 없다고 했다. 인생을 돌아보면 짝만큼 중요한 인생사가 어디 있겠는가? 우리는 최선을 다해서 짝을 찾고 짝에 대한 문제는 온 가족이 나서서 응원하고 간섭하지 않던가? 신랑 신부의 첫날밤을 온 마을 사람이 나서서 문풍지를 뚫고 구경하는 나라다. 그만큼 짝에 대한 관심은 폭발적이다. 게다가 우여곡절 끝에 이룬 짝 신포식은 얼마나 거창하고 대대적으로 하고 있던가? 어쨌든 결혼으로 상징되는 짝의 성립은 관혼상제의 제도적 측면에서도 빠질 수 없는 통과의례다. 인간의 오욕칠정五慾七情 세계에서도 짝과의 음양 조화는 가장 본질적인 꿈이고 욕망이다. 인간 욕망은 하나가 충족되면 칡넝쿨처럼 자연스럽게 다른 것으로 뻗어 나가게 되어 있다.

　인간은 높은 지위에 올라 출세하고 돈 많이 벌어 번쩍거리며 살고, 자식 잘 키워 으스대고, 산천 주유하면서 온갖 산해진미 맛보고, 한평생 굽히지 않고 뻣뻣하게 살고 싶은 욕망이 있다. 그중에서도 기본적으로 일(직장)에서 성공하고 출세하는 것과 가정에서 좋은 짝을 만나 행복하게 살고자 하는 욕망이 가장 으뜸이다. 동물세계에서도 짝을 구하려고 종종 목숨 건 투쟁을 하는 건 지극히 일반적인 모습이다. 인간도 짝을 위해 목숨 건 투쟁을 할 만큼 좋은 짝을 구하려는 것은 기본적 욕구다. 결혼해주지 않는다고 여자친구의 엄마를 칼로 찔러 죽인 남자는 그로 인해 인생이 박살 났다. 재수 없게 그 남자와 인연이 된 여자는 순식간에 영원한 악몽에 빠져들었다. 모두 원수 같은 짝을 만나 생긴 일이다. 짝이 개판이니 인생도 개판이 되는 사례는 부지기수다. 반대로 좋은 짝을 만나 별 볼 일 없던 인생이 활짝 꽃을 피운 사례도 종종 있다. 만물은 그렇게 짝을 이루어 무수한 사연을 쏟아내며 영원히 끊이지 않는 역사를 이어가고 있다. 자연 속에서 사슴 한 마리 저렇게 조용하고 우아하게 짝을 바라보고 있는데 어떤 인간은 서로 미워하고 노려보고 있다. 흉측한 쥐도 날마다 사랑하면서 달마다 빨간 쥐새끼를 저렇게 한 바구니 쏟아 놓고 있는데 어떤 인간은 사랑 모르고 섹스도 없이 건조하게 살고 있다. 짝을 위해 동물이 전부를 걸듯이 우리 인간에게도 짝은 가장 중요한 인생 화두다.

목동 15층 사무실에서 야경을 보면 아파트 불빛은 모두 똑같아 보인다. 그러나 그 속을 들여다보면 그 불빛마다 쌍쌍이 짝을 지어 살고 있을 것이고 그 짝들은 또 저를 닮은 자식들을 낳아 행복하게 살려고 저렇게 반짝이고 있을지도 모른다고 생각하였다. 그러나 나는 안다. 저 불빛 속에 감추어진 불평등한 행복들을. 그들은 모두 시시때때로 짝 때문에 괴로워하고 웃는다. 그다음에는 자식 때문에 골머리를 싸매고 산다. 물론 짝 없는 방에서 내뿜는 고독한 반딧불도 도시 불빛 속에는 감추어져 있을 것이다. 그 복잡하고 다채로운 사연들이 모여 저러한 인간 반딧불 떼를 이루는 것이라고 본다. 고뇌와 행복의 근원인 짝과의 생활을 들여다보면 타인의 삶이 나의 삶과 별반 다를 수 없음에 진저리 칠 것을 안다. 결국, 인생의 본질은 모두 비슷비슷하다. 일 때문에 고민하고 짝 때문에 속 썩고 자식 때문에 걱정하며 살고 있지 않은가. 이 땅에서 사는 한 고민의 범주는 그렇게 서로 닮았으면서 스스로는 그것을 드러내 놓고 싶어 하지 않는다. 일종의 님비 현상인데 한편으로는 늘 용기 있는 사람도 있고 더 아픈 사람도 있기 때문에 우리는 그렇게 남의 인생을 들여다볼 수 있다. 그런 타인의 삶을 통해 내 모습을 슬쩍 보게 되면 결코 외면할 수 없게 된다. 불편한 진실을 드러내는 순간, 생활의 혁명은 올 수 있다. 내 인생은 어디로 흘러가고 있는가? 인간은 어리석게도 제 얼굴은 못 보고 타인의 얼굴만 보고 살다 인생이 간다. 그 이치로 남의 허물은 쉽게 발견해도 제 허물은 알지 못한다. 남의 문제는 진단해도 제 문제는 허공을 헤매는 법이다. 우주 만물의 눈으로 보면 타인의 삶이 곧 나의 삶이다.

짝 없이
살아간다는
것은...

음양의 조화를 잊고 살아가는 사람들

아니, 나는 아직 혼자 살고 있어.
왜 혼자 사는 기요? 모르겠어.
어쩌면 아무도 내게 사랑하는 법을 가르쳐주지 않았기 때문
인 거 같아.

- 아고타 크리스토프, 〈존재의 세 가지 거짓말 (타인의 증거)〉 中

방송가 PD라면 일등 신랑감으로 늘 여자가 주변에 끊이지 않았을 것 같은데도 의외로 짝을 못 만나 고전하는 이가 꽤 많다. 그런 것을 보면 남녀의 만남은 본인의 의지 못지않게 조물주의 뜻도 절대적인 것 같다. 거리에서 쌍쌍을 바라볼 때마다 그 운명적 만남을 헤아려 보는 일은 의외로 재미있다. 왜 그녀의 짝은 저 사람이 아니고 이 사람인가? 어쩌다 그의 짝은 그녀가 되었는가? 그 이유야 겉으로 드러나는 것만이 전부는 아니겠지만, 인간의 짝짓기는 참으로 오묘하고 신비롭다는 생각이 절로 든다. 그런데 이 만물의 뜻을 거스르고 조물주의 눈에 벗어나 있는 사람들이 있다. 본의 아니게 독신으로 살아가는 사람들이다. 우리 주변에 소수지만 익숙하게 마주치는 존재들이다. 인생이 워낙 빨리 가는 바람에 어느 순간 그들은 그냥 그렇게 노총각 노처녀로 변해 있었다. 이혼이나 기타 이유로 혼자되는 사람들의 이야기가 절대 아니다. 그냥 단 한 번도 결혼하지 못한 순수한 노총각 노처녀들의 이야기는 짝이라는 주제를 다루는데 늘 영감을 주고 있었다. 혼자 사는 사람들은 짝을 못 만난 것일까? 안 만난 것일까? 청춘은 가고 육신은 더 이상 아름답지도 싱싱하지도 않은데 언제까지 그렇게 독신으로 살아가야 할까? 그가 조물주의 뜻을 거슬러 사는 것만은 분명하다. 짝 프로그램을 구상하는데 늘 이 사람들이 제일 먼저 떠오르는 것은 어쩔 수 없었다.

　　청산도의 봄은 유난히 아름답다. 그런 봄날 홀로 청산도를 이리저리 둘러보았다. 한 아저씨에게 들은 이야기가 참으로 마음 아팠다. 육십 넘도록 장가 못 간 남자가 있단다. 그 남자는 비 오는 날이면 꼭 혼자 비명을 질러 댄다는 것이다. 이렇게 햇빛 좋은 날에는 조용하던 농부 할아버지가 왜 비 오는 날이면 그렇게 소리를 지르는지 미스터리니 취재해도 될런가 농담처럼 건네는 말이 참 마음 짠했다. '안토니아스 라인'이란 영화를 보는데 검은 옷 입은 아름다운 여자가 보름달이 뜨는 날이면 창문을 열고 이상한 비명을 내곤 했다. 사랑에 실패한 나이 든 독신 처녀였다. 그녀의 비명은 그 아픔만큼 오래도록 잔상에 남았다. 그녀는 그렇게 늙어갔고 그러다 결국 자살했다. 4대에 걸친 안토니아스 집안 이야기 중 그저 동네 사람의 지나가는 사례에 지나지 않았는데 그 에피소드 일화는 기억에 오래 남았다. 아마도 홀로 살아가는 존재에 대한 연민 때문일지도 모르겠다. 취재차 오지를 많이 다니다 보니 홀로 살아가는 사람들의 애틋한 이야기를 종종 접한다. 십여 년 전 흑산도를 갔을 때 벼랑 아래 외딴 집이 운치 있게 자리하고 있었다. 저기 사는 여인은 머리맡에 식칼을 두고 잔다고 주민이 일러 주었다. 젊은 여자 혼자 사는 것이 만만치 않은 일이지만 그 말을 들으니 묘한 느낌이었다. 바닷가 외딴 집 매우 풍광 좋은 곳에 젊은 여인이 혼자 살고 있다. 그리고 식칼을 두고 잔다! 그 자연이 만든 아름다운 풍광과 인간이 살아가는 살벌한 정경이 동시에 잡혀 있는 느낌이란 참으로 묘한 것이었다. 이것이 인간 세상의 숨겨진 비장미 아니겠는가. 차마 그 풍경을 보고 싶다고 말을 못 하고 본래 취재로 돌아온 적이 있다. 주마간산으로 봉고차 타고 휘휘 돌아다녔던 시절 충북 영동 상촌 마을을 갔다. 영화 〈집으로〉의 무대였다. 그 동네 사람들이 서울로 영화시사에 참석하러 가는 날 눈발이 날리고 있었다. 이 골짜기 어디쯤 집들은 숨어 있고 인간들은 살고 있었으리라. 사람이 있을까 싶었는데 하나 둘 사람들이 나오더니 어느새 대형버스 안이 가득 찼다. 그들이 바위 속에 숨어 사는 물고기 같다는 생각이 들었다. 이 산속에 아무도 모르게 인간들이 이렇게 숨어 살고 있었구나! 집도 안 보이는 곳에서 눈발을 헤치고 사람이 하나씩 나타나더니 이내 버스를 가득 채우던 풍경은 묘한 느낌이 들었다. 그런데 그 모여든 사람들은 쌍쌍이 아니고 혼자 된 할머니들이 대부분이었다. 어디 짝들은 모두 저 세상에 보내 두고 이렇게 홀로 산속에서 살아가셨던 것이구나! 언젠가 짝을 잃고 혼자가 된다는 것은 삶의 법칙이다. 혼자 살다 둘이 살다 혼자 살다 가는 것. 그것이 조물주가 정한 원칙이었다. 그런데 여기서 끝내 혼자 살다 가는 소수의 사람들이 있다. 장호원에서 만난 할머니도 그렇고 구룡포에서 만난 할머니도 그렇다. 장호원의 할머니는 백 억대 재산에 대학까지 나온 미모의 여자가 왜 혼자 살아왔는지 자꾸만 물어봐도 끝내 입을 열지 않았다. 구룡포에서 만난 80세가 지나도록 혼자 사는 할머니는 그 단아한 미모가 배우 고은아를 닮았다. 그런데 왜 결혼을 안 했을까 궁금해 그 먼 길을 두 번이나 찾아갔는데 싸늘한 반응만 되돌아왔다. 금테 안경 너머 그렇게 차갑고 매서운 얼굴은 지금도 쉽게 잊을 수 없다. 평생 그렇게 짝 없이 혼자 살아가는 여자에게는 삶의 비밀이 숨어 있다. 그 비밀의 문이 열릴 만큼 그녀의 아픔은 쉽게 아물지 못했으리라. 인생 살다 보니 화두가 짝인 줄도 모르고 엄청난 짝에 내한 이야기를 들으며 살았다. 그렇게 부지기수로 듣고 다닌 이야기가 결국 짝의 불쏘시개가 되었다.

구룡포 연가

구룡포의 소문난 잠수부 성평전 씨가 바닷속에서 작업을 하고 있다. 대형망치를 들고 배 엔진 부분을 강타하는 모습은 노동의 상징으로 사용해도 손색이 없어 보인다. 그렇게 서너 시간 정도 고된 물속 작업을 하고 마침내 그가 뭍에 모습을 드러냈다. 뭍으로 나온 그는 나이 칠십의 남자다. 50년 경력의 잠수부다. 그러나 단 한 번도 결혼을 하지 못한 노총각이라는 사실이 더 놀랍다. 그는 왜 여자를 못 만났을까? 여자 없는 그의 인생은 어떻게 변해갔을까? 경북 구룡포에는 유독 장가 못간 총각할아버지들이 많다. 돼지식당은 짝이 없는 그들만의 아지트다. 구룡포 연가는 여기서 시작된다. 성평전 씨도 그대로 잠수복을 입은 채 돼지식당으로 향하고 있다. 돼지식당 주인을 그는 본부장이라 부른다.

"아이고, 우리 쫄병이~"
"본부장 안녕하신교? 사이다도 한 잔 없나? 본부장!"

그는 잠수 일이 있을 때는 술을 삼가고 있다. 사이다 한잔을 먹고 곧바로 뒤돌아 나선다. 술이라면 자리 잡고 먹고 또 먹고 줄곧 있겠지만 음료수는 갈증을 해결하면 더 이상 있기가 멋쩍다. 하지만 그는 그렇게라도 돼지식당에 와서 본부장을 보고 가야 직성이 풀린다. 돼지식당 주인은 짝 없고 외로운 그들을 잘 이해해 주고 있다. 사이다 한잔을 마시고 그는 집으로 돌아간다.

"저 쓰러지는 집에 혼자 살고 있어. 집이 완전 쓰러집니다. 누구 말마따나. 난 불쌍해서 못 본다. 겨울 되면 얼음이 이만큼씩 방이 언다. 70 평생을 혼자 저래서 아기도 없고 혼자 결혼도 안 하고 저래 살아. 내가 불쌍타 밥도 주고 뭐도 주고 명절도 되면 음식도 해다 보내 주고. 그래 고맙다고 본부장 본부장 그러잖아."

_돼지식당 주인 남미혜

그렇게 돼지식당에는 늘 남자 총각들이 들락거린다. 나이는 40대에서 50대 그리고 간혹 60대와 70대 총각도 있다. 평생 총각도 있고 이혼해서 혼자 사는 남자들도 많다. 외롭게 혼자 사는 사람들이 시간만 나면 이곳에 와서 술을 먹는다. 돼지식당은 그들에게 구세주고 사랑방이고 낙원이다. 비슷한 처지의 남자들이 늘 곁에 있다는 것은 대단한 위안이 되는 모양이다. 맘도 편하고 주인 아주머니의 넉넉한 웃음과 인심도 안성맞춤이라 그런지 유독 돼지식당에는 독신 남자들이 즐겨 찾고 있다. 남자 혼자 맥주나 소주 놓고 먹는 주점 풍경은 쓸쓸하고 고독해 보인다. 그 모든 것을 돼지식당 주인이 넉넉하고 따뜻하게 받아주고 있다. 사내들의 고독과 주인 아주머니의 정이 버무려진 돼지식당 풍경을 어찌 잊겠는가. 2~3평 되는 좁은 주점 안은 고독한 남자들이 내 뿜는 담배 연기가 늘 가득하다. 적당한 소음과 정으로 버무려진 돼지식당에서 독신 남자들은 고독을 떨쳐내고 삶의 활기를 찾아 다시 바다로 나간다.

돼지식당을 처음 찾은 것은 5월 중순이었다. 그때는 노총각 기운으로 가게 안이 꽉 찼었다. 그 첫인상은 참으로 강렬했다. 영화 세트장 같은 골목길에 다방 아가씨들은 연신 드나들고 돼지식당 주점 안은 대낮인데도 사내들로 가득했다. 분명 혼자 마시면서도 대화는 주인과 하다가 옆 테이블과 하다가 때로는 자리를 합치고 하던 그 기묘한 풍경은 단번에 나를 사로잡았다. 구룡포 바람에 말라간 과메기 맛 못지않게 그것은 진하게 배어 있는 삶의 진수였다. 그리고 두 번째 방문한 8월 중순 주점 안은 썰렁했다. 선원들이 멀리 배타고 고기 잡으러 갔기 때문이란다. 노총각이 사라진 돼지식당은 더 이상 활력이 없다. 그리고 11월 다시 찾은 돼지식당에 사내들의 목소리가 가득 찼다.

> "여기 구룡포는 주로 결혼 안 한 사람이 참 많아요. 한 다섯 앉아 있으면 결혼한 사람 한 사람 있을까 전부 혼자 사는 사람들. 여자가 없어요. 여자가 없어. 여자가 딸린다… 여자는 전부 다방 아가씨다. 날만 새면 다방이다. 이거 소주 한 잔 내놓으면 다방 아가씨가 진을 쳐. 여기 조금만 있으면 들어와."
>
> _돼지식당 주인

구룡포에는 다방이 정말 많다. 제일 먼저 눈에 띈 것은 오토바이를 타고 내달리는 다방 아가씨들 모습이었다. 공식적으로 다방 영업을 허가한 것일까. 이곳에는 여자에 굶주린 바다 남자의 욕정을 다방 아가씨들이 풀어내는 것을 묵인해주는 분위기가 있다. 과거 구룡포의 위세는 대단했던 모양이다. 돼지식당 앞 골목에는 아침이면 칼들이 여기저기 나뒹굴고 있었다고 한다. 술집마다 취한 사내들의 한 판 싸움이 있었다고 한다. 그 정도로 장사가 성했으니 여자가 꼬이는 것은 당연했다. 선원들은 불규칙한 생활로 결혼을 못한 대신 쉽게 다방아가씨들에게 돈을 썼고 그 잔재는 지금까지 구룡포의 분위기를 압도하고 있다. 그들이 보자기에 커피를 싸들고 돼지식당에 들어오고 나면 5분 만에 커피잔은 비워진다. 만원 이만 원 커피 값을 계산하고 그들은 다시 소주와 맥주를 들이킨다. 커피 맛을 위해 커피를 시킨 것은 아니다. 그저 관습처럼 커피를 사는 것이고 그렇게라도 여자를 한 번 보면 그만인 것이다.

"사람들 대부분 70%는 혼자 살고 있습니다. 그런 사람들이 혼자 살고 싶어 살고 있는교? 다 그만한 애로사항이 있고 문제점도 있고..."

_이시우, 하사출신, 42세, 이혼 한 번

그들의 일상은 무미건조하다. 바다에서 대부분 고기를 잡고 짧은 육지 생활에 제대로 연애 한번 못 하고 다시 배에 오른다. 남자들만의 생활에 익숙하다가 여자를 대하는 노하우는 점점 잊어간다. 돈 보고 달려드는 다방 이기 씨와의 거래에만 익숙할 뿐 인생 동반자와의 관계에는 서투르다. 그들의 일상 속에 여자는 없다. 뭔가 즙이 없는 삶의 전형이다. 돼지식당에서 만난 서상복 씨는 현재 52세다. 천직이 뱃사람이라 결혼은 꿈꾸지 못했다. 어쩌다 보니 그도 이제 말 그대로 결혼 가망성 희박한 노총각이 되었다고 한다.

"나도 총각. 아직 혼자 살아."

한 번도 안 해봤어요?
결혼 아직 안 했지.

그런 생각 안 해보셨어요? 가정 꾸려야겠단 생각.
해도 생활 여건이 안 따라주니까 우리는 바다에 가서 내 생활하니까 육지에는 거의가 머무는 기간 2개월밖에 안 돼요.

남들 부럽지 않아요? 가정도 있고 아내도 있고...
부럽죠. 당연히 부럽지. 그 뭐 아내가 해주는 따뜻한 밥 그거 왜 안 그립겠어요?

돼지식당 얼마 만에 오신 거예요?
28일 만에 와가지고 육지에 머무는 시간도 이번에 3일.

김창식 씨 역시 돼지식당에 종종 온다. 그도 내일 모래 60인데 여전히 독신이다. 맥주 한 병 마시고 일어서는 그를 따라 무조건 그의 집으로 가보았다. 역시 독신인 동생과 단둘이 사는 집은 정말 남자의 냄새만 진동하고 있다.

아저씨는 결혼은 포기하신 거예요?

내 사주에 50 넘어 여자가 없대요. 내 호적상 깨끗합니다.

근데 혼자 살 줄 몰랐지요?

사람 앞일 아는교? 세상 사는데 혼자 살고 싶어 사는 건 아니고... 우리 클 때는 보리 죽 끓여 먹고 살 때 옛날에 그때는 거의 쌀밥 못 먹었거든요. 배에 가면 허연 쌀밥 준단 말입니다. 배타면 배부르게 먹는데 집에는 형제가 식구가 많으니까.

젊었을 때 여자 생각나는 건 어떻게 했어요?

그런 거 없어. 먹고 살기 바쁜데 뭐. 배 안 나가면 술 먹고 그날 살지 뭐. 술 한 잔 먹고 인생 잊어버리고 골치 아픈 인생 잊어버리려고 바다 파도와 싸우다 들어오면 갈매기 벗 삼아서 산다고. 인생사는 게 그래 허무해요. 여기 구룡포 다방에 아가씨들이 여기 홀아비 데리고 많이 살아요. 세상이 말세라 여자들이 남자 돈 떨어지면 다 가버리는 세상이고 살림 사는 사람도 돈 떨어지면 가버리고... 혼자 사는 게 편치. 구룡포에 다방이 있어서 35개인기 그래 돼.

그는 먹고살기 어려운 때 고기잡이에 뛰어들어 바다만 떠돌다 30이 넘고 40이 넘고 50이 넘어갔다. 이제 예순을 바라보는 나이, 힘이 달려 이일도 만만치 않다고 한다. 그날, 그는 중고 밥통을 6만 원 주고 사왔다. 마침 그의 친구가 방문했다. 역시 독신이다. 밥통을 보고는 연신 감탄하는 모습이 매우 인상적이었다. 나이 든 남자들이 살림살이에 그렇게 관심을 가지는 모습이 여느 풍경과 한참 다른 모습이었다.

> "얼마 주었노? 이거 비싼데 이거 좋다. 밥 해놓으면 좋다. 옆에 돌아가고 참 좋네. 요거 십 칠 팔만 원 줄 건데. 쿠쿠인가베. 좋은 거 샀네. 음식도 만들어먹고 밥도 해먹을 수 있고 이건 보온... 잘 샀네. 큰마음 먹었네. 쿠쿠. 이거 잘 샀다. 이거 잘 써라. 이거 밥 좋더라. 잘 됐다. 이리 사는 기다."
>
> _김창식 씨 친구

그렇게 돼지식당에서 음양의 조화를 잊고 살아가는 다양한 사람들을 만났다. 모두 웃음이 없는 무표정한 얼굴로 조용히 술만 마시고 있다. 종일 돼지식당에서 물OO(단란주점)를 왔다 갔다 하며 술을 마시는 남자 역시 그랬다. 그도 역시 50년 넘도록 홀로 산 독신총각이다.

"거기서 좀 있으면 여기 오고 여기서 또 거기 가고 하루 종일 왔다 갔다 한다. 여기 한 번 먹고 거기가 한 번 먹고 만날이다 만날... 그 사람은 혼자 사니까 저기 하루 종일 밤잠을 안 자고 술을 먹어요. 술버릇이 잘못되어 하루 종일 먹어. 그러니까 돈이 있으면 있는 대로."

_돼지식당 주인

돼지식당에 있다 보면 기이한 남자들을 많이 보게 된다. 모두 반쪽을 잃거나 찾지 못한 사람들이다. 그들의 사연은 모두 돼지식당 주인이 알고 있다. 어느 날 이른 아침부터 저녁 6시까지 한 번도 돼지식당을 안 떠나고 술만 마시는 남자가 있었다. 50대 중반 쯤 된 남자인데 오전에는 매우 내성적인 모습으로 말 한마디 없더니 오후쯤 되니 혼자 계속 뭐라고 하며 떠들고 있다. 그가 바로 술만 먹으면 벽 보고 소리친다는 일명 '벽치기' 남자임을 짐작했다. 말로만 듣던 그 남자를 그날 보았다. 남자가 혼자 살면 뭔가 병적으로 탈이 난다. 비 오면 소리치는 청산도 남자나 술 먹고 계속 소리친다는 구룡포 벽치기 남자나 모두 양기를 다스려주지 못하기 때문 아닐까 생각해 보았다. 구룡포 항구의 뱃고동 못지않게 짝을 찾는 구룡포 연기는 매우 구슬프게 울려 퍼지고 있다.

구룡포의 잠수부 성평전 씨가 11월 마지막 밤 다시 바닷속에 들어갔다. 내일 새벽 출항을 앞둔 배가 바닥에 뭔가 이물질이 낀 모양이다. 이 잠수부 일도 자주 들어오는 일이 아니라서 성씨는 일을 골라가며 할 처지가 못 되었다. 어쩌다 들어오는 일을 밤낮을 구분하는 것이 사치다.

추운 겨울 바다를 밤에 들어가는 칠순의 잠수부를 바라보는 일은 마음 아프다. 그런데 그가 일을 마치고 집으로 가는 모습은 더욱 맘이 아프다. 힘든 일을 하고 가지만 캄캄한 집에 아무도 반겨주는 이가 없다.

> "누가 있는 것 같으면 물이라도 덥혀놨으면 하는데 반겨줄 사람도 없고... 팔자소관인데 우얍니까. 남 보기는 웃는가 싶어도 속은 실제 울고 댕기는 거야."

그는 집안으로 사람을 들이는 것을 몹시 부끄러워했다. 겨우 혼자 거처할 만한 비좁은 방에 그의 살림살이가 어지럽게 널려 있었다. 춥고 비좁고 어수선한 방에 빵 봉지 몇 개와 약 봉지가 가득하다. 식사도 제대로 안 해 먹고 대충 사 먹고 다니는 것이 단박에 표시 난다. 지금은 전립선에 이상이 오고 잠수병으로 온몸이 아프다고 했다. 실지로 2시간도 채 못 자면서 불면증에 시달린다고 한다. 그가 그동안 보도된 본인 신문기사 자료들을 보여주었다. 신문에는 자랑스럽게 구룡포의 유명한 잠수부로 그럴듯하게 소개되었지만, 짝의 관점으로 바라본 그의 인생은 딱하기 그지 없었다. 어쩌다가 그의 인생은 이렇게 외롭게 전개되어 갔을까. 돈 없고 늙고 병든 자신에게 맞는 짝은 이미 포기한 지 오래다.

> "그 전에 황금을 돌같이 보라하는 최영 장군 문장 있었는데 그 전에는 여자가 여자같이 안 보이고 돌같이 보였습니다. 지금은 나이가 먹으니 여자가 여자같이 보이니 탈이란 말입니다. 그게 탈 아닙니까. 선도 여러 번 봤

지만 안 되려고 하니 안됩디다. 인생에 인연이 없다고 합니다. 스님 되는 팔자 타고났다고 합니다. 인연이 없다고 합니다. 저도 점집도 많이 찾아 다녔습니다. 실제로. 인연이 없다고.

그렇게 결혼하려고 해도 잘 안 되는 거예요?

안 되죠. 선도 부산 같은데 가서 하루에 두 번도 봤습디다. 여자! 이 세상 제일 겁나는 게 누구냐 하면 여자라고 생각합니다. 여자 진짜 요물이라고 하면 요물이고 진짜 겁납니다. 여자 겁납니다. 나이 먹으니 외롭죠. 외로운 걸 우얍니까. 혼자 안 외롭다면 그건 거짓말입니다. 사실 지금도 힘든 건 많습니다. 어떤 경우는 내 속이 편하구나 하는 생각도 들고. 때로는 외롭게, 사실 외롭죠. 그래 술이나 한 잔 먹고 노래나 한 번씩 부르고 잊어 버리고 그래요.

성평전 씨의 밤은 유난히 길고 춥다. 70년 평생 여자 없이 사는 것이 어떤 것이었을지 상상은 가지만 실감은 안 된다. 왜 만물은 그렇게 짝을 지어 살려고 하는지 이유가 있을 것이다. 아무 조건도 계산도 안 하고 더 행복한 방법으로 직행하는 동식물의 습성에 비유하건대 짝을 짓고 사는 것은 아마도 가장 기본적인 행복의 조건이 아닐까 생각된다. 그 조건에서 벗어나 70년 삶을 살아가고 있는 성평전 씨의 모습이 자꾸만 생각난다. 짝이 있는 사람은 많은 사람들이 원수처럼 살아가며 짝 때문에 골머리를 앓고 사는데 구룡포의 노총각들은 차라리 그런 원수라도 있어 봤으면 한다. '있을 때 잘해' 라는 것이 〈짝〉 프로그램의 화두었다. 우리는 공기나 물의 소중함과 중요성을 너무나 잘 알고 있다. 그러나 흔하고 언제나 곁에 있을 것 같아서 그런지 소중한 존재를 의식하지 못하고 살아가고 있다. 한번 결핍을 겪어보면 비로소 그 중요성을 뼈저리게 느낄 것이다. 인생이란 그런 것 같다. 살아 보고 겪어 보지 못하면 누구나 알고 있는 것도 알지 못하고 살아가는 것. 그래서 어리석게도 늘 인생은 회한 속에 오는 것. 짝이 있어 보지도 못한 구룡포 사람들 이야기는 짝이 있다는 것이 얼마나 좋은지를 역설하는 가장 좋은 예일 것 같았다. 물의 소중함을 알려 주려 아프리카나 사막으로 가서 그들의 물과의 전쟁을 살펴보는 심정으로 단순하게 접근했는지도 모르겠다. 부산보다 먼 구룡포를 무려 네 번에 걸쳐 드나들며 취재했지만, 방송에서는 시간이 넘쳐 다루지 못했다. 지금도 혼자 빨래하고 잠수병에 잠 못이루고 짬뽕과 짜장을 찾아 끼니를 때우고 있을 성평전 씨의 모습이 눈에 어린다. 세월이 흘러 곧 그의 전철을 밟을 수 있는 돼지식당의 단골노총각들의 모습이 눈에 밟힌다.

남자가 여자 없이 살아가는 것은 어떨까? 남자 없이 살아가는 여자의 고통은 무엇일까? 그들의 생생한 이야기를 듣고 왜 그렇게 조물주는 짝을 지어주려고 이 거대한 자연법칙을 만들었을까 사유하고자 했다. 짝이 무엇이기에 우리는 이토록 짝을 그리워하고 이루려고 하는 것일까? 저 푸른 초원위에 그림 같은 집을 짓고 사랑하는 님과 함께 한평생 살고 싶다. 그것이 보통사람의 꿈이다.

눈먼 새는 죽을 때 단 한 번 눈뜨고 죽는다는데
백조는 죽을 때 단 한 번 아름다운 목소리로 울다 죽는다는데
가시나무새는 죽을 때,
가시에 가슴을 찔리면서 단 한 번 울다 죽는다는데
달팽이는 일생에 단 한 번 교접을 한다는데
일생에 단 한 번 번식하는 게도 있다는데
일생에 단 한 번도 여자를 못 본 수도승이 있다는데
일생에 단 한 번도 날지 않는 새들이 있다는데...

- 천양희 詩, '단 한 번' 中

짠 1부 내게도 좋은 짝이 있었으면

2부 짝의 탄생

내 님은 어디에 있는가? 나도 짝을 찾고 싶다
    종로서적과 교보문고 사이
    단체 미팅과 소개팅 사이
    결혼 정보 업체와의 은밀한 거래

애정촌의 탄생
    완장촌은 애정촌을 낳았다
    애정촌은 달콤하고 잔혹한 통속 다큐멘터리다
    애정촌으로 간 짝 없는 12명의 남자, 여자

애정촌 들여다보기
    만남과 탐색
    소풍... 그리고 잔인한 점심식사
    신상공개 그리고 여자들의 선택
    나는 어떻게 살아왔는가?
    해변의 밤
    애정촌의 열혈남아
    남자 1호, 여자 3호를 데리고 해변에 가다
    선물을 주고받으면 짝이 된다
    해가 뜨거든 이 꽃을 가져가세요
    짝을 이루지 못한 자는 애정촌을 떠나야 한다
    애정이 충만함을 보여주어라
    애정촌은 무엇을 말하는가?

그 황홀하고
순수한
첫 만남처럼

우리는 지금
애정의 시대에 살고 있다.

애정촌은 늘
사랑에 대한 질문과 고민으로
가득 차 있다.

내 님은
어디 있는가

나도
짝을 찾고 싶다

종로서적과 교보문고 사이

결혼을 전제로 한 남녀의 만남은 지금도 천 가지, 만 가지 방법으로 매일 이루어지고 있다. 서울의 대표적인 명소들은 만남의 명소이기도 하다. 음식점과 주점은 이들이 없으면 매상에 심각한 타격을 입게 된다. 실제로 퇴근길 강남역을 살펴보면 님을 기다리는 사람들이 길게 늘어서 있다. 아무도 주목하지 않는 장면을 세심하게 관찰하면 남녀의 만남에 대한 시대의 풍속도가 자연스럽게 그려진다. 아날로그가 아닌 디지털 시대에 기다림은 그리 오래가지 않는다. 바로바로 강남역 앞 기다림의 주인공들은 교체되어 간다. 카메라로 촬영하면 새로운 얼굴들이

기다리다 가는 장면이 순식간에 바뀌어 갈 뿐이다. 퇴근 후 6시에서 8시 사이 모든 만남은 집중되어 있다. 우리가 만난 백경욱 씨 역시 그런 사람들 중 하나였다. 만남에 대한 기록을 하는데 그는 유독 오래 기다리고 있다. 그리고 물어보니 오늘이 첫 만남이란다. 그의 만남을 기록해 보았다. 우리는 그가 그렇게 오랫동안 기다리는 일이 생길 줄은 몰랐다. 불쌍하다는 생각이 들 정도로 그는 한곳에서 오래 기다렸고 사람들은 계속 교체되어 갔다. 그렇게 한 시간이 갔다. 그리고 또 40여 분이 지날 무렵 마침내 그의 얼굴이 펴지고 그는 한 여자와 어색한 인사를 나누었다. 백경욱 씨와 여지혜 씨의 첫 만남은 2010년 8월 20일 저녁 8시 40분 강남역에서 이루어졌다. 그날 우리는 그의 데이트 과정을 본의 아니게 추적하게 되었다. 그가 미리 잡아놓은 1차 장소는 분위기 좋은 카페와 같은 음식점이었다. 공연도 보고 식사도 하는 나름대로 이야기를 만들 수 있는 곳이라 그런지 주로 연인들이 자리하고 있었다. 첫 만남은 그렇게 누구나 신경 쓰고 최선을 다하고 있다. 식사를 마친 그들은 그리 오래 있지 않고 바로 장소를 옮겼다. 2차는 간단한 술을 하기로 한 모양이다. 남자는 신이 났고 많은 이야기를 하고 있다. 남자는 여자를 2시간이나 기다렸다는 사실은 이미 잊은 듯하다. 어느새 소주병이 늘어서 있고 생맥주 잔이 비워져 간다. 자정 무렵이 되어 그들은 그 분위기 좋은 술집을 나섰다. 이제는 헤어지는가 보다 하고 그들 첫 만남 마지막을 기록하는데 집중했다. 물론 그들에게 촬영은 허락받았지만, 분위기는 해치지 않겠다는 친절한 의도 때문에 숨어서 촬영했다. 그런데 헤어지고 난 그들이 다시 만났다. 헤어지는 장면 촬영을 위해 둘이 짜고 연출하였다고 한다. 요즘 사람들 참~. 그런데 택시를 태워 보낼 줄 알았는데 의외로 그들은 또 3차를 간다고 했다. 촬영팀을 돌려세우고 그들은 사라져 갔다. 더 이상 그들을 방해하지 않기로 했다. 이후 방송 직전까지 그들은 만남을 지속하고 있어 첫 만남에 대해 방송을 할 수 있었다. 만약 그들이 결혼하게 된다면 이 방송의 기록물은 그들에게는 놀라운 선물이 될 것이다. 물론 현장에서 그런 달콤한 말을 해서 그들의 마음을 얻었지만, 인생이란 알 수 없는 것이다. 특히 남녀의 만남은 더욱 오묘하여 예측할 수 없다. 지금도 그렇게 누군가는 첫 만남의 순간을 떨리는 심정으로 맞고 있을 것이다. 그 시간은 아무리 오래 기다려도 지루하지 않을 수 있다.

오늘도 연인을 기다리는 수많은 사람들이 강남역 교보문고 앞을 정복하고 있다. 30~40년 전 종로서적 앞은 늘 연인을 기다리는 사람들로 인산인해였다. 신촌은 홍익문고 앞에서 보자는 사람들로 또 북적였다. 서점은 책을 사는 사람들이 아닌 데이트를 앞에 둔 사람들이 소일하며 기다리는 곳으로 안성맞춤이었다. 종로서적 앞에서 기다리던 연인들 중 과연 몇이나 결혼에 골인했을까 가끔 생각해본다. 그 기묘한 풍경은 종로서적이 없어지면서 사라져 갔다. 교양 있게(?) 종로서적에서 만나고 종로 뒷골목에서 풍류를 즐겼던 그런 시대는 가고 지금 종로는 삐끼 천국이 되어 마냥 낯설 뿐이다. 종로서적이 폐하면서 종로 연인 시대는 마감하고 아마도 그 분위기는 서진西進하여 인사동을 거쳐 안국동 삼청동으로 향하고 있는 것 같다. 삼청동 카페촌과 미술 거리 그리고 한옥촌은 연인은 물론 가족까지 사람들을 불러 모으고 있다. 동서고금을 막론하고 연애의 시초는 분위기 잡는 것부터 시작된다. 나에게도 지금 연인이 있다면 종로보다는 삼청동으로 모시고 가서 폼 좀 잡고 올 게 분명하다. 그리고 분위기 있는 카페와 음식점을 들락거리며 허풍 섞인 말들로 시간을 채울 것이다. 그러나 그 여인을 평생의 짝으로 집에 들인 다음부터 그 사내는 삼청동 나들이를 뚝 끊게 될 것이다. 남자가, 아니면 여자가 이미 그런 소비적인 외출은 벌써 차단할 것이다. 그것이 인생의 이치인지 가끔 가보는 인사동에서 안국동, 삼청동으로 이어지는 문화 벨트는 주로 젊은 연인들만 북적인다.

단체 미팅과 소개팅 사이

인천국제공항 주최로 100쌍의 미팅이 주선되었다. 남자 100명과 여자 100명이 미팅을 하는 현장이다. 인천국제공항 주재 미혼남녀 직원들의 만남이다. 과연 100명의 단체 미팅은 어떤 그림이 펼쳐질까 기대하면서 가봤다. 참석자들도 100명의 이성 중에 맘에 드는 사람이 당연히 있을 것이라고 기대하고 왔을 것이다. 그러나 늘 그렇듯이 물량공세가 질을 담보하지는 않는다. 회전 초밥처럼 돌아가는 짝짓기 일정이 정신없어 보인다. 5분 정도 이야기하면 다음 차례로 가야 한다. 골고루 사람을 배분하다 보니 짧은 만남은 가능하지만 깊숙하고 차분한 내화는 불가능하다. 첫인상만으로 결정하는 것이 전부 아닐까 싶다. 커플매니저는 연신 유머 펀치를 날리며 예정된 스케줄을 용케도 소화해 간다. 남녀만 남이고 100명이 뒤섞이다 보니 시간은 금방 간다. 자세히 관찰해 보면 동물적 탐색과 남녀의 미세한 심리들이 재미있다. 그러나 그 모습은 지속하기 어렵고 곧 또 다른 일정에 떠밀려 바로 묻혀버린다. 바다의 파도와 같다. 남녀의 떨리는 심리는 소란스런 이벤트에 곧 사라져 버린다. 분명 주연은 미팅 참가자들인데 어느새 손님이 되어 얌전하게 지시에 따르고 있다. 주객이 전도된 느낌이다. 이들에게는 짝을 찾는 것이 인생의 중요한 과제이기에 이 순간 최선을 다하고 있는데 내버려두면 알아서 잘 찾을 것 같은데 끊임없이 가르치고 이끌어 갔다. 연애강사가 나와 연애특강을 하고 댄스강사가 나와 커플댄스를 유도했다. 과연 맘에 드는 사람과 그들은 무엇을 나누었을까? 웃고 놀고 떠들다 보니 4시간이 어느새 지나갔고 마침내 결정의 시간이 왔다. 복수로 줄줄이 상대번호를 적으라고 하니 커플 확률은 비교적 높다. 커플이 된 사람들이 무대 위로 호명되었다. 무더기 당첨이다. 전화번호를 교환하고 그들은 만남을 지속해갈까? 행사를 위한 쇼에 동원된 방청객 같다는 기분이 든다. 사지선다형 문제에 답이 3개인 시험지처럼 싱겁고 허무하다. 그렇게 대형 쇼는 끝이 났다.

주말 명동, 한 인터넷 업체가 주선하는 20쌍의 커플미팅 현장을 찾았다. 그들도 역시 뱅뱅 돌며 커플매니저의 지시에 따라 파트너를 바꾸어가며 열심히 미팅에 임하고 있다. 동일한 질문과 답들이 오가고 사람들만 바뀌는 풍경이 반복되었다. 그렇게 역시 회전초밥처럼 남자들이

2부 그 황홀하고 순수한 첫 만남처럼

돌아갔다. 여자들은 매력 있는 사람이 오면 눈을 반짝이고 매력 없는 사람 앞에서는 반응이 신통치 않다. 20명의 남자가 한 여자 앞을 스쳐 갔다. 한 남자는 20명이나 되는 여자를 만나긴 만났다. 그렇게 미팅은 끝났다. 그리고 맘에 드는 사람을 적어내고 그들은 돌아갔다. 맘에 드는 사람이 서로 일치하면 주선자가 연락처를 알려주는 모양이다. 매우 소극적이고 수동적인 만남이다. 맘에 들면 맘에 든다고 고백하고 '넌 내 거!' 선언하고 주위에 접근을 막던 무지막지한 과거 세대의 구애법求愛 法에 비하면 참 예의 바른 방법이다. 사랑은 움직이는 거니까 시대 따라 구애도 달라지게 마련이다. 요즘은 그 무서운 거절조차 인터넷으로, 문 자로 간단히 처리하는 세상이다. 인터넷 인스턴트 사랑이 범람할수록 사랑은 가벼워지는 것 같다. 어찌 되었든 요즘 젊은이들의 사랑은 짧고 간결해 쿨한 반면 뜨겁고 강한 맛은 덜한 것 같다. 한바탕 지저귀다 날 아간 참새 떼처럼 그렇게 그들의 미팅이 끝났다. 단 한마디도 알아들을 수 없었던 그들의 대화는 분명 들어보나 마나 신상조사에 그쳤을 것이 분명하다. 남자가 쉼 없이 회전하던 쌍쌍파티는 객客이 봐도 그렇게 허 무하고 허전하게 끝났다. 와~ 떠들고 휙- 가버린 그들에게 느낌조차 묻 기 거북했다. 짝을 찾는 일이 도대체 뭐기에 이렇게 간절하게 주말의 귀 중한 시간과 돈을 소비하고 있을까?

우리는 소개팅에 대한 믿음과 기대가 있다. 친구가 해주면 친구가 보이고 친척이 해주면 친척이 보인다. 소개해주는 이의 사회적 신분과 능력에 맞는 사람들이 세팅될 가능성이 높다. 상대방에 대한 믿음들이 있는 상태에서 소개해 준 이를 매개로 훨씬 부드럽게 풀어갈 수 있다. 그래서 100명의 무한 만남보다는 한 명의 소개팅이 확률이 높다. 이렇게 사람들은 반 중매 상태로 연애를 시작해서 결혼에 이르는 과정이 보편적이다. 어디서 어떻게 사람을 만나든 연애는 필수 과정이고 통과의 례다. 버스 정거장이 중매했든 친척 오빠가 중매를 했든 연애를 통해 감정 교류가 오가고 나면 어느 순간 이성이 돌아와 냉정하게 주판알 튕겨 결혼하는 게 인간 정서다. 여기에서 누가 누구를 소개해 주는가 하는 것은 오랫동안 진화에 진화를 거듭해 왔다. 과거 지금의 할아버지 세대에는 마을 사람 중에 마당발 어른이 주도했다. 의지만 있으면 누구나 나서서 이웃마을 처자를 이웃마을 총각에게 소개해 주었다. 그 행동반경은 면 소재지를 벗어나지 않았다. 그래서 대개는 재너머에서 가마 타고 오면 되는 거리다. 그러다 지금의 40대~50대 아버지 어머니 세대에 오면 교육열이 뜨거워지면서 자유연애 시대가 도래한다. 혹은 도시로 돈 벌러 가면서 전국 각지에서 모여든 총각 처녀들이 맺어지면서 시댁과 처가가 전국 각지로 흩어지게 된다. 친척들이 면 소재지에 한정되는 것에 비하면 비약적인 확산이다. 재너머 총각도 더 이상 옆 동네 처자만 바라볼 수는 없게 되었다. 그도 도시로 나가 처자를 구해야 했다. 공장에서 일하며 힘든 것 위로하다 서로 정이 들었고 도시에서 자취하고 하숙하다 눈이 맞았다. 이제 얼굴도 못 보고 결혼하는 비극은 더 이상 일어나지 않을 것이다. 한편, 뜨거운 교육열 덕에 학교로 간 세대들은 캠퍼스에서 낭만과 사랑을 노래하면서 감미로운 청춘을 보냈다. 이념과 시대의 아픔은 있을지언정 한편에서는 이러한 정서가 그 살벌한 시대

2부 그 황홀하고 순수한 첫 만남처럼

를 견딜 수 있게 했다. 80년대 봄날, 붉은 진달래, 노란 개나리가 흐드러지게 핀 대학 교정에는 한 떼의 시위대가 노래하면서 구호를 외치고 지나갔지만, 그 사이 여기저기 서로에게 봉사하느라 바쁜 사랑에 눈먼 커플들도 존재했다. 대자연은 그렇게 이념과 정서의 공존을 허락했다. 나는 공부하고 너는 시위하고 그래도 우리는 친구인 것처럼 이념과 신념의 공존이 가능했다. 시대는 억압받았지만 개인의 자유는 존중받았다. 지금 보면 굉장히 유치했을 연애들이 개인사마다 장중하게 펼쳐지고 있었다. 신입생 시절, '1학년 입학해서 4학년 캠퍼스 퀸카를 사귀었다' 라는 선배의 무용담을 침을 흘리며 들었고 막걸리를 마시고 처절한 사랑 노래를 목청껏 내뿜는 선배의 기개에 감탄한 적도 있다. 80년대 전체적인 공기의 흐름을 보면 이념보다는 사랑이 지배한 것이 맞지 않을까 싶다. 아무리 최루탄이 내뿜는 소리가 요란해도 인간 본능에서 오는 청춘이 내뿜는 힘을 이길 수는 없는 것 같다. 그렇게 아픈 시대 속에서도 수백 수천 수만의 쌍들이 연애를 하면서 결실을 보아갔다.

화려한 연애사戀愛史 없이 도서관에 처박혀 대학을 마치는 것도 지나고 보면 후회스럽다. 아무런 결실도 못 본 채 대학 하수구에 버려진 것처럼 대학을 나서면 그 기분은 부모에게 죄스럽고 애인에게 창피하다. 아마도 그래서 법대 동기들은 연애냐? 공부냐? 병행을 못하고 하나를 선택하는 것 같다. 그때 그 시절 누구나 통과의례처럼 몇 번의 소개팅과 과팅을 했다. 하지만 그 상대는 누구였는지 아무리 기억하려 애도 기억할 수 없는 시절이 되었다. 개인적으로도 기숙사 방 호수가 같다는 인연으로 방팅을 한 적 있는데 참으로 기억조차 가물가물하다. 방 호수 423호는 지금도 뚜렷한데 그 여자에 대해서는 유령처럼 아무것도 기억할 수 없다. 그것도 기억 못 하는데 이렇게 회전 초밥처럼 돌고 도는 것은 거리에서 마주치는 사람들과 별반 다를 게 없을 것 같다. 누가 누구를 소개해 주는가는 끝없이 진화해서 이제는 나도 모르는 방법이 다양하게 존재한다. 뚜쟁이라는 전통적인 것도 여전히 위력을 내뿜고 인터넷 소셜 네트워크를 기반으로 한 기발한 방법도 날로 발전한다. 그렇게 천 가지 만 가지 방법으로 짝을 찾아 갈 것이고 설사 회전 초밥 신세가 되더라도 맘에 맞는 짝을 찾을 때까지는 꾸준히 그 자리에 오를 것이다. 내게 맞는 거룩한 짝을 찾는 일은 예전이나 지금이나 필살기다. 인간들도 동물과 다름없이 죽기 살기로 덤비고 있다. 청춘은 그렇게 짝을 찾는 일로 팔딱거리며 숨 가쁘게 지나가고 있다. 지나고 나니 모든 것이 좋았고 그 시간은 강렬했고 짧았다.

결혼 정보 업체와의 은밀한 거래

짝을 찾는 마지막 수단은 수 백만 원의 돈을 지급하고 무한 공급받는 결혼 정보 업체의 도움을 받는 일이다. 결혼 정보 업체의 난립만 봐도 산접적으로 그 이용도를 알 수 있다. 무수한 사람들이 업체의 도움을 얻어 짝을 찾고 있다. 이제는 중매도 전문 업체에서 돈을 통해 이루어지는 시대가 온 것이다. 중매 한 번 잘못 서고 평생 원망 들느니 나 몰라라 하고 발뺌하는 것이 요즘 트렌드에 맞을 수 있다. 90년대 초 움트기 시작한 중매 산업이 어느새 우리 경제의 한 축이 되어가고 있다. 내 짝을 찾기 위해 내 신상명세서를 들이밀고 돈을 내고 타인의 신상명세서를 사는 시대가 온 것이다. 이른바 부동산 중개업처럼 이것도 사람을 중개해주는 산업으로 자리 잡아가고 있다. 대중목욕탕에서 서로 때 밀어주는 풍경이 사라지듯이 점차 개인 중매도 사라질지 모른다. 모든 영역은 산업논리가 작동한다. 결혼 중개업도 체면을 중시하고 소극적이고 개인적으로 변한 현대인의 심리를 교묘하게 파고들었다. 나이트클럽의 웨이터의 주된 수입은 월급도 술장사도 아니다. 여자와 남자를 맺어주는 부킹료다. 그 명목으로 웨이터는 두둑한 팁을 챙기는 것이고 그것이 외제 차도 몰게 하는 힘이다. 물론 부킹을 통해 술도 많이 팔면 수입은 더 늘어나게 되어 있다. 사람은 수입이 가장 많이 나는 일을 가장 열심히 하게 되어 있다. 나이트클럽 웨이터가 부킹에 그렇게 열심인 이유는 수입과 직결되기 때문이다. 그들은 비공개 중매업 종사자다. 나이트클럽에 오는 손님들은 위신을 고려해 직접 호객행위를 할 수는 없다. 남자끼리 여자끼리 오지만 그렇게 놀려고 오는 사람은 없다. 그 비싼 술값에는 이미 부킹료가 포함되어 있다. 거기 오는 여자들은 웨이터가 자기 손을 잡고 남자 손님에게 가는 일을 당연하다고 인정한 셈이다. 한국적인, 가장 한국적인 장면이 있다면 그 부킹장면이 아닐까 싶다. 어찌 한국 남자와 여자는 그렇게 본심을 감추고 행동하는 것일까. 체면을 중시하고 겉과 속이 다르고 성性을 숭시하는 상황에서 부킹산입은 꽃을 피웠다. 그러한 한국인의 심리를 이용하여 나날이 번성하고 일반화된 것이 수많은 결혼 정보 업체들이다. 보통 상상하는 작은 소규모 회사가 아닌 중견기업으로 성장한 것만 봐도 짝짓기 산업의 현주소를 알 수 있다. 이제 그들은 공중파 TV 프로그램의 어엿한 광고주로 당당하게 이름을 내밀고 있다. <짝> 프로그램 제작에서 커플매니저의 경험과 노하우가 매우 유용할 듯해서 그들을 몇 번 만나 봤지만 곧 별 도움이 되지 않음을 느꼈다. '요즘 사람들은 손톱도 보고 목덜미도 본다', '아주 까다롭다', '부모가 와서 간섭하고 결정한다'. 이미 들은 바 있고, 언론에서 반복해서 자주 이야기한 소재들이다. 그러나 그런 식상함 보다는 기본적인 의구심이 들었기 때문에 그들과 함께 할수가 없었다. 보통 평범한 선남선녀들이 과연 그럴까? 그런 극한을 달리는 사람들의 이야기는 언제나 언론과 결혼 정보 업체가 합작해서 만들어 낸 것이 아니었던가? 그런 결혼 정보 업체를 이용하는 소수의 의견을 담아 사회현상으로 확산시키면 그것이 또 일반론이 되고 만다. 사람들이 결혼 정보 업체를 이용하는 것에 대한 당위성만 부여하는 것 아닌가. 과연 몇 사람이나 목덜미를 보고 결혼을 결정하겠는가. 편집용 멘트로는 훌륭하지만, 진실과는 거리가 멀다. 사회는 늘 악화가 양화를 구축하는 것이 문제다. 언론은 목덜미를 보고 결혼하는 사람이 있다고 아무렇지 않게 말할 수 있다. 늘 언론은 소수의 의견을 구미에 맞게 요리하고 평범한 진실을 중요하게 처리하지 않는 경향이 있다. 목덜미를 보고 결혼하는 사람이 열 명 있다고 하자. 우리 사회에 별종이 다 있는데 그게 아무런 일도 아닌데 전문업체의 입을 빌려 어쩌다 언론에서 그런 경향도 있다고 보도를 하면 열 명은 사람들 뇌리에 십만 명처럼 확대된다는 것이 문제다. 그러면 결혼 정보 업체 시장은 확대되는 것이다. 구체적 지식이 일반론이 되어간다. 그래서 나는 정보 프로그램들이 무섭다. 물이나 공기만큼 중요하고 흔한 것은 없다. 그러나 어떻게 요리할지는 모른다. 그런데 사소하고 별 볼 일 없는 어떤 것은 요리하기 쉽고 관심 받을 수 있다는 것 때문에 쉼 없이 내보낸다.

결혼 정보 업체에서는 중매를 잘 해서 회사영업을 극대화하는 일이 더 중요할 수 있다. 하지만 그들이 행복한 결혼에 대한 진정한 고민을 하고 있는지는 의문이다. 영업의 비밀을 노출하는 일은 하지도 않을뿐더러 진실의 고백은 때로는 회사이익에 반할 수도 있다. 우리의 귀중한 시간을 그곳에 투자할수록 이상하게 헛바퀴 도는 느낌이 들었다. 네 번째 만남 만에 더 이상 그들과의 만남은 무의미하다고 결론 내렸다. 지금도 방송에서 미팅 프로그램을 한다면 제일 먼저 결혼 정보 업체의 도움을 모색해 본다. 그들이 가진 신상명세서의 유혹과 무언가 있을 것 같은 전문 정보 때문이다. 아마도 업체는 방송을 통해 그 수십 개 동종업체 중에서 이름을 알릴 수 있고 방송은 수월하게 가장 험난한 산을 넘을 수 있을지 모른다. 그러나 케이블카를 타고 산을 오르면 산행의 묘미는 모르고 건강도 돈도 손해를 본다. 애정촌에서도 한번은 그들의 도움을 요청했지만 그들이 보낸 사람을 보고는 기대치를 접었다.

역시 내 땅은 내가 삽질을 해야 한다.

애정촌의
탄생

완장촌은 애정촌을 낳았다

짝은 배와 물의 만남이다. 물이 높으면 배도 높고 물이 없으면 배는 움직일 수 없다. 내 운명을 결정하는 내 짝은 과연 어디에 있을까? 그리고 나는 무엇에 의해 내 짝을 고르고 있는 것일까? 한국인들의 짝짓기 과정에 대한 시뮬레이션을 통해 인생의 가장 중요한 화두인 짝을 어떻게 만나는지 '짝의 탄생'을 지켜보고자 했다. 수많은 짝짓기 실제 사례를 참고로 드라마와 같은 다큐멘터리를 만들어보기로 했다. 결혼 적령기인 남녀가 특별한 공간에서 일주일 이상 생활하고 오로지 애정에만 집중하는 상황을 만들어 보면 짝에 대해 우리가 보고 싶은 것이 보인다. 이것은 권력에 대한 실험인 '완장촌'에서 이미 검증된 것이다.

완장촌이나 애정촌이나 일종의 가상마을이다. '애정촌'에는 '애정촌'이라는 간판, 정류장, 지명표시등이 설치되어 있다. 파리든 뉴욕이든 강화도든 제주도든 무슨 상관인가? 깃발만 꽂고 간판만 설치하면 그곳이 곧 애정촌인 것을. 부처든 예수든 그 실존을 목격한 사람은 없다. 그러나 그분들은 그 이름으로 이미 존재하고 있다. 애정촌이라는 이름이 불리면서 비로소 이 세상에 '애정촌'은 있게 된다. '애정촌'은 짝을 위해 존재하고 짝 없는 결혼적령기 남녀들이 오로지 짝을 구하고자 모여서 사랑에만 집중하게 하는 곳이다. 애정촌에 도착하는 순서대로 남녀에게 지정번호가 주어지고 최후 남자(여자)의 도착이 종료되면서 애정촌의 문은 닫힌다. 민간인을 군인으로 만드는 곳이 군대다. 지정된 시간 지정된 사람들이 지정된 곳에 모여들면서 새롭게 군인들이 양성되고 주어진 기간 동안 군인의 역할을 완수하고 다시 민간인의 신분으로 돌아간다. 그 과정을 생각하면 애정촌이 이해될 것이다.

애정촌은 달콤하고 잔혹한 통속 다큐멘터리다

완장촌은 애정촌을 낳았다. 이미 완장촌에서 고민하고 검증한 형식이기에 애정촌은 그 결과를 의심하지 않고 그대로 밀고 나갔다. 다만 애정촌의 정신은 있어야 했다. 그것이 통속성이다. 애정촌의 통속성을 강조하는 순간 프로그램은 솔직하고 재미있어진다. 교양 있는 척 의미 있는 척 뭔가 내세우는 가식만 덜어내도 통속성은 강화된다. 인간들의 본능과 본성을 솔직하게 내세우는 것이 결국 통속성이다. 임금부터 노비에 이르기까지 결국 신분과 학식과 지위를 떠나 모두 통용되는 것이 있다. 그것이 통속성 아닐까. 가장 본능에 솔직한 순간 인간 행동과 정서는 자연스럽게 드러날 수 있다. 애정촌은 그것을 관찰하고자 구성원들에게 똑같은 옷을 입게 하고 이름 대신 번호를 부르도록 했다. 오로지 본능과 본성에 따른 애정에만 집중하도록 임무가 주어졌다. 가식과 위선과 사회적 체면이 아닌 진심만이 통하는 세상이다. 한국인의 사랑이 오가는 통속적인 거래시장이 애정촌이다.

사랑에 관한 대부분의 영화는 울고 짜는 비극의 절정을 보여준다. 언제나 통속성으로 무장하고 있다. 사랑의 본질은 그렇게 달콤하지만은 않다. 늘 눈물 한 방울은 달고 다닌다. 애정촌의 사랑도 그렇게 웃음과 눈물이 늘 공존한다. 애정촌으로 올 때는 모두들 꿈을 안고 달콤한 상상을 하며 왔을 것이다. 그러나 현실에서 부딪히니 뜻대로 되지 않는다. 사회에서 그러하듯이 이곳에서도 경쟁도 하고 좌절도 한다. 남몰래 눈물도 흘리게 된다. 그러한 모든 것이 통속적인 시선으로 바라보니 한 눈에 이해된다. 달콤하고 잔혹한 짝을 찾는 일의 본질이 통속성으로 녹아들어 왔다.

애정촌으로 간 짝 없는 12명의 남자, 여자

'짝의 탄생'을 위해 가상 애정촌을 만들어 보았다. 짝의 제국에는 신혼촌, 잉꼬촌, 모태솔로촌, 돌싱촌, 만혼촌, 황혼촌 등등 다양한 형태가 존재한다고 가상해 보았다. 짝을 찾고 싶어 하는 12명의 남녀가 모여 사는 가상 '애정촌'에는 짝을 찾는 목적만이 존재한다. 그곳으로 짝 없는 12명의 남녀가 짝을 찾는다는 것 외에는 아무것도 모른 채 모여든다.

12명의 남녀면 좋을 것 같았다. 남녀의 비율도 불균형을 가상했다. 어차피 이 세상은 공평하지 않다. 누군가는 짝이 없고 누군가는 짝이 있다. 그리고 경쟁을 위하여 남자를 더 많게 했다. 자연스럽게 남자는 7명 여자는 5명으로 처음부터 예정하고 선발했다. 양이온이 음이온보다 넘치면 그 공기 파장은 긴장하게 되어 있다. 우리 사회의 짝을 찾는 일반적인 조건은 대개는 남자는 능력, 학벌, 집안 등이 중요시되고 여자는 외모와 집안 등이 우선된다. 과연 그러한 요소는 어떻게 작동되는지 그러한 조건을 갖춘 사람들로 선발했나. 인새 퍽 없는 결혼 적령기의 남녀가 기본 조건이고 캐릭터를 중시했고 전체적인 조화를 고려했다. 이 애정춘 경험이 그들의 청춘에서 찬란하고 의미 있는 역사가 되기를 희망했다. 애정촌을 갔다 오면 사랑에 대한 깨달음을 얻었으면 했고, 실제로 좋은 짝을 만나 뽕을 따든 결실이 있었으면 했다. 출연자들도 각자 뭔가 기대하고 왔을 것이다. 출연료만 달랑 바라고 온 사람들은 아무도 없을 것이다. 그들에게도 통속성은 있고 그 통속 전쟁을 보는 일은 매우 삼삼할 것이다. 왜? 그것은 당신 이야기니까. 어쨌든 통속적인 시선으로 바라본다는 것은 가장 본질에 충실한 방법이다. 그 통속성을 온몸에 뒤집어쓰고 노란 스포츠카가 논두렁길을 빠르게 질주하고 있다. 저 노란 스포츠카가 도착하는 곳이 바로 애정촌이다. 그리고 가장 먼저 도착한 그는 남자 1호가 되었다. 과연 저 노란 스포츠카는 차에 어울리는 근사한 짝을 찾을까? 그리고 보라색 목도리로 한껏 멋을 부리고 남자 2호가 도착했다. 버스에서 내리는 남자 3호, 본인 차를 몰고 4호, 5호, 6호가 차례로 도착했다. 남자 7호는 멀리 부산에서 비행기 타고 김포를 거쳐 애정촌으로 왔다. 그들에게도 애정촌에서 짝을 고른다는 것만 제시하고 장소와 시간 외에는 일체 다른 것들은 알려 주지 않았다. 장소와 시간을 고지하고 각자 알아서 오라고 했다. 그렇게 남자 7명이 애정촌으로 모여들었다. 그들은 스타일도 제각각 생김새도 모두 다르다. 여자에게 통할 수 있는 비장의 무기는 아직 드러나 있지 않았다. 그들은 아마도 익숙한 미팅 프로그램을 상상하고 있을지도 모른다. 달콤한만 꿈꾸고 진혹힘은 상상하시 못할 것이다. 과연 어떤 여자들이 도착할까? 드디어 여자 1호가 나타났다. 순간 남자들의 촉수가 움직이기 시작했고, 일제히 여자 1호를 바라보았다. 상상해보라. 오늘 아침 여자들

짝 2부 그 황홀하고 순수한 첫 만남처럼

은 얼마나 성대하게 치장했을까? 남자들과의 떨리는 만남이 있다. 여자들은 단 한 명의 아무 상관 없는 남자를 위해서도 한껏 치장하는 법이다. 미지의 남자들이 있고 그리고 방송을 통해 수십만 수백만의 사람들이 자신을 보고 있을 것이다. 지금 이 순간 가장 아름답게 보여야 한다. 일주일 합숙이라 여행 가방 하나지만 맘은 옷장을 통째로 옮겨오고 싶었을 것이다. 여자들은 짝을 찾기 위한 만반의 준비를 하고 애정촌의 계단을 오르고 있다. 무거운 가방 안에 그들의 욕망과 희망이 숨겨져 있다.

애정촌의 입구는 고즈넉한 경사길 계단이고 저 너머에는 몇 명인지 모르는 남자들이 기다리고 있다. 여자들은 그 순간 백마 탄 왕자를 꿈꾸고 있을지도 모른다. 남녀가 만나는 긴장의 순간, 그들의 표정은 떨리고 흥분되어 있다. 여자들이 도착할 때마다 남자들의 시선은 복잡하게 교차한다. 천 분의 일 초로 감정이 쪼개지고 있다. 한 명씩 자태를 드러낼 때마다 남자들의 본능은 꿈틀댄다. 순간 한 남자가 벌떡 일어난다. 그는 여자의 가방을 들어주기 위해 본능적으로 친절한 사람이 되었다. 남자들은 여자들이 도착할 때마다 스스로 자원해서 짐을 들어주었다. 마지막 다섯 번째 여자가 도착하면서 남자 7명, 여자 5명이 모두 모였다. 애정촌은 그렇게 시작되었다.

여자는 표정을 읽거나, 말투를 해석하거나,
감정적인 뉘앙스를 분류하는데 관한 한 전문가이다.
반면에 남자들은 눈물이 흐르거나 아니면
골이 터져야 비로소 놀라서 벌떡 일어난다.

   올리비 쿤. 〈완벽한 유혹자〉 中

12명의 등장인물

남자 1호
노란 스포츠카를 소유한 명문가 자제. 재력과 집안이 좋은 일등 신랑감

남자 2호
파리 현지가이드 출신. 치킨 집 운영 중

남자 3호
이종격투기 선수로 별명이 투견이다. 남자다운 외모와 성격의 소유자

남자 4호
잘 나가는 남자 프로모델로 눈에 띄게 잘 생겼다

남자 5호
서울법대 출신의 사법연수생으로 판검사 후보자. 조용하고 차분하다

남자 6호
프로농구 선수 출신으로 현재 농구 교실 운영. 재미있고 유쾌한 남자

남자 7호
유명 연애 컨설턴트로 연애관련 책 저술. 이론과 실전은 차이가 있을까

여자 1호
양복점 딸로 어머니 병간호하다 학업기회를 놓친 순정파 처녀

여자 2호
이화여대 대학원을 졸업했고 재미있고 화끈한 성격

여자 3호
보수적인 집안에서 자란 출중한 외모 소유자. 성균관 대 졸

여자 4호
미스코리아 인천 진 출신으로 청순한 이미지. 외대 대학원 재학 중

여자 5호
국내 굴지의 대기업 재직 중. 이화여대 졸. 깔끔한 지장인

애정촌
들여다보기

만남과 탐색

애정촌은 가장 솔직한 인간 본성을 들여다보기 위해 만들어졌다. 남자 1호에서 7호까지, 여자 1호에서 5호까지 거의 동시에 눈들이 빠르게 움직이고 있다. 이들에게 애정촌 12 강령이 펼쳐졌다. 12 강령은 12명의 남자 여자들에게 오로지 짝을 찾는 일에만 몰두하도록 몰아갈 것이다.

'애정촌 생활의 불편함은 사랑으로 승화하고 남자늘은 적극적으로 문제 해결을 위해 노력해야 한다.'

애정촌 12 강령중의 하나다. 생활의 불편함은 사랑으로 승화하라는 한마디에 애정촌은 생명을 얻었다. 불편한 것을 도와주다 보면 사랑이 싹트기 쉽다. 남자들은 내가 맘에 드는 여자들을 위해서 무엇을 해줄 것인가 고민하다 보면 의외의 순간 사랑이 올 수 있다. 한옥 애정촌에 그런 기회는 아주 많을 수 있다. 보이지 않는 손처럼 12강령이 애정촌을 통제할 것이다.

"애정촌의 제작기간은 모두 촬영되며 그 과정에서 일어나는 모든 일들은 가감 없이 방송할 것입니다. 여러분의 이미지를 고려하여 불미스런 일이 없기를 바랍니다. 다만, 우리는 경찰을 부를 일만 없으면 개입하지 않고 그대로 내버려두겠습니다. 저희는 그냥 기계 같은 심장을 가지고 기계다 생각하고 촬영할 것입니다. 여러분이 '짝을 찾는데 도와주되 간섭하진 않는다' 라는 제작 원칙으로 만들도록 하겠습니다."

애정촌 12 강령

1. 애정촌의 존재 목적은 결혼하고 싶은 짝을 찾는 데에 있다.
2. 애정촌은 구성원들의 자치에 의해 운영되며 지급된 기초생활비는 상호 합의 하에 집행한다.
3. 생활의 불편함은 사랑으로 승화하고 남자들은 적극적으로 문제 해결에 나선다.
4. 애정촌 안에서는 지정된 의상을 입어야 하며 서로에 대한 호칭은 번호로 한다.
5. 데이트는 애정촌 안에서만 할 수 있다. 단 제작진의 동의를 구한 경우, 외부에서 특별한 데이트를 할 수 있다.
6. 점심은 급식으로 하며, 아침은 여자가 준비하고 저녁은 남자가 한다. 단, 상호 합의하에 조정할 수 있다.
7. 자기소개는 입소 다음 날 정오에 한다. 그전까지는 자신의 정보를 제공하지 않는다.
8. 상대방의 마음을 얻기 위한 선물의 종류와 수량은 제한하지 않는다.
9. 여자와 남자는 자신을 선택한 상대방을 철저하게 검증할 의무와 권리가 있다. 제작진은 그 시간과 장소를 제공한다.
10. '짝' 선언은 애정촌 구성원들이 모두 모인 자리에서 하고, 짝을 찾지 못한 자는 애정촌을 떠나야 한다.
11. 당신이 선택한 짝이 결혼 상대자라면 당신은 일주일 후 그 짝을 가족과 지인에게 소개해야 한다. 만약 자신이 없다면 다른 짝을 선택해도 된다.
12. 애정촌의 생활은 모두 촬영되며 그 과정에서 일어나는 모든 일은 가감 없이 방송한다.

애정촌 공식 제복이 지급되었다. 이 옷을 입는 순간 12명의 남자 여자들은 평등한 애정촌의 구성원이 된다. 일단 세상의 잣대를 거두고 짝을 찾게 하려고 그들은 이름 대신 번호로 불리며 나이와 출신과 직업은 잠시 숨겨두기로 했다. 공식 제복을 입고 평등하게 그들은 마주하고 있다. 제복에는 짝이라는 글씨와 번호가 있고 등짝에는 나도 짝을 찾고 싶다는 노골적인 말이 적혀 있다. 내 등 뒤에 적힌 '나도 짝을 찾고 싶다'는 말을 정작 나는 볼 수 없다. 짝을 찾고 싶어 하는 상대의 마음은 내게 보이고 나의 마음은 타인에게 그대로 노출된다. 솔직하게 그 욕망을 드러낸 채 짝을 찾으면 더 솔직해지게 된다. 남자들은 사랑채에, 여자들은 안채에 머물기로 했다. 남녀는 격리되어 있을 때 은근하게 달아오른다. 여자들만의 방에서는 여자들의 솔직한 속내가 남자들만의 방에서는 남자들의 심정이 그대로 드러났다.

소풍... 그리고 잔인한 점심식사

아무도 시키지 않았지만, 음양의 조화는 이루어진다. 이름도 출신 성분도 직업도 그들은 모른다. 애정촌 입구에 특별 주차된 노란 차의 주인공이 누구인지 알게 뭔가. 지금 이 순간은 잘생긴 외모에 사람 좋은 성격이 최고로 보일 수도 있는 법. 까짓 거, 질끈 눈을 감고 본능에 몸을 맡기면 맘도 따라 움직일 것이다. 깃발이 바람에 몸을 맡기듯 그렇게. 바로 저 '짝' 깃발이 보이는 곳이 애정촌의 영역이다. 그 애정촌에서는 오로지 사랑에만 집중하면 된다.

뒷동산 잔디밭으로 12명의 남자와 여자가 도시락을 들고 소풍을 갔다. 그들은 이 순간 서로 달콤한 꿈을 꾸고 있을지도 모른다. 야외로 나가 도시락을 둘러 먹고 남녀가 게임을 하며 짝을 찾는 낭만을 꿈꾸었을지도 모른다. 그러나 가벼운 마음으로 밥을 먹기 위해 도착한 그들 앞에 가장 달콤하며 긴장된 순간이 찾아왔다.

"여자들은 각자 장소를 잡아 혼자 앉으세요."

여자들은 아무 영문도 모른 채 각자 혼자 앉으라는 말에 바위 위에 자리를 잡았다. 영문을 모르기는 남자들도 마찬가지였다. 그 순간, 기회가 왔다. 그것도 느닷없이. 남자들에게 누구와 식사를 하고 싶은지 차례대로 조용히 물어보았다.

"대답한 대로 가서 식사하세요."

무릇 만물은 짝을 위해 존재하고 대부분 수컷은 아무 조건 없이 구애를 한다. 도시락 하나 들고 남자들이 가면서 여자를 향한 구애는 시작되었다. 이미 마음이 정한대로 몸은 따라갔다. 여자 3호를 두고 남자 4명이 모여 들었다. 그들을 이끈 것은 남자의 본능인가, 여사의 외모인가? 여자 4호 곁에는 남자 5호가 있다. 여자 5호에게는 남자 2호와 남자 7호 두 남자가 갔다. 여자 1호와 여자 2호에게는 아무 남자도 가지 않았다. 남자가 여자를 고르는 기준은 동일하지는 않다.

누구는 선택을 받고 누구는 아무에게도 선택받지 못했다.

"자, 즐겁게 식사하십시오!"

세상에서 가장 쓸쓸한 점심식사를 여자 1호와 여자 2호는 하고 있
다. 평생 처음 겪어보는 식사시간이다. 아무도 선택하지 않은 여자들은
홀로 말없이 도시락을 비워갔다. 반면 4명의 남자가 선택한 여자 3호는
황홀한 식사를 하고 있다. 남자들은 은근하게 기 싸움을 하며 밥을 씹
고 있다. 짝을 찾는 일은 달콤하지만 때로는 잔인하다. 누구는 수없이
많은 짝을 만나지만 누구는 평생 단 한 번도 싹을 만나지 못한다. 그래
서 만물의 짝짓기는 세상의 그 무엇보다도 이기적이다.

그날 밤 애정촌 불빛은 달라져 있었다. 저녁식사 시간, 삼겹살이 불
판 위에서 익어가고 있다. 여자 3호는 남자들의 중심에서 고기를 굽고

있다. 모두에게 친절했고 모두에게 주목받고 있다. 그런 여자 3호의 마음을 남자들은 탐색하고 있다. 사소한 행동 하나하나에 의미가 담기고 있다. 여자의 목도리가 흘러내릴 때, 여자의 웃음소리가 퍼져갈 때 남자들의 경쟁도 펼쳐지고 있다. 그들은 식탁 위에 둥글게 앉아 밥을 먹었다. 남자 5호는 드러내 놓고 여자 4호를 챙긴다. 남녀는 밥을 함께 먹으면 정이 들게 된다. 그런 잔정에 넘어가 함께 살림을 차리게 된 남녀들은 얼마나 많던가.

암수가 짝을 이루는 것은 자연의 이치다. 인간이라고 다를 리 없다. 다만, 탐색의 시간이 조금 길 뿐이다. 하루가 채 지나지 않은 애정촌에 조용히 애정이 움트고 있었다. 애정촌에서의 하루는 영상일기로 마감되었다. 그 속에는 그날, 그들의 마음이 솔직하게 표현되어 있다.

여자 1호 영상일기

점심시간에 정말 굴욕 아닌 굴욕을 너무 많이 당해서 속상하고, 정말 나에 대해서 다시 생각하는 날이었어요. 내가 얼마나 매력이 없었나 라는 생각도 많이 했고, 내가 여자인 게 맞나 라는 생각도 많이 했는데...

여자 3호 영상일기

괜찮으신 분들이란 생각이 들어서 기분이 좋았던 것 같습니다. 근데 아직까지 프로필을 모르기 때문에 직업도 내가 생각했던 거가 있고 나이도 지금 예상하는 나이가 있고 내일 다 밝혀지니까 내일이 뭔가 기대가 되고요...

신상 공개 그리고 여자들의 선택

여자들의 하루는 화장으로 시작된다. 동서고금을 막론하고 외모는 여자들이 가진 가장 큰 무기다. 군대에서 총기를 매일 손질해야 하듯 애정촌에선 여자들은 매일 그들만의 무기를 손봐야 한다. 애정촌에 오늘은 새로운 변수가 생기는 날이다. 각자의 신상 정보가 공개되기 때문이다.

남자들 자기소개

남2호 전 20대 초반부터 계속 서유럽 국가에서 가이드 하며 살았습니다. 최근에는 이제 이태리에서 민박집 경영하면서.

남6호 프로농구 선수였고요. 은퇴하고 학원을 차려서 애들을 가르치고 운영하고 있습니다.

남5호 2008년 이맘때쯤에 흔히 얘기하는 사법고시 합격해서 2009년 2월에 서울대학교 법학과 졸업해서 지금 연수원 2년차 과정에 있고.

남1호 경영을 하기 위한 그런 준비 중입니다.

남3호 지금 현재 종합격투기 챔피언이고요. 우리나라에서 제일 유명한 팀 관장입니다.

여자들 자기소개

여3호 지금 여의도 살고 있고요. 현재는 공부하고 있습니다.

여5호 전 올해 2월에 이대 경영학과 졸업했습니다. 그리고 1월에 입사를 해서요, 지금은 대기업 재무팀에서 신입사원으로 일하고 있습니다.

솔직하게 말하는 자,

뭔가 숨기는 자,

그리고 은근하게 포장하는 자...

12인은 마음속에 각자 저울을 가지고 있다. 말은 진실을 얼마나 전달할 것인가? 누구나 본능적으로 화장을 한다. 그들의 맘은 조용히 요동을 치고 있다. 노란 스포츠카의 주인이 누구인지 말하지 않아도 이미 알아버렸다. 말보다 눈치코치가 더 빠른 법이다. 그러거나 말거나 새들은 하늘에서 사랑 놀음을 지나 생존에 몰두하고 있다. 자기소개를 한 후에 가지는 점심시간. 오늘은 여자들에게 선택의 기회가 주어졌다. 선택을 받는 처지에 놓인 남자들의 얼굴엔 긴장이 역력하다. 동일한 장소 동일한 방식이다. 선택 전에 몸을 움직이게 하는 여자들의 마음을 먼저 알아보았다. 네 명의 남자에게 선택을 받았던 여자 3호는 어떤 결정을 내릴까?

"제가 이야기를 제일 많이 했던 분이 3호 분이라... 제일 저한테 있어서 괜찮은 것 같아요 지금은. 그런데 저한테 진심인 분은 1호인 것 같아요. 지금 순간까지도 두 분 중에 고민이 좀 되고 사실은 4호 분이 제가 처음에 원래 괜찮게 생각했거든요. 얘기를 많이 못 해봤어요. 기회가 없어서."

아리송한 여자의 마음은 인터뷰로도 알 수 없다. 사뭇 남자의 마음과 대조적이다. 여자 3호에게 구애를 했던 네 남자의 시선이 그녀의 움직임을 살피고 있다. 여자 3호는 남자 1호의 구애를 받아들였다. 남자 1호의 입이 저절로 벌어졌다. 그것이 단순하고 솔직한 남자의 본능이다.

여3호 근데 여기서 같이 밥 먹었다고 해서 꼭 커플이 되는...
남1호 그건 아니죠. 그건 아닌데...

안심하는 순간 기회는 넘어간다. 갈대 같은 여자의 마음은 남자로 하여금 한순간도 긴장의 고삐를 늦출 수 없게 한다. 무시무시한 여운을 남기고 그들의 식사는 끝이 났다. 한편 남자 5호(사법연수원생)에게는 반갑지 않은 손님이 찾아왔다. 남자 5호의 선택을 받았던 여자 4호(미스코리아)는 다른 남자를 선택했다. 그녀가 의외의 남자를 선택하면서 희비가 교차했다.

남2호 (파리 현지가이드 출신. 치킨 집 운영)
혼자 먹는다. 아니면 누군가 오더라도 너는 상상도 못했는데... 맛있다. 똑같은 밥인데 어제 밥이랑 다르네.

여5호 (대기업 근무)
저보다 똑똑해서 제가 존경할 수 있는 남자를 좋아해요.

2부 그 황홀하고 순수한 첫 만남처럼

구애하던 여자 4호에게 선택받지 못한 남자 5호는 복잡한 표정이다. 여자 5호의 적극적인 태도도 그에겐 별 의미가 없다. 식사 후 남자들에게 속내를 들어봤다. 선택과 구애는 고맙고 달콤한 것이다. 남자들은 여자들에게 고마움을 표시했다. 그러나 남자 5호만은 여자 5호가 싫다고 딱 잘라 말하고 떠나갔다. 남자 5호(사법연수원생)의 불만과는 달리 아예 선택받지 못한 자도 있다. 남자 6호(농구교실 코치)와 남자 7호(연애 컨설턴트)는 사랑에 방해가 되니 그 자리를 떠나야 했다.

> 남의 마음을 자기 손안에서 주물럭거리는 것은
> 무엇보다 재미있는 놀이임에 틀림없다.
>
> ─ 미야베 미유키, '나는 지갑이다' 中

애정촌에서는 자율적으로 당번을 정해 필요한 물품을 구입한다. 그날 오후 남자 5호가 운 좋게도 여자 4호와 같이 가게 되었다. 그날 오후 가장 행복했던 남자 1호(노란 스포츠카 남자)와 함께 갔다.

남5호 제 시선을 느끼셨나요?
여4호 네 느꼈어요...
남5호 제가 그렇게 소심하진 않아요. 이미 선택하신 건데 뭐.

그리고 주섬주섬 남자 5호가 주머니에서 뭔가를 꺼냈다. 각자 준비해 오라고 한 선물을 미리 주고자 하는 것이다. 과감한 공격이다.

여4호　엄청 적극적이시네요. 이런 분인지 몰랐어.
남5호　그냥 조용히만 있으면 안 될 것 같은 생각이 들어서.

미처 방어진지를 구축하지 못했을 때 느닷없는 공격은 무섭다. 타인이 있을 때 행동은 더 조심스러운 법이다. 차 안이 둘만의 공간도 아닌데 남자 5호는 드러내 놓고 본심을 내비쳤다. 드디어 남자의 용기가여자의 마음을 움직인 것인가? 여자 4호의 표정이 달라져 보인다. 병 주고 약주고 여자의 마음은 하루 반나절 사이 남자를 은근하게 달구어놓았다. 그러나 남자의 선물이 여자들을 비켜갈 리 없다. 결국, 장바구니에서 여자 5호가 선물을 발견했다.

은밀한 시선이 교차하고 둘만의 비밀은 삽시간에 주변으로 퍼져나간다. 그리고 남자 5호(사법연수원생)의 적극적인 구애가 여자 5호(대기업근무)의 희망을 거두어버렸다.

여4호　싱숭생숭해요. 어떡해. 아침에도 안 가 주었는데 이러니까 얼마나
　　　　미안하겠어요. 진짜.
여3호　아니야. 네가 안 갔기 때문에 튕겨서 매력 느끼고.
여2호　질투심이 유발됐어. 더 이글이글 타오르고 있는 것 같아.

여4호 약간은 부담스러운 감이 없지 않아 있어요. 그래도 이렇게 적극적으
로 마음을 표현하려는 그런 모습이 고맙기도 하고 기쁘기도 하고.

남자의 태도가 확실해지기 전까지 여자는 섣불리 움직이지 않는
다. 하지만 사랑은 아주 사소한 것에서도 시작될 수 있다. 그날 저녁, 여
자 4호는 점심에 선택한 남자 2호의 곁을 지나 남자 5호 곁에 앉았다.
남자의 사소한 용기가 빛을 발한 순간이다. 저녁 내내 혼자 무언가를
열심히 만들던 남자 1호도 모두 지켜보는 가운데 여자 3호만을 위한 볶
음밥을 만들어 주었다. 모두 함께하는 공동 식사에서 맘에 드는 한 여
자만을 위해 음식을 바친다는 것은 대단한 일이다. 그렇게 애정촌에 애
정이 점점 차오르고 있다.

나는 어떻게 살아왔는가?

그날 밤 애정촌 사람들은 자신들이 살아온 이야기를 나누는 시간
을 가졌다. 모닥불 아래 12명이 모였다. 그들은 서로 아직 모르고 있는
것이 많다. 인생을 털어놓다 보면 어디서 사랑은 싹틀지 알 수 없다. 아
직은 때 덜 묻은 세대들이기에 순수는 통할 수도 있다. 연애감정은 결
코 스포츠카에서만 튀어나오지 않는다. 한 방울의 눈물에 사람은 움직
인다. 가녀린 여자의 몸부림에서, 강인한 남자의 의지에서 사랑은 싹틀
수 있다. 스무 해 중반을 넘기면서 육체는 성숙해졌지만, 정신세계는 전

혀 알 수 없다. 이 모닥불이 진실을 드러내 줄 수도 있다.

여5호 솔직히 좀 마마걸인 것 같긴 해요. 네 전 부모님 말씀 좀 잘 듣습니다. 한 번도 부모님 얘기를 어긴 적이 없이 자라왔습니다.

남1호 저 같은 경우는 부유한 가정에서 태어난 건 아니지만 어렸을 때부터 조부모님이나 아니면 친척 모든 분들에게 사랑을 많이 받고 자란 케이스입니다. 그래서 제멋대로 하는 것도 많았고 또한 항상 그런 할머니 할아버지 그늘에서 제가 좀 누리고 싶었던 걸 되게 빨리 누렸던 것 같습니다.

남6호 초등학교 5학년 때부터 운동을 시작해서 29살 때까지 운동을 했습니다. 그리고서 은퇴를 하고 사회 나왔죠. 근데 제가 좀 팔랑 귀다 보니까 은퇴하고 나서 사기도 많이 당해봤고 돈도 많이 뜯겨 봤고 그래서 힘든 시기를 많이 보냈어요. 운동하면서 여자를 많이 만나본 적이 없어요. 제가 좀 까칠하고 그런 게 어떻게 여자한테 잘 해주는 것도 모르고 왜냐하면 전 만날 남자들끼리만 생활을 해봤지 이렇게 단체로 이런 분위기에서 즐겨본 적이 없어서 그런 거 할 줄 몰라요. 제가 말도 툭툭 던지고 차갑게 말을 해도 이해해주었음 좋겠습니다.

남자 6호의 장난기가 거두어지고 진실이 드러나는 순간이다. 누구에게나 파란만장한 인생은 있다. 예상대로 여자 1호의 인생은 모두의

안타까움과 연민을 자아내게 했다. 그녀는 엄마를 병간호하다 학업의 기회를 놓쳤다고 했다. 캔디처럼 늘 밝고 명랑했던 여자 1호는 결국 눈물을 보였다.

여1호 몇 년 전에 저도 화목한 가정에서 잘 지냈는데 엄마가 지병으로 많이 고생하셔서 돌아가셨어요. 제가 딸이니까 엄마를 한 일 년 반을 간호를 했거든요. 그때 정말 가족이 모두 다 힘들었죠. 간호하면서도 아파하는 엄마 앞에서 왜 아프냐고 많이 짜증도 내고 그랬는데 정말 많이 후회해요. 제가 이 자리에 온 건 엄마가 항상 가시면서 우리 딸 미안해! 정말 좋은 남자한테 시집가는 거 보고 가야 하는데 이런 소리를 많이 하셨거든요. 제가 막내라서 많이 걱정하고 가셨는데 항상 엄마가 이상형 이야기 하고 이런 남자 만나라. 그래서 전 엄마가 말한 엄마가 원하는 멋진 남자 정말 만나고 싶고요... 어떤 분이 자꾸 손이 거칠다고 그러시잖아요. 저도 손도 예쁘고 반질반질하고 싶은데 만날 물 닿고 살림하니 그런 거고요.

여자 1호는 솔직하게 스스로를 내보였다. 애정촌에 밤이 깊어가고 있다. 여자 3호도 그녀의 인생을 모닥불 주위에 털어놓았다.

여3호 여기 오기 얼마 전에 가족을 너무 힘들게 했어요. 제가 오빠가 있고 부모님이 계신데 저로 인해서 가족들이 눈물을 보인 모습을 봤거든요. 그냥 가족들한테 사랑한다고 하고 싶고, 앞으로는 더 좋은 사람이 되어야겠단 생각이 많이 드는 것 같아요.

그러나 본게임은 남자 3호가 열어줄 것이다. 그 예상은 벗어나지 않았다. 이종격투기 선수로서 누구보다 강인했던 그 남자가 기어코 눈물을 쏟는다. 배고파서 훔쳐 먹고 컸던 소설 같은 청춘이 펼쳐진다. 조실부모하고 투견처럼 커서 진짜 투견이 된 사내가 격하게 운다. 아무도 예상 못한 결과다. 한 번도 그런 적이 없는데 왜 수돗물 먹고 자란 기억에 그가 눈물을 흘렸을까? 아무리 강한 남자도 약점은 숨어 있다. 그 약점은 감정선을 타고 움직이다 결정적 순간에 터져버릴 수 있다. 지상에서 가장 강할 것 같은 남자가 엉뚱하게도 울고 있다. 애정촌에서 가장 강한 남자가 울고 있다.

남3호 싸움을 왜 잘하게 됐는지는 제가 원래 되게 순진한 학생이었거든요. 어렸을 때부터 부모님이 도시락을 싸주어야 하는데 밥을 싸주는 사람이 없어서 수돗가에서 혼자 수돗물을 먹으면서 하도 굶고 그러니까... 처음 얘기해요 이런 얘기... 너무 배가 고프니까 친구 도시락을 뺏어먹게 됐어요... 애들이 이제는 저보고 거지새끼냐고? 조폭이니 이런 사람들도 진짜 쟤는 건드리면 안 된다 그런 얘기 들을 정도로 독하게 살았었는데... 3만 원 들고 올라와서 공장에서 처음 일하는데 정말 힘들더라고요. 생산직에서 일하니까 정말로 사람을 개 취급하더라고요. 운동선수로 되게 늦은 나이긴 한데 정말로 이 악물고 운동했어요. 회사 다니면서 하루에 차비가 650원씩 왕복하면 1,300원인데 1,300원 아끼려고 하루에 30킬로씩 자전거 타고 다니면서 공장에서 15시간씩 일하고 일 끝나고 와서 밤 1시 2시까지 운동하고... 여자분이 돈이 되게 많고 이런 게 중요한 게 아니고 그냥 내가 가지고 있는 태두리 잘 지켜주면서 행복하게 같이 살아갈 수 있는 여자를 만나는 게 소원입니다. 이상입니다.

애정촌에서 이종격투기 선수가 힘이 아닌 눈물로 승부했다는 것은 매우 고무적인 일이다. 모두들 눈가에 물기가 맺혔다. 비슷한 청춘에 이런 인생이 펼쳐진다는 것은 아무도 예상 못한 일이다. 애정촌의 낯선 경험이었지만 그들 모두에게 애정도 인생도 성큼 성장했다. 그 인생의 눈물이 뜻밖에도 여자 3호를 움직였다. 연애컨설턴트 7호의 유머도 투건 인간의 눈물 앞에는 폭풍 속의 먼지에 불과했다.

남7호 대학교 때 별명이 뭐였느냐면 후배들이나 선배들 사이에서 15초였거든요 15초. 그게 뭐냐 하면 어떤 여자든 15초만 처다보면 다 유혹을 한다고 해서 15초! 많은 사람들이 저한테 연애 신神이라고 했었어요. 그런 내가 애정촌에 들어와서 오늘 (아무에게도 선택을 못 받아서) 퇴장을 당했습니다. 나 혼자서 퇴장당하면서 나 안 되겠어. 내일부터 기술 들어가야 되겠어. 그래서 저 내일부터 기술 들어갑니다.

해변의 밤

청춘은 아름답고 사랑은 타오르고 감정은 넘치고 있다. 조물주는 그날 밤 사랑의 묘약을 타기로 했다. 무작위로 선별한 남녀끼리 해변으로 나가 밤 데이트를 하도록 했다. 해변의 밤은 청춘을 끓어오르게 한다. 그날 밤 여자 3호와 남자 3호는 해변으로 나왔다. 모닥불에서 들려준 인생은 놀라운 마법을 발휘했다.

여3호 아까 우는 모습 참 인상 깊더라고요.
남3호 창피하고... 찌질해요.
여3호 가슴 아파요. 남자가 울면 찌질한 게 아니라...

'당신은 그렇게 살았군요', '나도 상처가 있어요' 비로소 그들은 할 말이 생겼다. 그날 밤 남자 3호와 여자 3호는 자신의 상처에 대해서 얘기했다. 남자 3호는 주먹이 아니라 눈물이 무기가 되었다.

남3호 전 절대로 내 모든 걸 어느 누구한테도 안 뺏길 자신이 있어요.
여3호 그런 모습은 보여요.

그러나 맘에 안 드는 강요된 짝들은 심한 불협화음을 내고 말았다. 가장 명랑하고 당당한 여자 1호가 울고 있다. 불꽃놀이를 하고 싶다는 여자 1호의 바람을 남자 1호는 냉정하게 내쳤다. 한편, 남자 2호와 여자 2호는 애초부터 짚신과 고무신처럼 어울릴 수 없었다. 그들은 조용히 돌아와 아무 일 없었노라고 영상일기를 썼다. 남자 여자가 서로 끌리는 것에는 정답이 없다. 인간은 누구나 자신만의 저울을 가지고 있다. 그리고 누구나 약점과 강점을 가지고 있다. 누구는 강점에, 누구는 약점에 반해 연민과 애정을 보낸다. 약점도 강점도 모두 사랑에는 약이 된다. 그래서 남녀의 만남은 오묘하다.

애정촌의 열혈남아

세상 이치에는 수요공급의 원칙이 작용한다. 그것에 의해서 가격도 결정되고 사람들의 행동도 달라진다. 애정촌에 모여든 사람들은 남자 7명, 여자 5명이다. 일단 남자들이 불리하지만, 그것은 운명이다. 어쩌면 우수한 유전인자만 전해주라는 조물주의 계략이 숨어 있었을지도 모른다. 그러한 조그마한 불균형이 생태계에 극도의 긴장을 불러일으키는 법이다. 여자가 도시락을 들고 남자를 선택하던 날 여자 4호(미스코리아)는 남자 5호(서울법대 출신 사법연수원생)를 외면했다. 그 전날 남자 5호의 선택은 무시되었다. 그리고 그날 남자 5호는 운수 좋게 여자 4호와 시장을 보게 되었다. 불안해진 남자 5호가 뜻밖에도 선물공세를 했다. 불안은 선물이라는 무기를 조기에 사용하도록 남자의 영혼을 파고들었다. 남자 7호도 여자 2호에게 몰래 선물을 주었다. 이러한 사소한 용기들이 결국 여자의 마음을 움직여 갈 것이다. 그러거나 말거나 연애는 자유다. 그들의 마음이 어디로 가든 무슨 상관이란 말인가. 제작진은 사랑을 도와주되 간섭하지는 않는다. 애정촌은 결혼을 전제로 한 짝을 찾는 일에 최적화된 공간이다. 일, 가정 등에서 오는 모든 두통거리는 잊어도 좋다. 먹고 자고 치장하고 청소하는 모든 순간은 오로지 짝을 찾기 위해 존재한다. 짝의 마음을 얻기 위한 12명의 무한경쟁은 계속되었다. 상대방의 마음을 얻는 것도 중요하지만, 경쟁자를 물리치는 일도 수반되어야 한다. 과연 누가 더 뜨겁고 강하게 그녀를 이끌 것인가? 다시 소풍을 가기로 했다. 식사시간이 오고 그들은 긴장한 채 뒷동산으로 향해갔다. 이제는 그 누구도 저 뒷동산에 놀러 가지는 않는다는 것을 직감한다. 알게 뭐람. 행여 저 풀밭 속에서 뒤늦은 짝짓기에 몰두하는 풀벌레를 발견할 수도 있지 않겠는가. 자연의 이치는 그처럼 본능에 더욱 충실한 법이다. 그 풀밭 위에 느닷없이 닭이 등장했다. 닭은 새로운 출발을 의미하며 다산을 상징하고 악귀를 쫓아낸다는 길조이다. 그 닭발에는 여자 3호의 소중한 편지가 매어져 있다. 여자 3호를 위해 어떠한 일이든 하겠다는 남자들은 과연 누구일까? 닭 잡는 일쯤은 그들에겐 문제가 되지 않을 듯하다. 여자의 물건을 구해오는 용자勇子가 오늘 오후 그녀와 점심식사를 하며 달콤한 데이트를 할 수 있다. 역시 3명의 남자가 여자 3호를 위해 나섰다. 출발신호와 함께 남자들이 닭에게 득달같이 달려들었다. 잠시 남자 4호가 앞섰고 남자 1호는 주춤

하고 있다. 결국, 남자 3호가 싱겁게 닭을 잡아버렸다. 용자가 미인을 얻는 법. 인생은 경쟁으로 단련되고 자연은 경쟁 앞에 냉정하다. 사랑은 때때로 사소한 것에도 목숨을 건다. 그리고 그때 사람의 마음은 움직인다. 해변의 밤에 이어 오늘도 남자 3호는 여자 3호와 데이트를 하게 되었다. 운명처럼 남자와 여자는 연속해서 기회를 갖게 되었다.

한편, 여자 4호의 가방은 섬에 놓여 있다. 동생이 아르바이트를 해서 선물한 가방을 여자 4호는 매우 아꼈다. 그녀를 위해 저 섬에서 가방을 꺼내올 수 있는 자가 그녀와 데이트를 할 수 있다. 추운 겨울날 여자 4호를 위해 물에 뛰어들 남자는 누구인가? 여자 4호는 남자 2호와 남자 5호의 마음을 은근히 달구어 놓았다. 신호와 동시에 두 남자가 순식간에 튀어나갔다. 여자 4호를 한결같이 선택하고 있는 남자 5호와 지난 점심식사에서 의외로 여자 4호의 선택을 받은 남자 2호다. 푸른 물을 헤엄치며 남자들이 나아가고 있다. 결국, 남자 5호가 가방을 손에 들고 건너왔다. 여자 4호의 표정이 변해있다. 여자 4호는 한 치의 망설임도 없던 남자의 태도에 꽤 감동한 표정이다. 사랑은 시련이 큰 만큼 기억되고 있다. 사랑의 시험을 통과한 남자 5호에게 여자 4호는 갑자기 친절해졌다. 그들은 점심 도시락을 다정하게 나누어 먹으며 달라져 간 감정을 확인했다. 그날 오후 미션을 통과한 남자들은 원하는 여자와 짝이 되어 세상에서 가장 달콤한 식사를 하고 데이트를 했다. 한편, 경쟁에서 진 두 남자가 애정촌에서 도시락을 먹었다. 남자끼리의 식사를 아무도 주목하지 않는다. 그것이 정말 끼니를 때운다는 것이다.

남자 1호, 여자 3호를 데리고 해변에 가다

그날 밤 남자 1호는 불안하고 초조했다. 이미 여자 3호는 남자 3호와의 거듭되는 데이트로 맘이 기울어져 가고 있었다. 다음 날 저녁 모닥불 담화시간이 이어졌다. '나는 어떤 포부와 야망이 있는가?'라는 주제였지만 그것은 아무 목적 없이 표류하고 있다. 그러한 관념적인 주제는 이미 거품 빠진 맥주처럼 힘이 없었다. 나이 서른의 인생에 사랑만큼 와 닿는 주제가 어디 있겠는가? 미래를 이야기하는 주제는 현실의 감정싸움에서 한없이 표류하게 마련이다. 멍석을 깔아 놓고 판을 벌인 이유는 단 하나 마지막 기회를 제공하기 위함이었다. "마지막 기회를 드리겠습니다. 이 순간 데이트를 해보고 싶은 사람이 있습니까?"

"여자 3호와 데이트 해보고 싶습니다."

남자 1호가 용기를 내어 공개적으로 여자 3호에게 데이트 신청을 했다. 여자 3호는 데이트 신청을 받아들였다. 여자 3호는 분위기 때문에 거절하기 힘들었다고 고백했지만, 그 풍경은 긴장으로 칼바람이 불었다. 이것이 남자 1호에게는 마지막 기회가 될지도 모른다. 그의 여자 3호를 향한 뚝심 있는 진심은 통할 수 있을까?

가난하게 성장해서 별명이 투견인 남자 3호와 고귀하게 큰 스포츠카의 소유자 남자 1호의 대결이다. 해변의 연인은 당사자에겐 달콤한 낭만일지 모르지만 연적에겐 불길하고 불온해 보인다. 더구나 사랑을 불질러 놓을 준비로 끊임없이 파도를 보내는 밤바다라면 더욱 위험하고 불길하다. 여자 3호는 애써 담담하지만 두 남자의 감정은 소용돌이친다. 여자 3호를 데이트 보내야 하는 남자 3호는 긴장하고 있다. 밤 데이트를 준비하는 남자 1호는 흥분하고 있다. 데이트를 위해 만반의 준비를 한 남자 1호가 방을 나섰다. 항상 자신만만했던 남자 3호도 불안감을 숨길 수는 없다.

　　　"옷 따뜻하게 입었어요? 뭔 일 없겠지 뭐."

　　아무런 장애 없이 고속도로를 달려온 귀한 집 도련님과 산전수전다 겪은 가난한 청년의 대결은 이미 통속적이고 세속적이다. 미녀는 소설처럼 사랑을 따라 움직일 것인가? 드라마처럼 물길 따라 풍류를 즐길 것인가? 남자 1호는 그녀를 위해 돗자리를 챙기고 폭죽을 마련한다. 여자 3호를 향한 남자 1호의 기나긴 구애가 시작되었다. 닭과의 악연이 사설처럼 펼쳐졌다. 알고 보면 닭이 그 인연을 끊어 놓았는지 모른다. 남자 1호는 유년기 닭에게 낸 기억을 여자 3호에게 털어놓나.

여3호　왠 폭죽이에요?
남1호　나 이거 한번 해보고 싶었거든요.
여3호　이거 어디서 나신 거예요?
남1호　저 바닷가에서 여자랑 폭죽 해본 적 한 번도 없어요.

남1호   저 솔직히 마지막이라고 생각하고 온 거예요. 마지막으로 3호한테
         할 수 있는 어필?

여3호   닭이 그게 못 잡고 싶어서 못 잡으신 게 아니지만
         어찌 됐든 남자 3호분하고 이야기를 많이 하게 되다 보니까.

남1호   제가 아까 닭인지 뭔지 모를 때 제가 제일 먼저 나갔어요. 근데 그
         닭을 보는 순간 몸이 얼었을 뿐이에요. 전. 싸움닭 아시죠. 저한테
         달려 들어가지고 다쳤어요. 어렸을 때 근데 그 놀랐던 게 아직도
         잊히지 않아서 제 앞으로 날아오는 거 보면 제가 사마귀나 벌 같
         은 거 안 무서워하잖아요. 제가 뭐 남자 3호랑 그런 거 말고 머
         리 싸움을 했다든가 무슨 다른 걸 했으면 전 절대 지지 않았을
         거라고 확신하거든요. 그렇다고 제가 가만히 뻘쭘하게 서 있었던
         것도 아니고 저도 잡으려고 달려는 갔어요.

남1호   지금 다른 네 분한테는 솔직히 전 관심이 없어요. 관심이 없고 여
         자 3호한테만 전 관심이 있고 여자 3호가 아니라면 저는 여기 애
         정촌에 있을 필요가 없는 사람이에요.

  그의 패배는 이유가 있었다. 그러나 그런 이유를 사랑은 용서하지
못한다. 그냥 사랑은 사랑이고 감정은 감정이다. 닭은 아무런 죄가 없
다. 인간세상의 일은 인간이 해결해야 한다. 그날 밤 남자 1호는 여자 3
호를 위해 돗자리를 깔아주었고 따끈한 커피를 샀고 폭죽을 준비했다.
그러나 끝내 불꽃놀이는 이루어지지 않았다. 남자는 달아올랐지만 여
자는 침묵했다. 한번 닫힌 여자의 마음은 쉽게 열리지 않는다. 완력으

2부 그 황홀하고 순수한 첫 만남처럼

로든 돈으로든 안 되는 일은 안 되는 것이다. 조그마한 조개 하나도 힘으로는 못 여는 법이다. 남녀 간의 일도 억지로는 아무것도 이루어지지는 않는다. 사내는 서두르고 있다.

> "저는 한결같이 3호씨만 바라봤습니다... 설거지를 하면서도... 식사 시간에 방에 들어간 것도... 모두 3호 씨 때문!"

해변의 밤이 늘 낭만적인 것은 아니다. 밤바다를 거닌다고 모두 사랑이 이루어지는 것은 아니다. 해변의 데이트에서 한 여자를 위해 어제 밤 남자는 외투를 벗어 주었지만 돗자리는 없었다. 오늘 밤 남자는 돗자리를 깔아 주었지만, 외투는 벗어 주지 않았다. 두 남자는 피장파장 기회를 나누었고 여자는 공평하게 시간을 내 주었다. 누구는 불안해했고 누구는 절망하고 있다. 사람의 마음을 얻는 것은 천하를 얻는 것보다 어렵다 했다. 해변의 낭만적인 풍경 속에 사내의 꿈은 부서져 버리고 있다. 여자 3호가 해변에서 돌아오는 것을 기다려 남자 3호는 선물을 주었다. 남자 1호는 조용히 돌아와 담배만 피워 물었다. 남자와 여자 사이에는 직감이라는 것이 있다. 그것이 남자의 용기를 모두 부질없게 만들어버린다. 모든 것은 끝이 났다. 그날 밤 두 남자와 한 여자가 동일한 내용으로 영상일기를 썼다. "사랑은 달콤하고 쓰다."

선물을 주고받으면 짝이 된다

태풍이 지나가면 사물은 분명하게 구분된다. 사랑의 결투는 끝났다. 남자 1호의 표정이 눈에 띄게 어두워졌다. 남자 1호는 결국 현실을 받아들여야 했다. 사회에서는 인기 있는 일등신랑감이지만 세상에 여자가 단 5명만 있는 애정촌에서는 결국 짝을 이루지 못할 수도 있는 법이다. 그 씁쓰름한 현실을 그는 받아들이고 싶지 않을 것이다. 타인들의 축제를 구경하는 마음은 불편하겠지만 지켜보아야 한다.

최종 선택은 가지고 온 선물을 주고받는 것으로 하기로 했다. 남자들이 먼저 여자들에게 선물을 주었다. 예상대로 마음을 준 사람에게 가서 최종 선물을 건넸다. 여자 1호는 뒤늦게 정을 준 남자 6호에게 선물을 했다. 여자 2호는 남자 7호에게, 여자 3호는 남자 3호에게 예상대로 선물을 했다. 두 팔을 번쩍 들면서 승리의 세레모니가 이어졌다. 부잣집 도련님과 가난한 집안 출신의 격투기 선수와의 대결은 예상외로 남자 3호의 승리로 돌아갔다. 여자의 마음을 얻는 것을 반드시 이기겠다는 표현을 하면서 투지를 불태운 남자 3호의 인터뷰가 승리의 세레모니와 겹쳐지고 있다. 사랑 전쟁에서도 이겨야하는 사내의 숙명은 묘하게 동물의 세계와 이어져 있다. 세상은 거친 인생을 살아온 남자에게 패배의 순간 어디로 내몰리는지, 지는 것은 얼마나 위험한 일인지 충분히 가르쳤을 것이다. 여자 4호는 기대대로 남자 5호를 선택했다. 비로소 남자 5호가 안도의 미소를 짓는다. 미스코리아와 서울법대 출신의 판검사후

짝 2부 그 황홀하고 순수한 첫 만남처럼

보와의 결합은 이미 충분히 세속적이다. 그것이 남자 5호의 순수한 열정으로 희석되고 있다. 자신의 감정을 감추지 않는다는 것만으로 남자 5호는 이미 진심을 보여주고 있다. 한편, 여자 5호는 아무에게도 선물을 주지 않았다. 남자 2호는 여자 4호에게, 남자 4호는 여자 5호에게 선물을 주었지만 여자의 마음은 이미 떠나간 뒤였다. 남자 1호는 아무에게도 선물을 주지 않았다.

> 여3호 남자 3호분이 되게 뭐라고 그럴까 듬직하다고 하는 제가 뿌리 같은 남자와 결혼하고 싶다고 이야기했는데 그런 조건에 아주 가까우신 분인 것 같아요. 어떤 어려운 일이 있어도 어떻게든 헤쳐나가실 것 같은 면이 보이는 것 같아요.

> 여4호 조금 계속 지켜보고 묵묵히 제 옆에서 항상 잘 챙겨주시더라고요. 그런 모습이라든가 그분의 생각 같은 걸 많이 얘기 듣게 됐는데 그런 부분에서 제 생각도 많이 확고해지고 바뀌게 됐어요.

해가 뜨거든 이 꽃을 가져가세요

그렇게 애정촌에 4쌍의 짝이 탄생되었다. 이제 벽은 무너졌다. 짝 선언이 있고 자유롭게 짝들은 어울렸다. 짝은 단순히 사랑하는 사람 이상이다. 인생을 함께 살아갈 동반자이며, 희로애락을 함께 하기에 이 세상 누구보다 끈끈하게 얽혀 있는 사람이다. 짝을 얻기 위한 더 이상의 경쟁은 없다. 공식적인 인정이고 둘만의 시간을 그 누구도 훼방하지 말라는 뜻이 존중되고 있다. 그날 오후 짝이 된 사람들은 바닷가로 산책을 나갔다. 그렇게 달콤한 시간이 가고 있다.

"서로의 마음을 확인하고 안도하는 순간, 사랑은 다시 사람을 시험에 들게 한다. 고난과 역경이 수반되지 않는 사랑은 결코 오래갈 수 없다."

밤이 오면서 그들에게 인터뷰를 시작했다. "당신은 당신 짝을 위해서 무엇이든 할 수 있습니까?" 그렇다고 대답한다. "그렇다면 이 밤 저 바닷가로 가서 조개를 잡아올 수 있나요?" 그렇다고 대답한다. "그러면 갈 준비를 하세요." 또 다른 사람들에게도 묻는다. "지금부터 여자의 집으로 가서 인증 샷을 찍어 오는 겁니다. 할 수 있나요?" 물론이라고 대답한다. 대단한 각오다. 그리고 다시 한 시간 반이 갔다. 11시 반 그들이 다시 모였다. 그들은 조개를 잡으러 바다로 가고 인증 샷을 찍으러 여자의 집으로 뛰어갈 준비를 하고 나왔을 것이다.

"자, 여기 꽃이 있습니다. 남자들은 이 꽃을 갖고 여자들에게 프러포즈 하세요. 각자 꽃을 가지고 가서 무릎을 꿇고 여자에게 드리세요."

남자들이 여자들에게 무릎을 꿇고(프러포즈 자세를 취하고) 꽃을 주려한다. 여자들은 이 순간 기분이 좋아질 것이다. 꽃을 주는 상징적인 제스처로 시작한 사랑의 테스트가 이어졌다.

"남자들은 여자에게 꽃을 바치세요."

각자의 짝에게 줄 꽃을 든 채 남자들이 무릎을 꿇고 꽃을 바치려 하고 있다. 이미 사랑의 감정을 한 번 나누었지만, 그것은 카메라 앞에서 펼쳐진 세레모니였다. 그들의 진심을 알 리 없다. 애정의 담금질이 필요하다. 그 선택은 진심이었는가?

"여자들은 해가 뜨면 이 꽃을 가져가세요."

순간, 여자들의 표정에는 폭풍이 쳤다. 순식간에 감정은 요동쳤고 울듯 말 듯한 묘한 표정이 되었다. 엄청난 긴장이 몰아친다. 침묵의 시간만 조용히 가고 있다. 남자들에게도 태풍이 몰아쳤다. 태풍이 몰아치면 정신을 차릴 수 없지만, 생존을 위해서는 견뎌야 한다. 늘 인생은 예고 없이 바람에 흔들리곤 한다. 느닷없는 태풍이 불어오면 견디고 나면 그만이다. 지금 10분 후면 열두 시 종이 울린다. 아침 7시경 해는 떠오를 것이다. 이것은 남자들이 자신의 짝을 얼마나 사랑하는지 보려는 것이니 여자들은 들어가도 좋다. 아니 남자들의 진심을 알기 위해서는 들어가야 한다.

여자 3호와 남자 3호 대화

여3호 난 다 이해한다니까요. 운동선수가 무릎을 꿇는다는 것은 다른
사람들이랑 다르잖아요, 상황이. 그래서 이거 안 해도 나는 좋을
것 같은데.

남3호 무릎을 꿇을 수 있는 내 여자라고 생각했기 때문에 꿇을 수도 있
다고 생각하는 거죠. 나도 어디 가서 무릎 꿇는 사람이 아닌데...

남5호 이런 행동으로 마음을 표현한다는 게 좀 웃기기는 하지만 내 마음
을 표현하려는 방법이기도 하고... 들어갈 때까지는 너를 위해서
있고, 그 다음부터는 나를 위해서 있을 테니까 들어가.

여자들은 움직이지 못했다. 남자들은 그대로 돌이 되어야 했다. 아
무도 못한다고 아무도 이것은 아니라고 하지 못했다. 묘한 경쟁이 밤새
전개될 것이다.

"조명을 모두 끄고 제작진은 철수할 테니, 여자들도 이제는 각자 방
으로 들어가 주세요."

남자들은 여자들을 방으로 들여보냈다. 여자들은 방안에서 어쩔
줄 모른다. 남자라면 당연히 여자를 위해 고통을 감내해야만 비로소 한
여자의 짝이 될 자격이 있다. 그러나 그것을 지켜보는 여자는 미안하고
안쓰럽기만 하다.

　어둠 속에 남자들이 남아 얼마나 버틸 것인가? CCTV 속에 남자들이 꿈틀대고 있다. 엄청난 고통이다. 평소 같으면 10분도 버티기 힘든 자세로 남자들은 견디고 있다. 여자 1호와 2호는 곧 들어갔다. 여자 3호와 4호는 남자 곁에서 불도 때주고 옷도 챙겨주었다. 자신들을 위해 고통을 견디고 있는 그런 남자들을 위해 여자들은 땔감을 가져왔다. 쌀쌀한 새벽 추위는 그렇게 사랑으로 따스해져갔다. 애정촌 제작방식 중 '사랑을 도와주되 간섭하지는 않는다' 는 원칙이 있다. 그 밤 여자 3호와 여자 4호는 자기들을 위해 힘들게 무릎 꿇고 밤새고 있는 남자들을 위해 최선을 다해 주었다. 여자 2호는 일찍 들어가 잠을 잤고, 여자 1호는 맘이 아프니 그만 하자며 남자 6호를 방으로 돌려보냈다. 그러나 여자 3호와 4호는 끝내 남자들 곁을 떠나지 않았다.

여자 3호와 남자 3호
남3호 다시 돌이켜 보는 시간이 되는 것 같아서 괜찮아요.

여3호 뭐가 괜찮아요. 괜찮긴.

남3호 저도 이럴 줄 몰랐어요. 그냥 이게 방송이 아닌 그냥 이게 진정한
      그 사람의 마음에 대해서 알기 위해서 서로에 대한 시간인 것 같
      아요.

무릎을 꿇고 밤을 샌다는 것은 대단한 고통을 수반한다. 곁에 여
자들이 없었다면 그 긴 밤을 견디는 것은 대단히 힘들었을 것이다. 실
제로 남자 3호(이종격투기 선수)와 남자 7호(연애컨설턴트)는 몸을 꼬고
뒤틀며 자세가 헝클어진 채 견뎌냈다. 그러나 남자 5호(서울법대 출신
사법연수원생)는 무릎 꿇고 그 자세 그대로 유지한 채 꼬박 견뎠다. 단
한순간도 자세를 허물지 않는다. 물론 이 미션도 남자 5호를 위한 것이
다. 미스코리아와 판검사 후보와의 만남은 이미 세속적인 잣대로 그 사
랑의 진정성을 의심하고 있다. 그러나 남자 5호의 감정은 진심이라고 믿
고 싶었다. 여자 4호를 위한 남자 5호의 순애보 감정을 눈으로 확인하
려는 이유다. 한순간도 안 움직이고 있는 남자의 인내심을 동이 터 오
는 순간 감동적으로 지켜보고 싶었다. 한 남자를 통해 우리 시대 사랑
의 순수성을 보여주고 싶었다. 결국, 남자 5호는 그 일을 완벽하게 해내
고 있다. 그렇게 남자 5호와 여자 4호가 점점 주인공이 되어 간다. 기나
긴 밤이 지나가고 날이 밝았다. 짝의 보살핌을 받지 못한 남자는 홀로
밤을 지새웠다. 밤사이 꽃은 시들었지만 여자들의 마음에는 꽃이 피어
있다. 서로 격려하며 어려움을 이겨낸 짝들. 이런 과정을 거치면서 짝의
유대는 더욱 끈끈해져 갔다. 남자 3호와 5호는 시든 꽃을 바쳤다. 그러

나 남자 7호는 여자가 자고 있어서 꽃을 바치지 못했다.

〈은행나무 침대〉 '황장군 미션'은 남자가 해내느냐를 보려는 것이 목적이 아니었다. 여자들이 정말로 남자들을 아끼는가? 그것을 알고 싶었다.

여2호 일부러 그런 건 아니고 1시간 동안 쉬고 있다가 나오라고 해서 진짜 그 말 듣고서 한 시간 동안 쉬고 나와야지 해서. 되게 추웠어요. 밖에. 방에 들어가고 했는데 따뜻하고 하니까 기대 있다가 잠이 들어버렸어요. 방에 있던 친구랑 얘기하다가.

남7호 근데 전 어제 그렇게 무릎을 꿇고 꽃을 들고 기다리면서 정말 제가 큰 걸 하나 깨달았거든요. 누군가 마음을 얻기가 어떻게 보면 너무나 어렵고 힘든 건데 그동안 우리는 너무 쉽게 누군가 마음을 얻으려고 했던 것 아닐까? 나는 그런 생각을 정말 오랜만에 한 번 진지하게 해봤던 것 같아요.

여1호 정말 안쓰럽고 나 때문에 이러는 게 솔직히 별로 안 좋았어요. 싫었고 먼저 포기하길 바랐는데 그래도 있더라고요. 안쓰러워서 나와서 설득을 시켰죠. 솔직히 어제 그 생각은 해봤어요. 진짜 안 가면 아 사람 정말 나한테 그런 마음이 있었구나. 정말 맞았구나 이런 생각에 감동은 받았겠죠. 저도 여자인데.

짝을 이루지 못한 자는 애정촌을 떠나야 한다

　애정촌에서 그들은 애정에 대해 가열찬 고민을 하고 떠나간다. 나는 누구인지 스스로는 어떤 사랑관을 지녔는지 알고자 한다. 그동안 애정에 대해 이렇게 집중적으로 고민했던 시간이 있었을까. 짝을 찾지 못한 남자 3명과 여자 1명이 떠나갔다. 노란 스포츠카도 순식간에 쌩하고 사라져갔다. 현실 세계로 가면 저 스포츠카에 몰려들 여자들은 넘쳐날지도 모른다. 그러나 애정촌은 노란 스포츠카의 위력이 인간의 감정에 비하면 아무것도 아니라는 것을 그대로 말해준다. 그것이 애정촌의 현실이고 애정촌이 가진 힘이다.

　남1호　여기 취지가 너무 좋았고 사회 축소판으로 생각하고 여기 이 지구 상에 다섯 명밖에 없었다면 여기서 찾으려고 노력했을 것 같고 여기서 어떻게 해서든지 그 사람을 내 여자로 만들려고 노력했을 것 같은데 그런 건 아니었기 때문에 전 더 솔직히 결혼 되게 하고 싶은 사람입니다. 제 짝을 못 찾아서 지금 아직까지 이러고 있지만, 밖에 나가면 전 제 관점에서 보고 좋은 짝을 만날 수 있을 거라고 생각합니다.

　남2호　제가 약간 성격 자체가 단점이 있다면 우유부단한 면이 있다고 생각을 늘 해왔었는데 마찬가지로 우유부단했던 모습이 뭐 짝 만드는데 실패하지 않았나라고 생각해요.

애정이 충만함을 보여주어라

우리는 누구나 한 번쯤 여자를 위해서 하늘의 별이라도 따다 주겠다고 큰소리 친 적이 있다. 그 순간이 바로 지금이다. 짝의 탄생 순간은 황홀하고 순수하다. 사랑은 아무런 조건 없이 주고받는 것이다.

농구선수였던 남자 6호는 무릎이 아파서 밤을 못 샜다고 했다. 그런 그가 양복점 딸 여자 1호를 바닷가로 안내했다. 남자 6호는 애정촌에 와서 여자 1호에게 한 번도 예쁘다는 소리를 못해봐 미안하다고 했다. 그는 바닷속에 들어가 넌 예쁘다고 쓴 종이를 보여주겠다고 선언했다. 남자 6호가 은빛으로 반짝이는 바다 가운데로 달려간다. 여자 1호는 그런 남자를 보며 그만 들어가라고 소리친다.

남6호 보라야, 넌 예뻐. 오빠가 애정촌에서 만날 말할 때 넌 성격만 좋다고 했잖아. 넌 진짜 예뻐!
여1호 멋있다 6호! 오빠 진짜 멋있었어.

사랑은 때로는 단순 과격하다. 그러나 그런 행동에 꽂혀 평생 사는 사람도 많다. 우리들은 그렇게 최선을 다해 짝을 찾고 있고 그때마다 사랑의 맹서는 늘 숭고하고 아름다웠다.

애정촌은 무엇을 말하는가?

그들이 애정촌 옷을 벗었다. 처음 애정촌으로 올 때 그 모습 그대로 사복을 입었다. 그리고 그들이 돌아갔다. 처음과는 사뭇 달라진 모습이다. 남자 5호는 여자 4호를 태워 떠나갔다. 올 때는 혼자였지만 갈 때는 둘이었다. 그들은 이제 애정촌을 떠나 세상 속에서 또 다른 애정문제로 부딪힐 것이다. 가족이나 주변인에게 내 짝이라고 소개하기 위해 그들은 더 깊숙한 탐색의 시간을 가질 것이다. 그리고 그것이 운명이고 인연이라면 그들은 평생의 동반자 '짝'으로 살아갈 것이다.

짝 없이 가는 인생은 운명처럼 짝을 찾게 되어 있다. 짝을 찾는 애정촌 불빛이 다시 들어오면 탱고 음악이 울려 퍼지고 외로운 사람들이 꽃단장을 한 채 가방을 끌고 다시 모여들 것이다. 그 순수하고 황홀한 짝의 탄생을 꿈꾸며...

우리는 지금 애정의 시대에 살고 있다. 애정촌은 늘 사랑에 대한 질문과 고민으로 가득 차 있다. 지금 당신은 당신의 가장 소중한 짝에게 희생과 배려와 사랑을 베풀고 사는 것을 잊고 살지는 않는가?

애정촌은 그것을 묻고 있다.

3부 짝의 성장

님과 함께
　　남자는 배 여자는 항구
　　날카로운 첫 키스의 추억은...
　　온 동네사람이 구경했던 첫날밤 이후...
　　사량도에서 만난 여인의 인생

한 남자와 두 아내 이야기
　　아버지와 아들
　　아들과 딸
　　한 남자 두 여자
　　두 아내와 함께 50년 세월이 가고
　　큰 할머니는 행복했을까?
　　작은 할머니는 행복했을까?
　　남자와 두 아내 그들은 행복했을까?
　　장손, 두 할머니와 할아버지에 대해 말하다

개울가 외딴집 님과 함께 74년
　　한마을에 시집온 세 여자
　　'아재 아재' 하다 짝이 된 조병만과 강계열
　　두 손 꼭 잡고 횡성장에 가다
　　나도 할머니 할아버지처럼 살아가고 싶다
　　93세 남자와 88세 여자가 몸싸움을 했다
　　조병만 강계열 부부의 가족은 어떻게 짝을 찾아 갔을까?

통영 야소골 두 남자의 짝
　　박영안 씨 아내가 갑자기 암에 걸렸다
　　김덕래 최학년 부부는 왜 함께 살아가고 있나?
　　너는 내 운명인가?

interview 우리는 부부입니다

너는
내 운명인가

지금 내 곁에 있는 사람이,
바로 그 사람이 내 운명이다.

당신 곁에는 지금 누가 있는가?

당신은 지금 어떤 모습으로
그 짝을 대하고 있는가?

님과 함께

저 푸른 초원 위에 그림 같은 집을 지었다.
그 속에서 짝과의 생활은 어떻게 전개될까?
유행가 가사처럼 과연 행복하기만 한 것일까?

누구나 황홀한 짝짓기의 처음처럼 살고 싶어 한다. 우리는 서로에게 가장 순수하고 결백하고 헌신하던 짝을 찾는 순간을 기억한다. 그 희생과 배려의 정신으로 세상을 헤쳐나가겠다는 사랑의 맹서는 늘 숭고하고 아름다웠다. 그러나 딱 거기까지다. 임자를 만나 짝이 되고 도장을 찍고 농고농락하기로 하고 한 지붕 아래로 들어가는 순간 더 이상 사랑의 세레나데는 울려 퍼지지 않는다. 모든 환상과 이상은 차가운 현실에 부딪혀 급속히 부서져 내린다. 신혼의 단꿈은 일장춘몽처럼 화사하게 사라져 간다. 말은 더 이상 달콤하지도 부드럽지도 않다. 생산 공장으로 변한 침실에서 그들은 가끔 들썩들썩하지만 더 이상 요란하지도 뜨겁지도 않다. 자동화 기기처럼 건조하게, 예약된 시계처럼 정확하게 시간 종료를 알릴 뿐이다. 그래도 공장이 돌 때는 희망은 있는 법이다. 멈춘 기계 틈에서 조이고 닦고 기름칠해 겨우 사용하는 신세가 되면 사정은 딱해진다. 그런데 그날은 매우 빨리 찾아오고 날마다 신경전에 육박전도 불사하다 보면 어느새 중년의 심술 맞은 남자와 여자가 마주 보고 있게 된다. 짝을 찾던 아름다운 모습은 간데없고 지극히 현실적인 모습으로 살아가는 남녀를 볼 수 있다. 그렇게 점점 이기적으로 변해가는 것을 어쩔 수는 없다. 인생은 가고 사랑도 간다. 삶이 밥 먹자고 계속되는 것은 아닌데 그냥 밥만 먹고 있다. 사람이 남남으로 돌아서는 것도 한순간, 사랑에서 미움으로 바뀌는 것도 순식간이다. 그러다 법정을 가는 일도 남의 일이 아닌 순간이 되다 보면 인생 다 산 기분이 된다. 오후 두 시 법정 안 표정은 열두 시 종이 울리고 예식장을 들어서던 표정과는 판이하다. 이 순간 잘 살아보겠다는 맹서는 왜 그리 부질없이 나부끼는가? 사랑의 맹서가 있고 1년 후, 10년 후 그리고 50년 후 그들의 삶은 어떻게 변해 갔는가? 저 푸른 초원 위에 그림 같은 집을 짓고 사랑하는 님과 함께 한평생 살고 싶다는 소망은 어떻게 되었는가? 오늘도 내 인생은 짝과 함께 가고 있다. 잘살고 있느냐 묻시만, 자신은 없다.

남자는 배 여자는 항구

소폭 누복을 만나면 조폭 마누라가 되고

청년 노무현을 만나면 영부인이 된다.
박지성을 만나면 축구 박사가 되고
박찬호를 만나면 야구도사가 된다.
바보 온달도 평강공주를 만나면 위대한 장군이 될 수 있다.

짝 없이 사는 인생은 누구도 예상하지 않는다. 짝을 만나 결혼하면 누구도 헤어질 것이라고는 생각하지 않는다. 그리고 누가 내 짝이 되는 가에 따라 내 인생도 결정된다. 짝이 누구냐에 따라 영부인이 되기도 하고 만년 과장 사모님이 되기도 한다. 누구에게나 짝의 문제는 인생의 가장 중요한 화두다. 평생의 반려자로 누구를 만나는가에 따라 인생은 다양하게 변주되고 운영된다. 인간의 행복지수를 결정하는 가장 큰 요인은 결국 배우자와의 관계다. 인간 본성을 들추어 보자면 인간도 온 생애에 걸쳐 짝을 찾아 전진하는 동물이나 곤충을 묘하게도 닮아 있다. 목숨 걸고 두 발 높이 치켜든 수컷 사마귀의 본성이나 여자를 향해 돌진하고 있는 사내들의 본성이나 본질은 같다. 본능적으로 움직이는 생명체.

만물은 음양의 이치로 움직이고 있다. 거부할 수 없는 생리적인 욕구는 본능에 충실하게 꼬박꼬박 해결해야 제구실을 할 수 있다. 그렇지 못할 때 몸은 병나게 되어 있다. 꽃이 있어야 벌 나비가 모여든다. 세상 사는데도 여자기 있고 남자가 있어야 아름다운 풍경은 완성된다. 독신이나 불완전한 짝은 어딘지 모르게 불편할 수 있다. 여자가 여자를 좋아하고 남자가 남자에게 빠지는 것을 그렇게 금기시하는 이유가 있다.

자연계에서도 암컷 수컷을 보면 사냥을 멈추고 그 사랑(생산행위)을 존중하는 법이다. '남자는 배 여자는 항구'라는 심수봉의 명곡은 어쩌면 그 상징성 때문에 더 울림이 크게 다가온다. 자꾸만 노래를 읊조리다 보면 그것이 짝이라는 말과 결합해 정서적으로 확장되는 것을 어쩔 수 없다. 때로는 경쾌하고 때로는 몽롱하게 정신을 흔들어 놓는다. 남자는, 남자는 다 그래... 여자는, 여자는 더 그래... 그런 남자와 여자가 만나 짝을 이루어 사는 것에서 근본적으로 '나'는 존재하고 있다.

날카로운 첫 키스의 추억은...

나는 잊었다.
첫 키스와 첫 경험이 비바람처럼 몰아쳐
청춘을 불태웠던 그 놀라운 밤을...

삶이란 것은 '살아간다는 것'의 압축파일이다. 결국, 한 인간의 삶을 추적하고 보면 거기에는 필연적으로 감정지도가 그려지게 되어 있다. 날가로운 첫 키스의 추억도 쉼 없는 하루하루도 결국 시간이 만든 인간의 긴 궤적 중의 하나일 뿐이다. 살 떨리는 첫 만남도 심장이 멎던 첫 경험의 순간도 지나고 나면 한 노파의 희미한 기억 속에 존재할 뿐이다. 그것이 생생하게 기록되지 않는 한 인간의 기억은 부풀려지고 변질되기 쉬워 신뢰하기 어렵다. 특히 인간의 몸이 가장 눈부신 순간, 이성과 만나 부대낀 추억은 단순한 기억으로만 끝나지는 않는다. 필요할 때마다 끄집어내고 순간마다 온갖 매직으로 덧칠해져 총천연색으로 빛난다. 매 순간 남자와 여자는 씨줄과 날줄로 서로의 인생을 촘촘하게 엮어 삶의 변주를 즐긴다. 그렇게 짝과 함께 인생은 가고 있다. 그러다 어느 순간 과거로 돌아가 아무리 첫 키스의 추억을 떠올려 봐도 아무런 기억이 없는 때가 온다. 황홀한 첫 만남도, 날카로운 첫 키스의 추억도 찌릿한 첫 경험의 순간도 통째로 휴지통에 버려진 순간이 온다. 강물이 흘러서 바다로 가는 순간 더 이상 강물의 존재는 없는 것처럼 삶은 강처럼 흘러가고 있다. 역류하지도 정지하지도 못한다. 조롱박에서 시작한 물줄기가 거대한 바다로 가는 순간, 복숭아꽃의 추억은 더 이상 나의 이야기가 아니다. 설화와 같은 그런 황홀한 만남이 있고 10년이 가고 20년이 가도 다시는 분홍빛 인생으로 돌아가지는 못한다. 그래서 짝과 만나 만들어 가는 인생이 어떻게 성장하고 진화해 가는지 살펴보는 것은 의미 있을 수 있다.

인간 군상이 형성하고 있는 인생 이야기를 분해해서 개인에게 돌려주면 그것은 하나하나 보석처럼 빛나는 법이다. 꽃잎 하나는 아름답지 않을 수 있어도 그것이 때를 지어 나무 위에 매달려 있으면 꽃나무가 되어 봄날을 수놓는다. 님과 함께 근사한 삶을 살아가는 것이 아름다운 사회를 만드는 가장 안전한 방법이다. 님과 함께 근사한 삶을 살아가는 것, 그것이 짝의 성장이다.

"누군가 함께할 사람이 옆에 있으면 그것으로 된 거야.
내 나이쯤 되면 모두 그걸 알지. 그게 행복이지 뭐겠어."

– 유재현 〈시하눅빌 스토리〉 中

온 동네 사람이 구경했던 첫날밤 이후...

당신은 잊었는가?
온 동네 사람들이 모여 첫날밤을 지켜주며 환호성을 내지르고
젊은 한 쌍의 앞날을 아낌없이 축하해 주던 그 순간을...

짝과 동행하는 인생의 긴 여정은 국가와 민족과 인종에 따라 다양하게 변하고 전개되어 왔다. 한국인의 사랑과 독일인의 사랑이 다르듯이 짝에 대한 인식과 가치관도 시대와 문화에 따라 다르게 성장하고 진화되어 왔다. 한국인들은 온 가족이 나서서 짝을 찾을 만큼 짝에 대한 가치관이 특별하다. 짝에 대한 호기심과 관심은 폭발적이라 첫날밤을 온 동네 사람이 문풍지를 뚫고 구경한 나라다. 열녀로 상징되는 조선 여인의 아픔을 간직한 나라다.

"신라인의 사랑은 뜨거웠고 고려인의 사랑은 자유로웠고
조선인의 사랑은 은근하고 어두웠다"

개인의 선택보다는 가족과 가문이 우선했던 한국인의 짝 찾기는 지금도 진화 중이다. 복잡하고 미묘하기는 과거 조선 시대나 지금 현재나 마찬가지다. 가족의 힘은 더욱 공고해지고 개인의 선택은 더욱 변수가 많아졌다. 여성들의 학력이 높아지면서 그들의 자아관이나 주체성은 말할 수 없이 단단해졌다. 짝짓기에서 수동적인 자세는 이제 의미가 없다. 본능과 이성을 모두 동원하여 눈에 불을 켜고 짝을 찾고 있다. 실패하면 인생 끝장나는 사람처럼. 그러나 짝 찾기의 본질은 변하지 않는다. 남녀의 본성이 어디 가겠는가? 모든 것들은 남자와 여자의 본성에서 출발하고 있다. 원초적인 본능과 말초신경을 자극하는 남녀의 상호작용에서 인류는 진화하고 있다. 시대를 초월하여 작동하는 남녀의 원리에서 다양한 사회상이 만들어져 간다. 근친혼, 여성우위, 일부다처, 여필종부, 남녀평등... 그리고 지금은 어디에 와 있는가? 음양의 조화, 사주팔자, 궁합, 조혼, 만혼 등 한국인 습속 그 천 년의 두께를 들추어 보면 그 속에 우리들의 모습이 있다. 타인의 짝짓기에도 절대 무심할 수 없는 사람들이 한국인이다. 그 은근하고 조용한 한국인의 사랑이 어떠했는지 50년 전으로만 돌려봐도 지금과는 너무 다른 모습이 펼쳐진다. 그 아스라한 흑백필름의 영상은 우리들 어머니와 아버지 세대의 청춘일기였다. 그분들은 지금처럼 소주방에서 노래방에서 눈빛을 날리는 내신 우물가에서 빨래터에서 혹은 복숭아꽃 아래에서 몰래 그녀를 혹은 그 사내를 훔쳐보는 것이 전부였을지도 모른다. 마음은 감추어 두고 하늘만 바라보고 한숨과 한탄만 내쉬고 있었을지도 모른다. 고향 마을 어른 중에 사람 좋고 인물 좋은 아저씨가 있었다. 그분의 아내는 사람은 좋았지만 여자로서는 매력이 있어 보이지는 않았다. 잘 생긴 남자와 안 예쁜 여자의 결합은 매우 흔한 일이었다. 그분은 봄날 복숭아꽃이 만발한 날이면 그 꽃을 보면서 늘 상념에 젖곤 했다. 첫사랑을 생각하는 것이라고 누군가는 수군댔다. 그분은 왜 그 첫사랑을 못 잊고 있을까? 왜 봄날이면 잊지 못하고 오십이 넘은 나이에 그렇게 상념에 젖어 있었을까? 사랑하는 사람보다는 부모가 지정해 준 사람과 결혼해야 했던 시대가 있었다. 말도 안 되는 그런 일들이 비일비재했던 것이 반세기 전 모습이다. 사랑에 주체적이지 못했던 것이라고 비판하기에는 그 시대를 살아보지 않은 입장에선 조심스럽기만 하다. 사랑 표현을 적극적으로 하는 것은 불법행위가 아닌데 왜 은근하고 조용하게 운명의 짝만 기다리면서 살아왔을까? 그분들의 인생을 들여다보면 사랑 없는 결합에서 오는 인생사가 생물화처럼 그렇게 툭 펼쳐진다.

사량도에서 만난 여인의 인생

사량도는 사랑도로 불리운다.
시(詩)를 쓰는 할머니가 있다는 말에
2010년 5월23일 통영에서 사량도 가는 배를 탔다.

　　사량도의 아름다운 풍광 때문에 사량도는 조물주가 사랑을 위하여 제조한 섬이 아닐까 생각했다. 그러나 실제로는 사량도에 사는 사람들의 사랑 이야기는 그렇게 낭만적이지도 환상적이지도 않다. 소설 속의 이야기와는 더욱 멀어 보인다. 그들은 사량도에 갇혀 살면서 평생 사랑과는 먼 인생을 살아온 사람들이 대부분이다. 사랑도 사량도에서 찾았고 님도 사량도에서 잃었다. 사량도에 갇힌 사랑 이야기는 그래서 더욱 애잔하게 들려온다. 바다와 사량도를 떠돈 그들 인생은 글이 아닌 전 생애로 쓴 그들의 시에 농축되어 있다. 사량도는 상도, 하도 두 개로 쪼개져 있다. 상도의 노래방 소리가 들릴 정도로 지척에 있다지만 하도 사람들은 하루 두 번 오가는 배 아니면 상도를 갈 수 없다. 상도에는 관공서와 학교 상점들이 밀집해 있지만 하도에는 교통이 불편한 관계로 관광객들도 상도에만 머물다 간다. 선거철만 되면 상도와 하도 사이에 다리를 놓겠다는 정치인의 거짓 공약은 해마다 되풀이 되고 있다.

마침내, 올해 주민들의 삼십 년 숙원 사업이 착공되는 모양이다. 다리가 놓이면 하도와 상도는 한몸이 된다. 섬을 섬이 아니게 하면서 자동차가 다리를 달리는 순간 섬사람들의 정서는 급속하게 육지화되어 갈 것이다. 그러나 지금의 하도는 고요하고 적막했다. 덕동항에 내려 능양마을을 향해 30분을 내달리니 수채화처럼 예쁜 해변마을이 나타난다. 이렇게 잠시 머물다 가는 사람들은 꿈을 꾸지만, 그곳에서 평생을 사는 사람들은 불편하고 답답한 것이 현실이다. 이방인이 제일 먼저 찾는 조그만 구멍가게를 찾아가니 낮술을 하고 있는 어부들이 뭔 일로 왔느냐고 한마디 툭 던진다. 그곳에서 지금은 작은 슈퍼마켓을 운영하는 이순선 할머니와 김형철 할아버지를 만났다. 이 할머니의 웃음은 한없이 천진난만했다. 할머니는 스물두 살까지 얼굴에 난 마맛자국으로 인한 열등감 때문에 시집가는 것을 포기하고 살았단다. 그러다 어느 날 호롱불 아래서 맞선을 보게 된다. 그 어두침침한 은덕으로 그녀는 지금의 남편을 얻어 50년을 살면서 세 아들을 두었다고 한다.

아내 이순선, 71세 당시 전깃불이 있었으면 시집 못 갔을끼다. 등잔불이 어두워 내 곰보 자국을 못 봐서 미남 남편을 만났지요...

129

남편 김형철, 74세 중매해가지고 결혼하라고 집에서 꼭 해야 된다 하면 해야 되지, 부모 말씀 안 들으면 혼났지, 그때는.

아내 내가 못나 놓으니까 그랬는가? 바람피우고 다녔어요. 많이 피웠어요. 남의 각시도 처녀도 좋아했고 바람피워 사흘 나흘 안 들어왔고... 내가 못났는데 바람피우든가 말든가, 돈을 쓰든가 말든가, 그때는 그래도 싸움도 안 하고 살았어요.

남편 그때 내 나이가 30대 한참인데 진짜 막 줄을 서는데 아가씨가 막... 뭐 있을 수 있는 문제지, 남자로서, 솔직히. 그랬는데 객지생활을 하다 집에 피복 갈아입으러 오면 그 순간에 어찌 되는고 딱 임신이 돼버렸어. 놓고 봉께 아들을 딱 낳은 기라. 그때 바람 딱 잡았어, 아들 놓고. 어린 아들을 보니까 내가 맘이 간절히 바뀌더라고. 앞으로 내가 부모다운 부모 가치를 못하면 완전히 허물어진다 카는.

재봉틀과 등잔불

이순선 지음

거울을 본다.
육순의 주름진 얼굴

세월 따라 주름살이 늘어
마맛자국인지 여드름자국인지
의미가 없는 자국이 돼 버렸다.

어릴 적
나의 의지와 무관한 마맛자국은
병마와 싸워 이긴 위대한 흔적인데
격려와 칭찬은 아닐지라도
놀림과 따돌림의 대상이었다.

처녀시절
결혼을 포기하고 재봉틀과 수를 놓으며
혼자서 여생을 보내려 했건만
부모님께 거절당하고

어느 날
등잔불에 본 선이
결혼으로 성사되었다.
등잔불을 고마워해야 하나
재봉틀을 고집했어야 하나

그러면서 아웅다웅 살고 있다.

능양 마을에 사는 송영자 할머니를 만났다. 바람둥이 남편과 한량 시아버지로 인해 마음고생이 매우 심했다고 하는 할머니다. 지금은 모든 것을 이겨내고 담담히 전해 주는 말들이지만 그 말속에는 애환이 뚝뚝 묻어났다.

"그렇게 질투가 많아서 뭐할 거고? 남편이 이중살림을 하든가 말든가 나만 버리지만 않으면 괜찮다... 나는 아래 윗방에 살면서, 작은 마누라 다 한집에 살았다. 한집에 살아 놓은께 아랫방은 작은 마누라 신랑, 작은방은 할머니 내, 또 큰방은 시아버지 시어머니 그래 살았는데 뭐, 그래 살아도 시방 세상 같으면 안 산다고 털고 갈 건데 옛날에는 시집 못사는 사람은 사람 축에도 안 가는 기라. 시집을 못살면 그게 뭐꼬? 사람인가? 그런데 그래 이기고 살아 놓은께나 이리 좋은 일도 보고 살지 뭐."

"저 위의 섬에서, 아래 섬으로 시집을 왔습니다. 우리는 총각 얼굴도 못 보고 결혼했어에. 그때는 나이도 어리고, 공출바람에 열여섯 살 먹어서 시집을 와갖고... 결혼한 5년 만에 우리 큰아들을 낳았은께, 스무 살에 낳고, 스물두 살, 스물세 살까지는 그냥 행복하게 살았네. 둘째 아들 낳고 나서 남편이 바람을 피웠지. 이제 스물세 살 넘어가고 나서는 지옥에 들어갔지. 지옥 세상, 한 10년간은 지옥에 살았지."

"옛날엔 바람 안 피우는 남자가 어디 있었노? 조금 눈 뜨고 코 있고 입 있고 하면 다 그땐 바람 피웠지만, 시방은 그걸 보고 살라 하나? 옛날에는 전부 집집마다 바람 안 피운 사람이 없었제. 온통 살림을 차려 살림하는 그게 바람피우는 거지, 하룻밤 살이 그런 건 바람도 아니고 그건 남자들이 하는 짓이고 장난이지 뭐. 그건. 살림을 차려서 온전히 살림하는 그게 바람피우는 거지."

_사량도 능양마을 송영자, 82세

송영자 할머니는 담담하게 자신의 인생이야기를 들려주었다. 지금의 정서로는 쉽게 받아들이기 어려운 상황이다. 짝 때문에 애간장이 녹아 내렸을 이야기지만 송 할머니는 시를 지어 그 내용을 유머로 승화시켜버렸다. 섬 사내가 바람피우는 것은 얼마든지 있을 수 있는 일이고 따로 살림만 안 차리면 바람피우는 것이 아니라는 관대한 생각은 어디에서 생긴 것일까? 사내는 누구나 바람을 피우게 마련이니 언젠가 내 곁으로 오기만 하면 된다는 삶의 철학은 도대체 무엇일까? 다행히 시어머니는 송 할머니의 편이라서 집을 지킬 수 있었단다. 둘째 부인이 집에서 놀기만 할 때 송 할머니는 비단 장사를 하며 돈을 모으고 나무배 한 척과 밭을 조금 샀다고 한다. 송 할머니는 인터뷰 내내 남편에 대한 원망이나 미움도 없이 이장으로서 동네 일을 많이 했다며 남편을 칭찬하고 두둔하는 말을 잊지 않았다. 그때 아무런 불평 없이 인내하고 견뎠기 때문에 지금 아들과 뒤늦은 행복을 맞고 있다고 했다. 마음이 남편에게서 아들로 향하는 것은 어느 여인의 삶과 닮아있다. 한국 여인의 인생은 어느 곳을 들추어봐도 한편의 소설을 닮아있다. 사연 없는 사람이 없고 애환 없는 인생이 없다.

미운 정도 정인가 보다

송영자 지음

용돈이 떨어지는 날이면 시어머니한테
이년 저년은 기본이고
던지는 물건들은 그래도 사람은 다치지 않게
요령껏 던지는 욕쟁이
그 아비에 그 아들이라 아들도 딴살림 차린 바람둥이
신랑 구경은 하늘의 별따기
어쩌다 본 하늘이 아들들이 되었다
욕도 바람도 세월을 이기지 못하고
큰 바람둥이도, 작은 바람둥이 남편도 가버렸다

일본 강점기에 일본군 위안부로 끌려가지 않기 위해 17세에 통영에서 사량도 능양 마을로 시집왔다는 장석순 할머니를 만났다. 그녀는 남들이 부러워하는 은행원 출신인데 생전 해보지 않은 농사일로 단단히 곤욕을 치른 모양이다. 혹독한 시집살이의 추억은 그녀의 삶을 드라마의 주인공으로 만들어 놓았다.

"학교 졸업하고 은행에 취직돼서 편히 살다가 참 알도 못하는 섬으로 오게 됐어. 섬은 섬이다 이래 해도, 아주 살기가 괜찮은 것 같이 말을 해서 와보니까 그것도 아니고, 시내서 촌을 와서 많은 고생을 했지예."

"일정시대, 제국시대 딸아를, 처녀 공출 내보냈습니다. 아무래도 공출 내보내는 것보다 살기가 힘들이도 시집가는 게 안 낫겠나, 우리 엄마 생각은 그리 한 거지예."

"우리 그런 때는 총각 처녀 얼굴 보도 안하고 결혼했어예. 바로 옛날에. 결혼해 사니까 사는 갑다 하고 살았지. 말도 마... 요새는 뭐 처녀 총각 만나가지고 사귀어 보고 뭐 생활이 대강 어떻다는 건 알고 이래 다 결혼하지만 우리 그런 때는 그런 것도 없었고... 남자들한테 홀빡 질려 살았지 옛날에는. 홀빡 질려서 죽으라 하면 죽고, 못 죽으면 눈을 감아도 감아야 되지."

"그냥저냥 산다고 사는 게 세월이 다 가고. 이제 때를 기다리는 게 영혼
의 나라로 가는 것을 기다리고 사는 거지 뭐."

_사량도 능양마을 장석순, 81세

여자의 인생은 여자로 인해 안으로 병들어 가고 남자로 인해 밖으
로 썩어가는 것이 왜 그리 흔했었는가? 통영의 작은 섬으로 피하듯 시
집 온 인텔리 여자의 인생이 인두로 지지듯 아파 온다.

열일곱 소녀

장석순 지음

일제 강점기 시절
꿈 많고 꽃다운 열일곱 소녀를
처녀 공출당하지 않기 위해
부모님이 억지로 결혼시켜 섬으로 보냈다.
시댁 식구들이 내던지는 밥사발에 이마가 터지고
가냘픈 몸매에 큰 물독을 이고
지게지고 나무하느라
고운 손이 거북이 손으로 변했다.
허기진 배를 채우기 위해 몰래 고구마 먹을 때
서러운 눈물이 이불을 적셨고
이불의 얼룩 자국은
가슴에 맺힌 응어리에 비할까.

한 남자와
두 아내 이야기

아버지와 아들

강원도 횡성 사는 최종원 씨의 집안 내력은 독특했다. 그의 아버지
는 아내가 둘이었고 그의 할아버지도 아내가 둘이었다. 또한, 그의 증조
부도 아내가 둘이었다고 했다. 본인도 이혼하고 다시 결혼했으니 아내
가 둘이라고 했다. 우연치고는 별난 우연이었다. 그러나 나시 돌아보면
한국인에게 이 같은 사실이 그다지 놀라운 일은 아니다. 왜냐하면, 반
세기 전만 해도 동네에 아내가 둘인 집안은 종종 있었고 재혼한 경우까
지 포함해 아내가 둘이라고 하면 그 확률은 훨씬 더 높아지게 되기 때
문이다. 사별하여 다시 아내를 두는 일은 너무나 보편적인 일이었기에

그런 경우를 포함하면 더 흔한 일일 수 있다. 그런데 그의 집안이 더 특별하게 와 닿는 것은 현재 진행형이란 사실 때문이다. 현재에도 한 지붕 아래 두 아내가 동거하는 사례는 흔치 않다. 아내가 동시에 두 명일 경우 대개는 따로 살림을 차려서 생활하는 게 한국인의 보편적인 정서였다. 그렇게 한 지붕 아래서 50년 내내 두 아내와 해로하는 것은 현대인에게는 매우 희귀한 사례다. 그런 면에서 최인학 씨 집안을 짝의 관점으로 조명해보고 싶었다. 일부일처제에서 볼 수 있는 짝의 특성과 유형은 이미 상식적인 수준에서 이해되고 있다. 그러나 이런 특이한 짝의 유형에서는 훨씬 두드러진 짝의 특성을 발견할 기회가 많다. 짝에 대한 한국인의 보편적인 정서와 사고방식을 살펴볼 기회도 더 열려 있다. 그들의 인생 전체는 짝에 대한 화두로 시작해서 지금까지 그것이 50년째 진행되고 있기 때문이다. 4대째 대대로 아내가 둘인 전통이 이어지고 있는 집안에서 짝이라는 화두를 가지고 두 아내의 인생을 조명하는 것은 의미 있는 일이라고 생각되었다. 과연 그녀들에게 짝은 어떤 의미로 다가왔을까? 그 집안의 독특한 내력은 인근 사람들에게는 이미 모두 알려져 있다. 조심스럽게 그 집을 방문했을 때 다행히 아들과 아버지는 친절하게 우리를 맞아 주었다. 독특한 집안 내력을 거침없이, 가감 없이 들려주는 부자의 모습은 순수하면서 강렬했다. 그때는 어려서 이불 속에서 듣던 마실 온 아주머니의 이야기를 들을 때 바로 그 기분이었다. 이 세상에서 제일 재미있는 것은 인생 주머니에서 나오는 무궁무진한 이야기라는 사실을 마실 온 아주머니들에게서 일찍이 나는 배웠다.

"아버지가 3대 독자, 내가 4대 독자예요. 그러니까 우리가 대대로 내려오면서 그 자손이 딸은 많은 집인데 아들이 귀한 집이야. 그것도 어머니가 꼭 둘이라야 돼. 그게 참 이상하다고. 4대째 그렇게 내려왔대. 할아버지, 아버지, 할아버지의 할아버지까지 증조 고조까지가 부인이 둘씩이에요. 내가 보니까 제사 지내면 다 마누라가 둘씩이라는 거야. 위에 대가 다. 그러니까 참 희한한 게 나도 재혼을 했어. 그게 신기해. 4대째 계속 엄마가 둘이 된 거야."

_ 아들 최종원. 49세

"4대째 전통이야. 그것도 대가 없어질라 하다 또 나중에 나 낳고 그렇게 이어진 거지. 아버지가 진갑에 날 낳았어. 62세 때. 그러니 대가 끊어질라 하다 그런 거지. 독특해요."

_아버지 최인학. 83세

아버지와 아들은 남자로 이어져 있다. 3대 독자, 4대 독자로 살아오면서 그들은 남자로서 독특한 대접을 받아왔다. 집안의 대를 잇는다는 명목으로 아들은 특별했고 아버지도 아들도 그 점에서는 통했다. 독자로서의 유柔함과 자유분방함이 그들에게는 드러나 보였다. 쉰 되고 팔순 넘은 남자들인데도 어린아이 같은 순수함이 두 남자에게 있었다. 비오는 날이면 아들은 고기 잡는다고 족대를 가지고 냇가로 갔다. 그리고 비 그친 아침 일찍 산에 올라 능이버섯을 한아름 따 왔다. 물고기 앞에서, 버섯 앞에서 부자는 어린아이처럼 순진한 미소를 짓는다. 아들은 그 모든 것을 아버지에게서 배웠다. 형제가 많으면 남자의 자격은 형이 가르쳐주기도 한다. 그러나 4대 독자인 그는 오로지 아버지에게서 남자의 자격을 물려받았다. 지금도 아들은 버섯을 따러 산에 가곤 한다. 그러나 과거 아버지는 아들을 얻기 위해 빈번하게 산에 다녔다.

아들 우리 노인네들은 산에 산신당 있잖아. 4대 독자니까 자식을 못 낳으니 떡 해들고 가서 빌어서 날 낳았잖아. 무서워, 거기만 들어가면...

누가 빌었어요?
아들 아버님하고... 우리 큰 할머니.
둘째 부인 아들 낳게 해달라고 그렇게 빌었지. 산에 다니며 저 영감과 할멈이 둘이서 그렇게 다니더라고. 아들 좀 낳게 해달라고. 내가 아들 낳으라고. 그래도 난 한 번도 안 가봤어. 무서워서. 그러더니 참, 아들 하나 낳았어. 진짜.
아들 산에 가서 산신령한테 빌고 그렇게 우리 집이 산을 다니다보니까 개고기를 못 먹어요. 옛날에 미신이 많았었잖아요. 아버님은 안 드시지. 나 죽을까봐 못 먹어요.
아버지 난 죽을 때까지 안 먹을 거야. 자식을 위해서 내가 끝까지 가야지 그걸. 아들은 안 믿었으니 할 수 없지만 나는 믿어서 아들을 얻었으니 죽을 때까지 가지고 가는 거예요. 아직까지 개고기는 아들은 먹고 난 안 먹어요. 아무 세상없는 한이 있어도 끝까지 간다. 아들이 먹든 이 사람이 먹든 내가 마음먹었던 것은 목숨 내던질 때까지 간다.

더 이상 아들 낳을 일 없는데 드시지요?

아버지 아들이 잘못 될까봐.

지금은 모두 없어졌지만 60~70년대 한국의 산에는 서낭당이 있었다. 으스스한 산길을 한참 가면 돌무덤이 나타났고 바람에 흔들리는 낡은 헝겊 조각들이 을씨년스럽고 기괴한 분위기를 만들곤 했다. 서낭당길을 지나갈 때는 반드시 돌을 얹어 놓고 가야 뒤탈이 없다는 마음으로 돌을 던져두고 가곤했다. 그것도 잘생긴 놈을 골라서 얹으면 더 복받을까 봐 이리저리 돌을 골랐다. 서낭당에는 늘 바람이 불었고 그럴 때마다 기도의 흔적들도 바람 소리에 움직이고 있었다. 그 서낭당을 열심히 드나들면서 물을 떠놓고 토속 신에게 빌던 순박했던 한국인들 모습이 있다. 바로 50여 년 전 최인학 씨 집도 그러했다. 아들이 필요해서 둘째 부인을 들인 부부. 그리고 둘째 부인에게서 아들을 보기 위하여 지극정성으로 산에 다녔던 부부. 둘째 부인이 아들을 낳게 해달라고 기도하러 매번 산길을 가며 큰 부인은 무슨 생각을 했을까? 또 남자는 어떤 기분이었을까? 민가가 끊긴 깊은 산 속 서낭당 가는 길은 지금의 등산로와는 전혀 다르다. 그 소설과 같은 풍경 속에서 두 부부는 무슨 꿈을 꾸었을까? 아들을 얻고 대를 잇기 위한 이유에서 비롯된 그 평범하지 않은 인생이 50년이 지났다. 어쨌든 2011년 지금도 아버지는 본인이 산을 다녀서 아들을 얻었다고 믿고 있다. 아들한테 행여 부정이라도 탈까, 그때부터 지금까지 할아버지는 보신탕을 입에 대지 않는다고 했다. 그것은 죽기 전까지 지켜 나가기로 한 아버지의 약속이고 사랑이다. 종교적인 신념도 쉽게 무너지는 시대에 행여 아들이 잘못될까 지금도 개고기를 삼가는 아버지의 마음이 감동으로 다가왔다.

아들과 딸

아버지도 독자이고 아들도 독자다. 아들을 낳으려고 작은 아내를 들인 집안이다. 아들 하나에 딸이 열 명인 집안 분위기는 어땠을까? 큰엄마는 딸만 여섯이고 작은 엄마는 아들 하나에 딸이 넷이다. 두 엄마를 둔 11남매의 성장사가 아들을 중심으로 돌아갔을 것은 능히 상상이 된다.

> "딸이 열에 아들 하나예요. 큰어머니가 자손을 여섯을 낳고 우리 어머니가 다섯을 낳고 모두 11남매라고. 아들이 하나예요. 그것도 아버님께서 재주가 좋으신 게 딱 가운데다 세워놨어 날. 위로 다섯 밑으로 다섯 누나가 다섯 여동생이 다섯 그래요. 중심을 잡으라는 것인지 딱 여섯 번째다 세워놨어 날. 나는 집에 대들보 아냐. 내가 중심을 잡고 디 해야 하는데 난 그게 두렵더라고..."
>
> _아들 최종원

특이한 것은 11남매의 우애는 매우 돈독했다. 이들을 통제하는 것은 아버지다. 한 번도 딸들에게 이년 저년 소리조차 안 했다는 최 씨의 덕이 작용하는 순간이다. 그런데도 딸들은 의외로 아버지가 매우 엄했었다고 회상한다. 아버지의 말이 곧 법이었다고 한다. 지금은 남자의 위신도 아버지의 권위도 모두 추락한 집이 많지만, 과거에는 그렇지 않았다. 최씨 집안에서 남자의 위상도 아버지의 권위도 살아 있었다.

> "내가 4대 독자다 보니까 우리 아버님께서 중매 세워서 장가를 빨리 보냈어요. 22살에 내가 장가를 갔어요. 고등학교 졸업하고 1년 있다가 장가 갔으니까. 우리 할아버지는 아버지를 진갑에 낳으셨다고 하는 거야. 아버지는 그게 또 두려운 거야. 또 대가 끊길까 봐. 나야 괜찮아요. 나는 대가 끊겨도 신경 안 써. 아버지는 빨리빨리. 그러니까 내가 또 최고 빨리 할아버지가 됐고 47살에 할아버지 만들어 놓은 거야. 이게 자식새끼도 유전인가 보구나! 장가 빨리 가는 것도."
>
> _아들 최종원. 49세

아버지는 예외 없이 딸들을 순서대로 시집보냈고 딸들도 군말 없이 아버지 말을 따랐다. 한 번쯤은 순서가 뒤집힐 만도 한데 아버지의 법칙은 예외가 없었던 모양이다. 아버지도 대단하고 딸들도 대단하다. 11남매를 학교 보내고 때가 되면 바로 짝을 만들어 보내는 깃이 최인학 씨 숙명이다. 어쩌면 자연의 이치에 가장 충실하게 움직인 것인지도 모른다. 그렇게 시집간 딸들이 수시로 찾아와 차별받고 자란 추억들을 생생하게 증언하곤 했다. 요지는 아들은 더운밥 먹고 딸들은 찬밥 먹었다는 이야기다.

"딸들이 뭐 한둘이 아니고 다섯 명 계집아이들이 크고 있으니 학교 댕기는데 아들을 서로 업어가려고 뺏고 울고 그랬어. 잘 해주나 마나 여자 속에 살아서 고추 달린 것 서로 업어 주려고 난리 쳤어. 학교 갔다 오면. 못 업고 가는 애들은 삐쳐서 울고, 그렇게 큰 아들인데 시방 일하느라 혼나지."

_둘째 부인 오연수. 73세 ˋ

"예를 들어서 이야기할게. 고기 한 토막이 올라와도 아들한테는 이게 가도 우리는 아들 먹고 남은 뼈다귀만 빨아먹게 한기라. 쉽게 말해서..."

_최종원 씨 누이

누나들의 사랑이 그러할진대 아들을 손수 낳고 기른 둘째 엄마의 사랑은 어떨지 상상이 간다. 돌 지나도록 아들을 땅 위에 내려놓지 않았고, 유년시절이 다 가도록 흙을 밟게 하지 않았다고 한다. 그런 최종원 씨도 젊은 시절은 굴곡 있는 인생을 살았다. 남자가 삶의 의지를 포기할 때는 대개 돈 아니면 여자 때문이다. 그는 사업 실패도 겪었고 이혼의 아픔도 겪었다.

"나는 좀 살아보려고 참 노력을 많이 했어요. 내가 그때 하도 힘들어, 하나님 나 이제는 더는 이 세상에 살고 싶지 않습니다. 난 이제 하늘나라로 가고 싶다. 나를 받아 달라. 태기산 최고 높은데 올라가서 소나무 밧줄에 딱 매 놓고... 그런데 이 집이 보여, 저 위에서 보면 탁 보여. 우리 엄마는 나 없으면 못 살아. 아들, 만날 아들, 아들 그랬단 말이야. 근데 우리 엄마가 불쌍한 거야. 눈물이 막 떨어지는 거야. 엄마 생각을 하니까. 내가 죽을 각오로 내려가 살아보자. 뭐 죽는다고 해결될 일이 어디 있겠냐?"

_아들 최종원

엄마에게 아들은 49년을 버틸 수 있게 한 힘이었다. 엄마는 늘 아들 때문에 살아왔고 그런 엄마의 애정을 아들도 잘 알고 있다. 아들이 집안의 중심이라는 사실은 이 집안의 일상을 들여다보면 쉽게 발견할 수 있다. 안살림을 책임지고 있는 둘째 부인에게 밥 푸는 순서는 늘 정해져 있다. 할아버지 밥을 제일 먼저 푸고 그다음이 아들 밥이다. 그리고 큰 할머니 밥을 푸고 본인 밥은 맨 나중에 푼다. 모든 것이 두 어머니보다는 아들이 우선이다. 가장과 아들, 두 명의 남자를 중심으로 두 명의 아내는 오늘도 한 지붕 아래 공존하고 있다.

한 남자 두 여자

"신랑 뺏어가지고 살면 웬만한 사람 싸우고 그러지요? 큰 엄마는 자기가 밀어주었다고 아주 잘해. 그렇게 잘해. 그러니 내가 여태 살지 그렇지 않으면 얼른 내빼지..."

_둘째 부인 오연수

두 명의 아내와 한 명의 남편. 세 사람은 어떻게 해서 이런 짝을 이루게 됐을까? 첫째 부인이 열여섯에 이 집에 시집왔을 때 그녀의 남편은 중학교 다니던 열다섯 살 아이였다고 한다. 대대로 독자인 집안이기에 조혼의 풍습은 충분히 이해된다. 그 어린 부부는 그렇게 인연을 맺었고 때가 되어 아이도 낳았다. 첫째 부인에게도 아들이 있었다고 한다. 그런데 그 귀한 4대 독자 아들이 어려서 그만 죽고 말았다. 만약 그 아들이 살아 있었어도, 남편이 3대 독자만 아니었어도 그들 부부도 남들과 다를 바 없는 평범한 인생을 살 수 있었을 것이다. 그러나 운명은 그들 부부를 그대로 두지 않았다. 그들에게 갑자기 아들을 잃은 충격은 대단했다.

남편 최인학 자식이 하나 있었어. 아들 있는 게 조그매 죽었어. 5살 때. 내가 군대 갔다 와서 예비군 훈련 갔을 때 그만 잘못된 거여. 놀랐지. 그런데 뭐 어째? 이미 갔으니 뭐.

둘째 부인 오연수 앞뒤 집에 살았거든. 이웃에서 내가 다 봤어 죽는 것. 자꾸 울더니 죽대. 하필 영감이 훈련 받으러 갔는데 죽더라고. 그래서 속상해 죽으려고 그랬었어.

남편 최인학 큰 엄마 아들이 살아 있으면 지금 아들은 없지. 작은 엄마도 못 만났지. 못 만난 거야...

첫째 부인은 그 후 오랫동안 아들을 낳지 못했다. 대대로 독자인 집안에서 빨리 아들을 낳아주지 못하는 것은 가시방석 위 생활이었을 것이다. 큰 할머니는 스스로 나서서 둘째 부인을 집안에 들였다. 둘째 부인을 들인 것이 남편이 아니라 첫째 부인이었다는 사실이 놀랍다. 그러나 사람은 시대의 가치관을 자양분으로 먹고 산다. 남편보다도 아들이 더 중요했고 집안의 대를 잇는 명분이라면 무슨 일이든 이해되던 시절이었다.

> 남편 큰 부인이 앞으로 아들 볼 가망성 없으니까 이 사람 얻어 들인 거지. 내가 얻은 건 아니야.
>
> 둘째 부인 나 시집갔는데 신랑이 군인 가서 4년을 살고 와서 이태 농사 지니 죽어. 뭔 병이 걸려왔던가 봐. 그러니 어떡해. 딴 데서 중신아비가 자꾸 오니까 시집가라고. 24살에 혼자된 걸 딴 데 못 가게 하고 이 집에서 얻은 거여. 큰 엄마가 애를 써서 날 딴 데 시집을 못 가게 하는 거야. 자기가 그만 우리 가정에 아들이 있어야 한다는 걸 생각하고. 시방 아들이 없어도 괜찮은데 옛날에는 아들 없으면 아주 병신인지 알더라고... 큰 엄마가 석 달 조르는 바람에 내가 시집을 갔잖아. 안 든다 하도 졸라서 이 집에 가면 아주 편하게 산대. 부자고. 그런데 여태 집도 못 짓고 살아. 참. 속아서 왔지 뭐...

당시 근처 이웃에 살던 둘째 부인은 24세에 남편을 갑자기 잃었다. 당시 35세인 첫째 부인은 아들을 갑자기 잃었다. 한 여자는 남편이 필요했고 한 여자는 아들이 필요했다. 놀랍게도 35세 여자는 24세 여자를 남편의 작은 부인으로 들이려 앞장서서 힘을 썼다. 자신의 남자에게 공식적으로 다른 여자를 만들어 준다는 것이 여자로서 얼마나 힘든 선택이었겠는가? 그 모든 게 집안의 대를 이어야 한다는 대의명분 때문이었다. 시대의 가치관이었고 아들 없는 여자의 숙명이었다. 그렇게 가문을 위해 집안의 평화를 위해 종종 여자들은 희생하고 인내해 왔다. 결국, 같은 남자를 짝으로 해서 두 여자는 50여 년을 특별한 인연으로 살아오고 있다.

> 둘째 부인 큰 엄마가 잘 해주지. 자기가 얻었으니 잘 해주지. 여태 싸움 한 번 안 했어. 이 집에 온 지가 내가 24살에 들어왔으니 73살이니까 50년이 됐나. 싸움 한 번 안 해봤어. 나한테 그렇게 잘 했어. 자네 뭐 잘못 했네, 그런 것도 한 번 없고 잘하더라고. 그러니 한집에 여태 살았지.

> **할아버지가 잘 해주면 못 가죠.**
> 둘째 부인 아저씨 만날 뾰족새 같아. 잘못해. 큰 엄마가 잘 했어 큰 엄마. 그래서 같이 살았지 여태. 저 할아버지 인정머리도 없다니. 인정 있게 생겼나 봐요? 생기길 저렇게 넙죽하게 잘도 생겨야 하는데 생기길 뾰족새처럼 생겨서 인정이 없어. 진짜 인정머리는 없어요. 좀 풍더군하게 생겨야 하는데. 아주 깨부새 같아.

둘째 부인의 유머 있고 솔직한 말에 대해 남편은 슬며시 웃을 뿐 부인도 인정도 하지 않는다. 50년을 함께 산 사람이라서 나올 수 있는 구수한 표현들이다.

두 아내와 함께 50년 세월이 가고

남 편 직계자손이 80명이야 80명.

둘째 부인 자랑이라고 하네.

남 편 자랑 아니면? 80명이면 차 두 차 얻어야 해. 딸 손주 80명이래. 만약
에 우리가 하나 죽었다 하면 그 골짜기 전체가 노랄 텐데 남이 봐도 저 집
이 참 많다. 그 보람 있잖아.

3대 독자인 최인학 씨는 80명의 직계자손을 가지고 있다고 자랑한
다. 아들은 하나지만 이미 손자는 둘이다. 장손 대성 씨 역시 일찍 장가

를 가서 이미 딸이 하나 있다. 지난해 여름 장손의 딸 민서의 첫돌을 맞아 그 가족은 원주에서 돌잔치를 했다. 그때 큰 할머니도 작은 할머니도 참석해서 증손녀를 보며 연신 함박웃음을 웃고 있었다. 그리고 2011년 2월 16일 장손 대성 씨에게 마침내 기다리던 아들이 세상에 나왔다. 할아버지와 두 할머니에게 증손자를 안겼으니 집안의 경사가 아닐 수 없다. 대대로 독자였던 최씨 집안의 전통을 생각하면 얼마나 귀한 아들일지 상상이 간다. 아들이 우대받는 집안 분위기에서 두 할머니는 아들과 손자에게 끔찍한 사랑을 베풀어왔다. 그리고 집안의 자손들 역시 두 할머니에게는 누구나 할 것 없이 똑같이 잘한다.

첫째 부인 딸 엄마가 달라도 우리 형제들은 다 똑같아. 엄마들은 두 엄마라도 형제가 다 똑같아. 똑같이 편애 안 하고 컸으니까.
둘째 부인 그리고 잘했어. 착했어. 애들이 열 명이라도 다 잘했어.
첫째 부인 딸 어려서 다 못했지. 이제 나이 드니 조금 잘하는 척하는 거지.

장손 대성 씨는 추석을 맞아 두 할머니에게 공평하게 선물을 했다. 첫째 부인의 딸이 찾아왔을 때 그녀는 둘째 부인에게도 자기 엄마와 똑같이 용돈을 챙겨 드렸다. 최인학 어른의 윗주머니에도 돈 봉투가 슬쩍 내비친다. 아버지는 한 분이라서 챙긴다지만 두 엄마를 공평하게 대하는 자식들의 모습이 매우 아름다워 보였다.

첫째 부인 딸 조금, 조금 넣었어요.

둘째 부인 돈 벌지도 못할 텐데...

첫째 부인 딸 주머니여 이거 가짜 주머니.

둘째 부인 아유 없어, 난 주머니도...

첫째 부인 딸 여기 있네, 여기 있네.

둘째 부인 아유 없어.

첫째 부인 딸 여기 있잖아요.

둘째 부인 애들이나 줘유~ 애들 키우느라고 혼나는데...

첫째 부인의 딸이 친정 방문을 마치고 돌아가는 길에 둘째 부인이 돈 봉투를 들고 따라나선다. 이번에는 둘째 부인이 첫째 부인의 딸에게 노잣돈을 챙겨 주면서 한동안 승강이가 이어진다. 어려서 친척 집에서 손님이 오면 늘 엄마는 노잣돈을 챙겨 주곤 했다. 시골집에서 노잣돈을 놓고 승강이를 벌이던 모습이 바로 우리 엄마 세대의 익숙한 풍경이다. 그렇게 정이 묻은 돈이 오가는 풍경을 큰 할머니의 딸과 작은 할머니가 그대로 보여주고 있다. 80명 직계 자손이 만드는 인정 넘치는 풍경이다. 그들은 모두 두 할머니의 삶을 이해하고 있다. 그녀들에게는 어쩔 수 없는 선택이었고 숙명처럼 주어진 삶이었다. 그들 대가족에게는 이러한 운명을 얼마든지 견디게 하는 정(情)이 흐르고 있었다.

한 지붕 두 아내의 일상은 늘 정해져 있다. 살림하는 둘째 부인은 늘 바쁘고 몸이 불편한 큰 부인은 가끔 산책하거나 병원 가는 일 아니면 대부분 본인 방에서 쉬고 있다. 가족들은 아침이면 일하러 가고 저녁이 되면 다시 집으로 모여든다. 농촌의 부자는 일 부자다. 그래서 둘째 부인은 집안 안살림을 책임지고 농사일을 거들고 하느라 늘 몸이 고단하다. 정육 사업하는 손자 장갑 빨아주는 것도 그녀 몫이다. 저녁이면 남자는 안방에서 TV와 살고 큰 할머니는 자기 방에서 누워 있고 작은 할머니만 참 준비로 분주하다. 그들 세 남녀의 일상은 그렇게 반복되고 있다. 농번기에는 남의 일 해달라는 요청을 뿌리치기도 곤란하다. 둘째 부인이 방금 다른 집의 일을 마치고 돌아왔다. 평화로운 농촌의 저녁 일상이 펼쳐지고 있다.

둘째 부인 밥 잡술래요?
남편 안 먹어 그럼?
둘째 부인 난 안 먹어. 사주어서 먹고 왔대도.
남편 먹어야지 그럼 안 먹어?

남자는 두 아내와 한 지붕 아래 그렇게 50년을 살아왔다. 그렇게 사는 일이 쉽지는 않았을 것이지만 한 번 결정되면 바꾸기도 쉽지 않은 법이다. 남자는 참았고 여자들도 참았다. 두 여자의 삶은 절대 펑퍼짐하지 않았다. 지금 큰 할머니는 조용히 침묵하고 있다. 가끔 마을 산책하러 나가고 읍내 한의원에 다니는 것이 움직임 전부일 뿐 대부분 방에서 혼자 있다. 큰 할머니의 마음이 궁금했다.

큰 할머니는 행복했을까?

"우리 큰 엄마가 엄청 예뻤어요. 시방 늙어서 그렇지. 마누라 둘이라도
마누라가 다 괜찮았어. 하하하."

_둘째 부인

큰 할머니는 16살 때 한 살 어린 최인학 씨와 짝을 맺었다. 그리고
20년 후 36세 때 둘째 부인과의 동거가 시작되었다. 그리고 한 남자의
두 아내로서 50년을 함께 살아오면서 여자의 삶은 가장 특별해져 갔다.
자기 손으로 남편에게 다른 여자를 들여야 했던 사정은 무엇이었을까?
둘째 부인은 비교적 말씀에 관대하지만 첫째 부인은 집안 이야기를 일
절 하지 않는다. 삶이 복잡해 말씀을 아낀 것이 말수가 줄었는지도 모
르겠다. 귀가 어두워 알아듣지 못하고 연세가 드셔서 기력이 없다고 생
각했다. 그날도 할아버지는 더덕농사를 크게 짓는 아들을 돕기 위해 둘
째 부인과 일을 나갔다. 이렇게 세 식구가 나가고 나면 집안에 첫째 부
인 혼자 남는다. 차츰 사람과 사람이 익숙해지고 나면 그간 존재한 불
편함은 사라지는 법이다. 큰 할머니와의 대화에서 불편함이 사라지고
자연스럽게 말문이 트였다.

"어디로 갔어?"
"더덕 밭이요"
"매러갔어? 다?"

큰 할머니가 지팡이를 잡고 산책을 나서면서 말을 걸었다. 의외로 큰 할머니는 말씀을 조리 있고 단호하게 했다.

할머니 어디서 시집오셨어요?

저 금평이라는 데서 거기서 커가지고 재를 넘어와 여태 여기서 살아. 어디 이사도 안 가고.

그러면 처음에 신랑 얼굴 봤을 때 어땠어요?

신랑이라고 코가 한 발씩 나오는 걸 이러고 댕겼는데 뭘 그까짓 것 신랑이라고. 15살이 뭘 알아?

왜 이렇게 일찍 했어요?

일찍 하는 게 아니라 시아버지가 나이가 많다고 어린애를 장가 들였지. 어린애지 그게 뭐야?

첫날밤은 기억나요?

기억나면 뭘 해.

저기 결혼했을 때 재밌게 살았어요?

재밌지도 못했어. 뭘 알아야 재밌지. 난 농사짓느라고 밭에 나가 있고 아기들을 낳았어도 아기들도 젖 하루 세 번 밖에 안 먹였어. 다 먹을 제 먹이고 점심 먹을 제 먹이고 저녁 하러 들어와 먹이고. 지금은 귀도 먹고 아주 아파서 아무것도 못해. 16살에 시집와서 시어머니 시아버지 다 계시고 그러다 돌아가시고 농사를 내가 짓느라 아주 죽을뻔 했거든. 저이 뭘 알아. 아들 하나라고 아주 오냐 오냐 키워서 아주. 내가 살아온 생각하면 속상해 나도.

어떻게 만났어요?
옛날에 중매 일렀지 중매쟁이가. 16살에 사주라고 받아놨다가 16살 먹던 해 잔치했지.

마음에 들었어요?
"마음에 드는지 뭘 알아 영도 철도 모르는 게. 내가 딸이 여섯이요. 아들 하나 낳은 것 죽고 그래서 저거 얻어가지고 아들 낳는다고..."

할아버지가 잘 해주어요?
잘 해주긴? 마누라가 있는데 젊은 마누라가 있는데 뭘 잘해줘? 그러려니 하지 아유 그까짓 것.

섭섭하죠?
섭섭하지도 않아. 내가 죽겠는데 그 까짓것.

저기 작은 할머니 얻을 때 괜찮았어요?
그때 내가 36살에 얻었는데 뭐. 36살이면 한창이지 뭐. 내가 젊어서 36살에 들어왔어도 당최 각 방 거처하고 안 살았는데 뭐.

할머니가 해주셨다면서요?

말이 그렇지. 얻지 못해 난리 치는데. 내가 아들 못 낳으면 나중에라도 오금 받을까 가만 놔두었지. 얻고 싶어 하는 사람이 어디 있어? 그래가지고 여태껏 살아오는 게 이렇게 힘이 든다고. 그전에 예뻐했는지 뭘 했는지 모르지. 영도 철도 모르게 살다가 저렇게 마누라 얻었으니까.

사이좋게 지내신다면서요?

그러니 어떡해? 나가 살려도 영감이 내놓지 않고. 난 딸이 많아서 내가 혼자 농사지어도 실컷 지니까 따로 살려고 해도 못 살게 하더라고. 그래 살림을 그때 다 실어 맡겼어. 내놓으라고 하도 그러니. 그래 내가 이 집에서 머슴 사는 거야. 난 그래 누가 와도 얘기하고 싶지 않아. 귀찮아.

저기 신랑한테 불만 많았어요? 할아버지한테

불만 많은지도 모르고 난 살았어. 16살에 시집이라고 와 사는 게 뭐 오죽해. 시어머니는 나 갓 20살 먹던 해 돌아가시고 시아버지는 그렇게 할멈 죽고 한 3년 있다 죽고. 시어머니가 돌아가시니 세상에 살림도 못할 것 같고 잠이 안 오더라니까. 난 우리 시어머니한테 우대를 받아서 걱정 한 번 안 듣고 우리 시어머니가 나한테 혼내키지도 않고.

여기 왜 이렇게 아들이 귀해요 이 집안에

이 집에 아들이 귀하니 그렇지. 그러니 계집아이 그렇게 많이 낳았지. 저 사람도 넷을 낳았어. 셋 낳고 아들 하나. 아주 그래 재세가 많지 아들 낳은 재세가.

우리 할머니도 아들 좀 많이 낳지 그랬어요

뭐 그렇게 아들을 낳게 돼?

하늘 원망 많이 했겠네요?

원망하면 뭘 해. 살림을 다 내가 열여섯 먹어서 시어머니가 그 길로 다 살림을 맡긴 걸 내가 하다가 살림을 쏙 뺏으니. 그래 내가 서방이 없어? 서방 해 올 제 서방 믿고 살지. 돈 믿고 사느냐고? 나는 서방은 내놔도 살림은 못 내놓는다고? 아유 그래 내가 알뜰살뜰한 내가 가져가나? 내가 어디서 얻어 온 과부인가? 나는 딸을 많이 낳아서 그것들 남의 손에 안 넘기려고 안가. 그걸 내가 키워서 내가 완수해야 하기 때문에... 아유 죽이 되나 밥이 되나 말을 안 하니까 내가. 그래 어떻게 그렇게 소리가 안 나게 잘사느냐고? 내가 죽어지내니 말은 없지.

물려주고 굉장히 섭섭했어요?

섭섭하나마나 아무것도 아니지. 아무거도 아니지 뭐. 내가 천치여. 천치가 될려고 해서 된 게 아니라 그렇게 만드는 거여.

큰 할머니의 심정이 그러하리라고는 생각지도 못했다. 아무 말도 없이 침묵 속에 있을 때 할머니의 인생은 평온해 보였다. 이렇게 구체적이고 사실적인 말을 듣고 나니 할머니의 인생이 다시 보였다. 웃고 있는지 알았는데 울고 있었고, 말은 없지만 말은 하고 있었다. 그날 할머니의 얼굴이 오이 밭을 갈 때와 올 때 많이 달라 보였다. 그리고 그 얼굴, 그 눈에서는 더는 눈물은 나오지 않을 것 같다. 그렇게 가장 무심한 표정으로 그녀는 세상을 보고 있다.

가문의 대를 잇기 위해, 집안의 평화를 위해,
그 시절 그렇게 짝을 이뤄 사는 집들은 꽤 많았다.
여자에게 자신의 인생은 없었다.
할머니는 짝 때문에 평탄한 삶을 살지는 못했다.
읍내 사람들까지 근방에서는
할머니의 사정을 다 알고 있다.
그래도 할머니는 전혀 내색하지 않는다.
─ 〈짝〉 내레이션 中

작은 할머니는 행복했을까?

"내가 24살에 왔는데 여느 사람 같으면 내 뺐지 안 살고. 나 같은 사람이라 살지. 누가 작은 마누라 노릇 하며 오래 살아. 여느 사람 같으면 벌써 내뺐어. 내가 아들 하나 불쌍해서 안 가고 살았는데 저 아들 하나 오자

마자 낳아서 저 아들 하나 불쌍해서 내가 시집 안 가고 살았다고. 그렇지 않으면 벌써 내뺐어. 저거 불쌍해서 내가 안 갔지 저거 놔두고 못 가겠더라고."

작은 할머니는 24살 때 남편을 잃고 큰 할머니의 적극적인 권유로 최인학 씨와 짝을 맺었다. 다행스럽게도 그녀는 아들을 낳았고 그 힘으로 살아갈 수 있었다. 비록 4대 독자를 낳았지만, 집안에는 엄연히 질서가 존재했다. 아들을 낳고 대를 이어주었어도 둘째 부인의 입장은 여러모로 그녀를 힘들게 했다. 당시 정서에 맞게 그녀는 줄곧 따로 살기를 원했지만, 남편은 허락하지 않았다. 결국, 두 여자는 한 남자를 짝으로 해서 50여 년을 살아왔다. 그것은 인고의 세월이었고 그것을 견디는 것은 두 여자의 숙명이었다. 다행히도 두 여자는 큰 갈등 없이 다정하게 잘 살아왔다.

옛날에는 큰 할머니가 살림했어요?
옛날에 큰 할머니가 했지. 안살림은.

언제 권한을 물려받았어요?
우리 노인네 살림 안 한 지 오래 됐어. 한 마흔부터 나한테 맡겼어. 그때 나한테 맡겼다고 자네가 이제 하게.

자네라고 해요 호칭은?

그럼 그랬어요. 난 성님이라고 했지 연세가 많으니.

드라마에서 나오는 대로 하셨네요?

그럼 형님. 시방 애들 있으니 큰 엄마라고 하지 그 옛날에 성님이라고 했지. 솔직히 이야기하는 거요. 시방은 애들 있으니 큰 엄마 그러지."

할아버지는 두 명 여자 데려다 놓고 일만 시켰네요?

그럼 두 명 여자들 데려다 놓고 편하게 살았어. 그래서 시방 내가 욕을 하잖아. 옛날이야 욕 한마디도 안 했어

두 분은 어떻게 지냈어요?

우리 둘은 떠들고 재미나게 살고 저 영감은 욕만 해주었어. 하하하. 아이고 웃겨 이제 다 죽게 돼서. 그래도 내 생각을 잘했어 저 노인네가. 저 우리 큰 엄마가. 그러니 내가 여태 살았죠. 그렇지 않으면 벌써 갔지.

어떻게 보면 서로 불만이 많았었겠네요?

우리는 싸움 한 번도 안 했어요. 저 큰 엄마가 나한테 그렇게 잘 해주었어. 그 아들 하나 낳았다고 조선에 없는 사람으로 쳤어. 그러니 사십몇 년 같이 살지? 싸우고 그래 봐 내가 살아? 내뺐지 벌써 내뺐지 그랬으면. 내가 성질머리 더러워. 벌써 내뺐어.

할아버지가 아들 낳았다고 작은 할머니만 예뻐해서...

아이고 우리 할아버지는 그런 건 없어. 자기 몸뚱이만 알지 그런 건 없어. 잘 해주고 그런 건 하나도 없어. 여자면 아들 낳겠지 그거지 뭐.

좋은 게 뭐예요?

좋은 건 아들 딸 모여 앉아 이야기하는 거 좋지 뭐. 아들딸 모여서 이야기 하면 밤새도록 이야기해도 좋아. 엄마는 둘이래도 자식들은 잘 어울려요. 우리 아들도 동생 그거 하나니 딸들이 잘해주었지. 여동생은 셋지만, 남동생은 하나니까. 그래서 만날 안 됐어서 아들 하나라.

아들은 안 됐고 영감님은 그냥 그렇고 그래요?

둘째 부인 영감님은 밉고 아들은 예쁘고 하하하...

남편 그래서 내가 오래 사는가보다. 미움 받아서...

둘째 부인 젊어서나 예쁘지 뭐이 예뻐. 미워. 다 살아봐. 미워져, 늙으면... 저렇게 젊어서나 예쁘지 마누라도 예쁘고.

젊어서는 우리 할아버지도 예뻤어요?

둘째 부인 젊어서는 괜찮더라고 하하하. 그저 내 남자거니 하고 살았지. 이젠 다 싫어. 담배 하도 먹어 노린내가 나. 얼마나 담배 먹는지 아주. 그래 10년째 혼자 자. 냄새가 나서, 담배 내가 나서.

10년째 혼자 잔다고요?

네. 영감 곁에 가기가 싫어 담배 내 때문에...

그럼 할아버지는 누구랑 자요?

혼자 자지 뭐. 방마다 하나씩 자. 하하하. 셋 다 따로.

할아버지 누가 더 예뻤어요?

남편 이 사람이 더 예뻤어요.

둘째 부인 시방 옆에 있으니 예쁘다고 하네. 아주 흉만 봐요.

남편 아니야. 아니야.

여자가 톡 쏘는 맛이 매력이에요. 아주머니 톡 쏬을 것 같아.

남편 여자들은 그래야 돼. 성질이 좀 있어야지. 느른하면 못 써. 느른한
사람 살림을 끌나게 해요. 아주 주방 들어가면 매련도 없고 그래. 그런
사람들은... 사람은 여자는 성질이 급해야 해.

둘째 부인 저 사람은 말이 많아. 남자가 너무 재재 떠들고 그러면 안 돼.
할 말만 하고 해야지.

어떻게 보면 굉장히 고맙네요. 아들도 낳아주었고 밥도 해주고...

남편 고맙지 고마운 거여. 괜히 바가지 긁느라 그러지 고마운 거지.

우리 할아버지는 할머니가 쏙 마음에 들어요.

남편　밥을 해주니 마음에 있지. 그러지 않으면 굶을 텐데. 안 먹으면 죽잖아.

해먹으면 되잖아요?

남편　에이 그게 싫어. 난 밥 해먹을 줄 몰라.

둘째 부인　굶어 죽어도 안 한 대도. 냉장고 있는 것도 못 찾아 먹어 이 사람이. 우리가 일가고 없죠. 찾아 먹은 것 하나도 없어 냉장고 것도 못 찾아 먹어. 주변머리가 그래.

독자라 맨날 갖다 바쳤잖아요?

둘째 부인　그럼. 그래서 그런 것 같아. 여자 복은 있는 폭이지. 둘 다 똑똑해 가지고 살림을 잘 하니까.

둘째 부인　그런데 저는 욕은 안 해요. 딸도요 그렇게 많아도 계집아 소리 한 번 안 한 사람이야. 어떻게 욕을 안 하는지 모르겠네. 딸이 잘못하면 욕을 할 텐데 한 번 안 했어. 시집갈 때까지. 아들도 새끼라고 욕을 안 하고 딸도 그렇고 다 그랬어. 욕은 절대적으로 안 해. 성질 급한 남자는 여자들보고 욕 잘하잖아. 안 해. 우리도 여자가 둘이라고 이놈의 어편네들 그 소리 한 번 안하대. 착했어요. 내 그런 건 치사하지.

한국 남자들은 밥상 뒤엎는 건 다반사인데

남편　그건 못 쓰는 버릇이요. 여자 때리는 병신하고 밥상 뒤집어 먹는 것

하고 또 말 막 떠드는 것. 그건 우리나라 필요 없는 거야. 밥을 여자가 정성스럽게 차리면 그 밥상을 뒤집어 엎는 건 아주 잘못이고 그 간이 맛있네, 없네 떠드는 것도 잘못이고 그저 장을 끓이던 뭘 끓이던 맛이 있든 없든 해주는 대로 먹고 가만히 있는 게 상책이야. 여자는 잘하겠다고 마음먹고 한 건데 안 그래요? 그런데 왜 맛이 없다고 떠들어? 가만히 있어야지. 그럼 지가 해먹어야 돼 그게 당연한 거지.

둘째 부인 그런 거 한 가지는 안 그러는데 인정머리는 없어. 하하하

작은 할머니는 늘 유쾌하고 낙천적이다. 그것이 집안의 활력소를 준다. 객지에서 고생한다며 촬영팀을 늘 챙겨주었던 것도 작은 할머니다. 그렇게 인정 있고 밝고 씩씩하게 사셨기에 집안의 분위기는 늘 좋을 수 있었다. 비록 할아버지에게는 툴툴거리지만 그래도 군소리 없이 집안 살림을 꾸려가는 것도 작은 할머니 몫이다.

남자와 두 아내, 그들은 행복했을까?

두 아내는 한 남자를 상대로 50년을 살아왔다. 이미 거스르기에는 너무 오랜 세월이 갔다. 마음 아프다고 하기에는 그들 가족은 너무 화기애애하게 잘 지내고 있다. 이미 그들만의 가풍이 형성되어 있고 그것은 아버지에서 아들로 이어져 내려온 것이었다. 여자의 인생도 남자의 인생도 푸른 강물처럼 조용히 흐르고 있다. 누구나 할 말은 많지만 집안

의 평화와 가족의 화목을 위해서 인내하고 묻어두며 살아가고 있다. 좀 처럼 시간을 내지 못하던 순간이 왔다. 늘 보던 세 사람을 한 자리에 모 이게 하는 일도 수월하지가 않다. 그동안 가슴 속에 묻어 두었던 세 사 람의 이야기를 들어 보았다.

남편. 83세 아들이 큰 엄마한테 하나 있었어요. 그런데 내가 군인 갔다 가 와 그 예비군 훈련하고 오니까 애가 사망이 됐어요. 자기가 나 없는데 자식을 잃었단 그 자책감에 내가 왜 이집에 와서 자손을 이렇게 해놨나 이런 부담감에 사람 구해서 이렇게 오늘날까지 살아오는데... 세 사람 다 속상하고 그렇지만 그걸 서로 참고 이해하고 하다보니까 한 지붕 밑에서 40~50년 살아서 일평생 보내게 된 거죠. 아들 하나 잃고 나니 허전하고 나 보기도 미안하고 그러니까 자기가 나 봐도 아들 낳을 자신이 없다. 이 런 생각이 들어. 자기도 자식을 낳는 입장인데 얻어 들였단 그게 고마운 거죠. 난 그렇게 생각해요.

둘째 부인. 73세 옛날에 저이는 작은 부인을 얻지도 못하게 했다는데 큰 엄마가 얻으라고, 이웃 노인들보고 얻으라고. 난 철도 몰라서 시집 갈 생 각도 안 했어. 24살인데 왜 이렇게 철 대가리가 없는지 시집 갈 생각도 안 한 걸 노인네가 만날 와 꼬시더라고. 여자들 서이가.

둘째 부인. 73세 밤새도록 조르는 거야. 그래서 내가 넘어갔다니. 난 시집 갈 생각도 안 했어. 첩인지 작은 마누라인지 그것도 모르고 왔소. 내가.

얼마나 철대기 없으면. 그래 24살인데 그런데 우리 큰 엄마 친구가 있었어. 그 사람이 와 첩 어쩌구 하니 우리 노인네가 옆구리 툭 치더라고. 그바람에 내가 첩을 알았다니까. 그것도 모르고 온 사람이여 내가.

첫째 부인. 84세 그런 이야기 하지도 말아. 아들 낳아 좋으면 좋았지 무슨. 아들 낳아서 나한테 받쳐서 내가 호강을 해?

둘째 부인 호강을 안 해도 자기 아들인데. 내 앞으로 아들이 있는 줄 알우? 없어 난. 이 사람 앞에 있지.

첫째 부인 어미가 다 있고 애비가 따로 있는데 다 소용 없는 거여.

둘째 부인 소용없거나 말거나 면에 호적장부에 그래 있는데. 호적상에 난 동거인으로. 난 기분이 하나 없이 사는 거여 여태. 아유 그걸 몰러. 그럼 아들 낳았어도 기분 없이 살아요. 사는 건 괜찮게 사는데 항상 내가 기분이 없이 사는 거야. 이건 호적에 내 앞으로 애가 하나 있수? 뒤져봐. 새끼라도 다 큰 할머니 앞으로 오르지. 이집 와서 기분 하나 없어요. 일을 가도 첩 누가 떠들고 첩 어쩌구 아주 기분이 없어 시방도. 내가 그걸 모르고 아주 엄청나게 좋아서 살아주는지 알아? 기분 하나 없어요. 그래 우리 아들이 나 기분 없어 한다고 언짢은 소리 하나도 안 해. 저도 큰 엄마 앞으로 있지 내 앞으로 있는 게 아녀. 여느 사람 같으면 벌써 내뺏어 여태 참고 사니 그렇지. 그 아들 낳고 갈 수가 없더라고요. 다른 사람들은 어떻게 잘 가는지 몰라요? 그것 때문에 난 갈래야 못 갔어. 아들 불쌍해서. 25살에 들어온 게 74살이니까 엄청 오래 됐지. 그렇도록 기분 하나 없이 사는 거야.

늘 밝고 유쾌하던 작은 할머니가 한 서린 말들을 토해 냈다. 그녀의 인생이, 그녀의 마음이 그대로 전해져 왔다. 기분 없이 살아온 세월이 훌쩍 가 버렸고 25세 꽃다운 청춘도 73세 할머니가 되어 있다. 그것은 큰 할머니도 마찬가지다. 누가 이들의 운명을 위로할 것인가? 한 남자를 사이에 두고 짝으로 살아온 두 여자 모두 원치 않았던 인생을 살았다. 그렇다면 두 여자를 짝으로 둔 남자 최인학 씨는 어떤 마음으로 살아왔을까?

우리 할아버지 마음 고생이...
둘째 부인 저이 속 많이 썩죠 중간에서. 내가 어떤 때 속상하면 큰 엄마한테 뭐라고 안 하고 영감한테 떠들거든. 큰 엄마하고 우리 둘이 안 싸우려면 이 사람한테 떠들어. 저이 속 썩고 살았지. 하하하.

할아버지 굉장히 힘드셨을 텐데...
남편 힘들지만 아들 하나 있잖아. 그 힘 갖고 버틴 거지. 아들 하나. 그 힘 갖고 버틴 거야. 그 아들 때문에 세상없는 잔소리 하고 욕을 한대도 나는 그냥 넘어 간다. 그런 의지로 살아나온 거야.
둘째 부인 셋이 다 속 썩고 이렇게 살면서 싸움하려면 저이가 피해 나가고 그러니 싸움을 안하고 살았지. 이렇게 살면 누구나 다 좋게 사는 건 없어. 그래서 이렇게 살았는데... 나 같은 사람은 내빼려면 얼마든지 내뺐지. 그런 걸 내가 참고 살았지. 이집 저집 가기 싫어서... 우리 큰 엄마 나한테 해로운 소리 안 했어. 내가 잘 한다고 치사 많이 했지. 그래가지고 나도 우리 큰 엄마 항상 치사 많이 했지.

어떻게 보면 우리 할아버지가 마음고생 많이 하셨겠네요?
둘째 부인 그럼 속은 많이 탔지.

집안에 분란 없이 하는 게 보통 힘든 게 아닌데...
둘째 부인 저이가 저래보여도 참을성은 많더라고. 그래 싸움 안 하려고 피해 나가. 내가 뭐라고 수다 떨면 나가. 그러니 못 싸우잖아.

할아버지는 아들 낳아주어 참는 거예요?
남편 고맙잖아. 이 큰 사람은 아들 낳게 도와주었으니 고맙고. 작은 사람은 아들 낳아 주었으니 고맙고. 그 사람들이 이야기해서 내가 반응하면 우리 이게 전쟁이 나는데 내 하나 침으면 가정이 다 평화 아녀. 그래서 오늘날까지 나오다보니 아직도 이 사람은 불만이 쌓인 것 같은데 어쩔 수 없는 거여. 남은 도리인데 이대로 끝까지 가는 거.

할아버지는 처음에 둘째 할머니 둔다는 것에 대해서 갈등은 안 하셨어요?
남편 처음에는 난 싫다고 그랬더니 안 된다고 가정을 위해서는 안 된다고 자꾸 처제도 그리고 이웃의 할머니도 그리고 그래서 못 이기는 척 넘어간 거지.

아들도 어떻게 보면 필요했고...
남편 아들이 제일 필요하니까. 그런 마음을 갖지 그렇지 않으면 생각 안 하지. 그렇다고 내가 막 나서서 그럴 입장은 아니잖아요. 이렇게 자연히 이루어졌으니 이렇게 된 거지 지금 말하면 팔자 아닌가?

남자도 여자도 마음은 아팠다. 누구랄 것도 없이 그들은 생채기를 안고 살고 있고 그것을 건드리는 것을 경계하며 살아왔다. 최인학 할아버지 역시 자신이 어떻게 처신해야 하는지 잘 알고 있었다. 아들을 낳아주고 길러준 두 엄마의 은공을 잊지 않았다. 대를 이을 아들이 있기에 그 힘으로 남자도 견디어 나갔다. 그리고 세월이 갔고 이 모든 세상의 이치를 거스른 선택도 어느덧 이해되어 가고 있었다.

그들의 인생에 사내로서 여인을 아끼는
애틋한 마음이 없었을까.
하지만 할아버지는 자신이 두 여자의 짝이라기보다는
한 가정의 가장이라고 생각한다.
대를 잇기 위한 어쩔 수 없는 선택이었기에
자신의 도리는 식구들을
끝까지 잘 보살펴야 한다는 것이다.
3대 독자로 태어나 대를 잇고

가장의 본분을 다하며 살아온 최인학 할아버지.
그리고 그를 짝으로 둔 두 여자.
이 세 사람의 인연은 가족으로 인해 맺어지고 유지돼 왔다.
자손들이 태어나고 장성해가는 모습은
이들이 치른 희생에 대한
가장 값진 보상일지도 모른다.

- 〈짝〉 내레이션 中

장손, 두 할머니와 할아버지에 대해 말하다.

추석을 맞이하여 최인학 씨의 장손이 찾아왔다. 장손은 일찌감치 결혼해 작년에 딸을 낳았다. 역시 아들이 귀한 집이라 장손도 금지옥엽처럼 귀중하게 자랐다. 얼마나 귀하게 컸는지 장손은 거의 땅에 내려놓지 않았다고 말할 정도다. 그 사실에 대해 대성 씨는 늘 감사의 마음을 잊지 않고 있다. 그는 올 때마다 두 할머니를 비롯한 가족들의 대대적인 환영을 받고 있다. 그 날도 장손은 두 할머니의 선물을 똑같이 챙겨왔다.

"아이고 왜 사와?"
"이거 방에다 두고 드셔. 이거 이렇게. 방에다 놓고 이거 할머니 하나 먹고."
"그건 왜 사와~?"

대성 씨는 어렸을 때 엄마보다는 두 할머니 손에서 자랐다. 그래서 두 할머니가 모두 특별하다. 예민한 사춘기 시절 엄마가 없던 때 두 할머니는 그에게 엄마와 같은 든든한 존재였다. 그리고 장성한 지금도 그 것은 변함없다. 최인학 씨 집안은 살림도 나아지고 자손들도 번성하고 있다. 아내가 둘이라는 것만 빼면 그야말로 모두 부러워할 만한 다복한 집안이다. 장손은 두 할머니의 입장을 어떻게 이해할까? 장손 대성 씨 역시 가족사의 아픔을 충분히 이해하고 있다.

"지금 저희 집 같은 경우가 흔치 않을 거예요. 할아버지가 돌아가신 상태에서 두 분이 사신다는 건 어느 정도 가능성 있는 이야기인데 할아버지가 생존해 계시는데 두 여자가 한집에서 산다는 건 엄청난 고통이 따르지 않고는 여자들이 감당해 낼 수 없을 거예요. 요즘 같은 때 그렇게 돈을 주고 하라고 해도 못했을 거예요. 암만 돈이 많다고 해서 살 수 있는 것도 아니고 그렇다고 집 형편이 여유로운 편도 아니지만 서로 서로가 이해를 많이 해주시는 거죠. 그건 어느 정도의 이해심 갖고 될 수 없다고 생각하고요. 진짜 저 같은 경우에도 할아버지 상황이라면 어느 한 쪽으로 치우칠 수밖에 없었을 건데 할아버지가 가운데서 똑같이 존중하며 사시는 거고 양 할머니도 큰 할머니나 작은할머니 두 분 다 서로 존중하기 때문에 이 정도 가정이 이루어지고 있다고 생각하는 거지. 만약 이기심이 조금이라도 있었다면 진짜 이렇게 살 수 없을 거예요.."

두 아내와 한 지붕에서 살아간다는 것이 어떤 것인지 남들은 이야기하기 쉽다. 남의 집안 형편을 헤아리는 것도 가능하다. 그러나 내용은 이해하도 그 정서를 정확히 알기는 쉽지 않다. 그 집안의 분위기는 가족만이 알고 있다. 어려서부터 집안 사정은 대성 씨에게는 삶의 중요한 화두였다. 그래서 대성 씨는 세분의 인생을 잘 이해하고 있다.

"뭐 이게 남자로서는 나쁘지 않을 수 있는 얘기에요. 옛날 풍습도 그래왔고. 막상 할머니 두 분을 보면 좋지 않은 선택이었다고 보죠. 두 분 다 완벽하게 행복함을 느끼지 못하셨을 거에요. 반쪽뿐인 행복이라고 생각을 하죠. 지금 만약에 지금 시대는 당연히 그런 일이 없겠지만, 저한테도 그런 선택의 기회가 주어진다면 전 할아버지와 같은 똑같은 선택은 하지 않을 거에요. 두 분 할머니 힘들어하시는 점을 제가 어려서부터 보고 자랐기 때문에 저 같으면 그런 선택을 하진 않을 것 같아요. 할머니 두 분 다 힘드셨으리라는 건 당연히 아는 거고요. 할아버지 입장에서도 좋진 않으셨을 거에요. 뭐 다른 사람들이 생각할 때는 두 여자랑 살면 좋지 않냐 이런 식으로 말할 수 있는데 그건 모르는 소리고 할아버지도 고충이 굉장히 많으셨죠. 누구 편에도 설 수 없기 때문에. 더군다나 할아버지 성격상 누구 한편에 들고 하는 편이 아니시기 때문에 가운데서 중재를 하는 입장에서 굉장히 힘드셨을 거에요. 지금도 아마 살아계시는 날 동안 계속 중재하시면서 계셔야 하지 않을까 생각이 들죠. 저희 할아버지만한 분은 다신 보지 못할 거에요. 참을성도 굉장히 좋으시고 이해심도 굉장히 많고 자식들이나 사람들 생각하는 마음이 남다르시죠. 진짜 나쁜 짓 하고 사실 수 없는 분이에요. 할아버지 성격이."

두 여자 사이에서 집안의 평화를 유지하는 것은 남자 입장에서 쉽지 않을 수도 있다. 그 상황에서 여자도 남자도 매우 힘들어했을 것이다. 그 불평불만의 해방구는 할아버지가 될 수밖에 없다. 그 점에서 대성 씨 역시 할아버지의 공을 인정한다. 집안의 평화와 가족의 행복을 위해 인내하고 이해하며 살아온 할아버지의 노력을 잘 알고 있다.

"사실 힘들거나 그런 점이 엄청나게 많진 않은데 그냥 상황이 그러니 받아들이는 것밖에 없죠. 이 상황을 어떻게 뭔가 해결할 수 없는 부분이니까 그냥 원래 이랬으니까. 앞으로도 이렇게 잘 지내야지 하는 생각밖에 없는 거죠. 주변에 집안 이야기를 해도 난 할머니가 두 분이다. 옛날 시대처럼 아들을 갖기 위해서 작은 할머니가 들어 오셨다. 작은 할머니가 낳은 아들이 우리 아버지고 난 아버지 아들이고 장남이다. 뭐 이런 식으로 은연중에 장난 식으로 얘기했던 것 같아요. 뭐 할머니들이 어떻게 생각하는지 모르겠는데 저 나름대로 두 분 다 똑같다고 하고 있으니 누가 친할머니네 친할머니가 아니네 이런 것 생각하지 않고 둘 다 당연히 내 할머니니 두 분 다 섬겨야 하고, 누구 한쪽으로 치우치지 않으려고 노력하는 편이죠."

대성 씨는 본인 집안에 대해서 솔직하게 말을 한다. 방송에 나오는 것이 젊은 입장에서는 싫었을 수도 있는데 그는 떳떳하게 집안 사정을 밝히고 있다. 요즘 보기 드문 집이고 보기 드문 남자다. 그의 꿈은 할아버지, 할머니 잘 모시고 대가족이 함께 모여 재미있게 사는 것이라고 한다.

"할머니 할아버지가 안 계신다는 건 상상을 해본 적이 없죠. 할머니 할아버지 연세가 있어서 어렸을 때부터 빨리 결혼하고 싶단 생각을 했어요. 내가 손주지만 또 다른 손주를 안겨 드릴 수 있으니까 할머니 할아버지 계실 동안 많은 걸 보여 드리고 같이 하고 싶어서 그런 생각을 많이 했었죠. 할 수 있는 건 다 해드리고 싶어요. 그래서 할머니, 할아버지가 원하는 건 제가 힘닿는 데까지 최대한 해 드리고 싶어요. 집 좋은데 살게 해 드리고 싶다는 것도 할머니 할아버지 때문에 그렇게 생각한 거죠. 성공해야 되겠단 것도 제 자신도 당연히 성공해야 하는 건 있지만 제가 성공함으로써 할머니 할아버지가 이야깃거리가 생기니까 자랑거리 같은 게 생기니까 그런 것도 없지 않아 많았어요. 제가 돈 많이 벌어야 우리 할아버지 할머니 편하게 해 드릴 수 있다, 지금도 갖고 있어요. 그래서 진짜 같이 집 멋있게 짓고 사는 게 항상 꿈이죠."

한 지붕 두 아내로 살아온 50년의 세월은 그렇게 지나갔다. 남자도 힘들었고 두 여자도 힘들었다. 인내와 지혜로 견디고 이겨온 시간들을 가족은 공유하고 있다. 그 세월은 고스란히 가족의 역사다. 나름 파란만장했고 짝 때문에 가족의 행복은 바람 잘 날이 없었다. 시대는 바뀌고 사람들은 변하는데 그들 가족의 역사는 또 어떻게 흘러갈 것인가? 아들을 따라 할아버지와 작은 할머니는 일터로 갈 것이고 그해 여름처럼 큰 할머니는 오이밭에서 청춘을 생각할 것이다. 그리고 올해 태어난 4대 손은 무럭무럭 자라나 두 할머니의 기쁨을 책임져 줄 것이다. 증조할머니 두 분과 증조할아버지의 삶에 대하여 후일 그 아이는 어떻게 바라볼 것인가?

개울가 외딴집
님과 함께
74년

한마을에 시집온 세 여자

여기 강원도 횡성의 한마을로 시집온 세 여자가 있다. 짝 때문에 세 여자의 인생은 달라졌다. 그 중 두 여자는 한 남자를 짝으로 하여 50년을 한 지붕에서 동거했고 다른 한 여자는 14세에 시집와 74년을 해로하면서 지금도 손을 꼭 잡고 다닐 만큼 유명 닭살 커플이다. 그녀가 바로 강계열 할머니다. 그녀는 조병만 할아버지를 짝으로 74년을 함께 살아오고 있다. 인근 마을에서는 늘 함께 다니는 금실 좋기로 유명한 짝이다. 한 지붕 두 아내와는 달리 한 남자를 만나 사랑받는 인생을 살아왔으니 어쩌면 더 행복한 여자임이 틀림없다. 70년 이상을 함께 살아오면서 짝은 서로의 인생에 어떻게 작용했을지 궁금했다. 개울가 옆 그림처럼 예쁜 외딴집에 두 사람은 살고 있다. 인사를 드리니 깜짝 놀라 나오는 두 분 모습이 매우 인상적이었다. 아이처럼 순수한 아흔 노부부의 자태는 자연의 모습을 많이 닮아 있었다.

강계열 할머니 오지 말아. 안 돼. 나 찍지 말아 안 해 안 해.

왜요?

강계열 할머니 아유 안 돼. 나는 나이 너무 많아서 정신도 없고 그래요. 오신 건 아주 고마워요. 오신 건 아주 고마운데 찍지 말아요. 할아버지 돌아서. 찍지 말아. 나는 남사스러워 죽겠네. 이거 큰일 났네. 누가 그랬지. 누가 오시라고 그랬지?

할머니는 대뜸 카메라를 피했다. 그것도 노골적인 것이 아니고 매우 애교 있고 천진난만한 모습으로 거부하고 있었다. 그 모습이 매우 아름답고 순수해 보였다. 할아버지는 사람 좋은 표정을 하고 이 상황을 지켜보고 있었다.

강계열 할머니 우리가 나이 많아 좋은 것도 없어요. 아무것도 좋은 것도 없고 할아버지가 구십 둘이지 않는가? 구십 둘이지?
조병만 할아버지 구십 서이지.

강계열 할머니 아유 참 좋게 보니 그렇지. 죽은 귀신이나 한 가지래 우리가. 남사스러워 죽겠네.

강계열 할머니 할아버지는 자꾸 내 손목을 그렇게 쥐어. 난 할아버지 좋아 안 하는데 할아버지는 날 좋아해.

조병만 할아버지 좋아라 해

강계열 할머니 이래서 걱정이야. 남사스럽다고. 자꾸 왜 이러지? 애먹겠네.

좋아하시나 봐요? 진짜.

강계열 할머니 날 좋아해요. 난 할아버지 좋아 안 하는데...

할머니는 연신 남사스럽다고 하고 할아버지는 연신 싱글벙글 이다. 그리고 자연스럽게 할머니 손을 꼭 잡고 있었다. 그 모습이 너무나도 인상적이어서 정신없이 웃고 묻고 있었다. 세상에 이렇게 아름답게 살아가고 있는 분이 있다니...

강계열 할머니 한 이불 쓰고 자. 한 이불 쓰고 자는데 우리 할아버지는 날 자꾸 만져. 그래 난 만지면 잠 못 잔다고 당최 만지지 말라고 해도 자꾸 만지잖아. 만지면 난 잠 못 자요. 만지지 마우야. 안 만진다고 '야' 하고 또 만지고 자. 뭐 하러 그거 만지고 얼굴을 자꾸 만지고 캄캄한데...

할아버지, 할머니 왜 그렇게 만져요?

강계열 할머니 왜 자꾸 만지느냐고 그러잖우? 예뻐서 만지우? 왜 만지느냐 그러잖아?

조병만 할아버지 젊은 마음이 있어서 아주 귀여워서 이래 만지잖아.

좋아요 그러면?

강계열 할머니 할머니 좋으냐고 그러잖아?

조병만 할아버지 응. 아직도 젊었을 때 귀엽고 내 마음에 예뻤었는데 지금
도 그 마음이야.

강계열 할머니 그렇대요.

'아재 아재' 하다 짝이 된 조병만과 강계열

93세 된 남자가 88세 된 여자를 지금도 예쁘다고 힘주어 말하고
있다. 그 말은 한 치의 거짓도 과장도 없어 보였다. 그 남자도 그 여자
도 행복해 보였다. 짝이란 것이 주는 희열이 이런 모습이 아닐까 싶다.

강계열 할머니 ┃ 14살에 만났잖아. 내가 어려서 예쁘더래. 내가 예뻐 가지
고 일하면서 나만 봤대. 예뻐서. 이 양반은 아주 고생 엄청나게 하고 우
리 집에 와서도 일 많이 하고. 갈 데는 없고 맨 날 매질(맷돌질)하고 우리
아버지 시키는 대로 일만 하고. 날 보고 가라 할까 일만 했대. 예뻐서 가
라고 할까봐? 나는 얼른 내 앞으로 오기만 바랐고 커서. 뭘 알아? 열여섯
살인데 뭘 알아. 아재인지 알았어. 나중에 보니 신랑이대.

예뻤어요?

네.

얼마나 예뻤어요?

조병만 할아버지 아주 많이 예뻤어. 가라고 할까 봐 날 싫다고 할까 봐 겁을 냈더니 싫다고 안 그랬어요. 그래 여태까지 잘 살잖아. 74년 살았거든요. 처제들이 날 보고 아재라고 해요. 아재라고 그러니 같이 '아재 아재' 뛰어다니더라고요. 그래 나이 먹으면 나한테 오겠지. 그래 난 가서 일만 자꾸 했죠. 보니 장래가 있어 귀엽고 그때는 예쁘더라고요. 참 예쁘더라고요. 그래서 여태 살아.

남자가 여자 손을 꼭 잡고 있다. 이미 습관이 되어서인지 손잡는 것은 매우 자연스러워 보였다. 할아버지가 할머니를 더 좋아하는 게 분명한 모양이다.

강계열 할머니 우리 할아버지가 자꾸 날 만져. 왜 그런지 몰라. 장에 가서도 남사스러워서. 여기 나가면 날 꼭 쥐고 다녀. 저기 마당만 나가면 손목에 쥐고 다녀요. 왜 그러는지? 아유 난 남사스러워서 그러지 말라고 집에서 암만 타이르고 가도 헛일이야. 저기 마당만 나가면 손목 끌고 다녀.

속으로는 좋으시지 않아요?

강계열 할머니 난 할아버지 좋아 안 해. 나이 많아. 그런데 할아버지는 날 좋아하지. 그 전에 좋아했지만 지금은 나이 많으니 아주 빨래 해 입히기도 귀찮고 밥 찾아 드리기도 귀찮고 요새는 할아버지 말 안 들어.

말은 그렇게 하면서도 할머니는 싫지는 않은 모양이다. 나이는 구십이 다가와도 애교는 천생 여자다. 할아버지가 좋아할 만하다고 생각되었다. 할머니가 14살일 때 할아버지가 19살일 때 두 사람은 만났다. 조실부모한 조병만 할아버지는 일하러 간 집에서 할머니를 만났다.

"지금 생각하면 너무 불쌍해. 나만 보고 살았으니 불쌍하죠. 친척이 있으면 가거나 하지. 사촌 한 분만 있으니 가지도 못하고 불쌍하더라고 처가에 와서 일도 많이 하고 지금 생각하면 너무 안쓰러워. 내가 뭐이게? 내가 뭐인데 저렇게 와서. 저렇게 부모도 없이 와서. 저기 가라고 하면 사촌한테 갔다가 하룻밤 자고 집에 오고. 어디 갈 데가 있어? 지금 생각하면 너무 안타까워요. 나 하나 보고 어디 가지도 않아요. 남 처다보지도 않고. 내가 아주 어디로 가면 엎어질까 봐. 뛰어다니면 거기만 봤대요. 일하면서도 나만 봤대요. 아주 너무 귀여워서."

"더 좋아해요 나보다 엄청 더 좋아해요. 처음에 만날 때부터 그런데 나중에 가만히 내가 철이 들고 생각을 하니 할아버지가 나 때문에 고생을 너무 많이 했어. 우리 집에 와서 일을 너무 많이 했어. 그래서 내가 지금

181

할아버지한테 잘해요. 내가 그 은공을 갚아야 돼요. 다는 못 갚아도 어지간히 갚아야 돼요. 그래 할아버지 자면 덮어주고 이래 그렇게 안 됐어요."

_강계열 할머니

"나는 이제 나이 먹어서 귀가 먹었어요. 그래 귀가 먹지 않으면 참 잘 지껄이고 하는데요. 귀가 먹어놔서 남의 말 듣지 못해 내가 지껄이지 못해요."

_조병만 할아버지

잘 알아들으시네요. 할머니 건.

할머니 내 말은 잘 알아들어. 다른 이들도 그래요 아이고 할머니 말 어떻게 귀가 어둡다며 잘 알아듣느냐고? 가만히 보고 바로 들어요. 내 말 여기 입모양 이렇게 가만히 들어봐요 듣느라고.

할머니 할아버지가 잔치 날 얼마나 좋았느냐고 그러잖아?

할아버니 (손 원 그리며) 이만치 좋지. 이만치.

강계열, 조병만 부부는 3남 3녀를 모두 출가시키고 둘이서만 살고 있다. 그들의 식사 시간은 매우 소박하다. 한 지붕 아래 두 아내의 밥상이 남편과 아들 중심으로 돌아가고 있다면 이들 부부의 밥상은 매우 평등하다. 소박한 반찬에 밥 하나 놓고 뚝딱 해치운다. 밥을 밥상 가운데 놓고 부부가 함께 먹는 모습은 대단히 인상적이다. 이른바 격식도 때도 그렇게 중요하지 않아 보였다. 할아버지는 고기를 좋아하지만, 할머니는 싫어한다. 그러나 단 한 번도 할아버지는 반찬 투정을 하지 않는다. 식사를 마치면 '잘 먹었습니다' 어린아이처럼 할머니에게 감사인사를 하는 것을 잊지 않는다.

두 손 꼭 잡고 횡성장에 가다

고기를 좋아하는 할아버지는 횡성장이 열리는 날 장구경도 하고 순댓국도 한 그릇 먹는 게 낙이다. 바깥나들이를 귀찮아하는 할머니도 이날은 할아버지와 함께 외출을 한다. 입담 좋은 이웃마을 할머니가 우연히 버스에 함께 탔다. 할아버지는 또 할머니 자랑에 한창이다. 거기 어두워서 그런지 일방적으로 하고 싶은 말만 하는데도 묘하게 대화는 이어지고 있다.

조병만 할아버지 14살 때 만나가지고 아재라고 따라다니니 내가 가만 놔두고 건드리지 않고 가만 놔두었지.

최춘옥, 73세 가만 놔두어야지. 하하하 그까짓 나이가 뭐 있어요? 건드리면 터지지. 하하 가만 놔둬야지.

"처음 만날 때는요 저거 언제 키워 내 사람이 되나? 조그만 해도 예뻐 보여서."
"그러니까 사는 거지."
"처제들이 아재라고 하니 같이 나보고 아재라고 하더래."
"신랑을 보고 아재 아재 그래요?"
"신랑인지 모르거든 그러니 나는 가서 커서 나한테 올 때 되기만 바랬지요. 건드리지 않고 가만 놔두었지요."
"건드리긴 뭘 건드려? 터지라고 하하하."
"그래 천생연분 짝이네요. 아재아재 하던 게 영감이 돼서 이렇게 호호 하도록 같이 손 붙잡고 다니고."

강계열 조병만 부부는 장날마다 옷을 똑같이 차려입고 장을 보러 나온다. 이미 장날마다 오는 금실 좋은 노부부의 모습은 횡성장의 상징이 되었다. 손잡고 사이좋게 나란히 다니는 모습에 상인들도 자기 부모를 뵌 것처럼 흐뭇해한다.

"이 할머니, 할아버지는 이렇게 장에 가서도 손잡고 다니세요. 아주 둘이 금실이 얼마나 좋은지 몰라. 젊은 사람들 배 아플 정도예요."

"우리는 만날 마주치면 앙앙앙 하기만 하는데."

"너무 예쁘고 부모님 같아서 이거 주는 거야. 하나 시원하게 잡수고 가. 이거 더덕이야 더덕. 할머니 할아버지 너무 예뻐서."

할머니는 그날 올챙이 국수를 한 그릇 사서 순댓국 집으로 향했다. 단골 순댓국 집으로 들어선 할아버지는 매우 행복해 보였다. 할머니는 올챙이 국수를 드시고 할아버지는 순댓국을 드셨다. 상당히 많은 양인데 할아버지는 깨끗하게 그릇을 비웠다. 타고난 건강 체질이고 대단한 식성이다. 할아버지는 그렇게 고기를 좋아하고 잘 드시면서 집에서는 전혀 반찬타령을 안했다. 그것은 오랫동안 아내를 사랑하고 위해주는 오랜 습성에서 오는 것이라 생각되었다. 장날 순댓국을 드시고 오면 할아버지는 또 5일 후 그날을 꿈꾸며 기다린다.

나도 할머니 할아버지처럼 살아가고 싶다

　　조병만 할아버지 강계열 할머니의 개울가 외딴 집은 여름날이면 근사한 피서지가 된다. 그래서인지 여름 한철 두 분의 가족, 친척들이 수시로 찾아와 놀다간다. 물가에서 고기 구워먹고 술 한 잔 하는 것이 어느새 한국의 대표적인 피서문화가 되었다. 강 할머니의 둘째 딸 가족도 수시로 여기를 방문했다. 외손녀 수희는 짝을 지을 나이가 됐다. 이 세상에서 할아버지 같은 남자를 얻고 싶다고 입버릇처럼 말하는 외손녀다.

　　할머니 할아버지는 어떤 손주 사위 봤음 좋겠냐고 그러잖우?
　　할아버지 직장이 첫째 좋고 그 다음에 인물이 잘나고, 너무 잘 나도 안 돼. 너무 잘 나도 꼴값한다고. 인물이 너무 잘 나도 꼴값하기 때문에 인물이 남의 축에 빠지지 않는 그런 사람이면 돼. 인물 아주 잘난 건 못써. 너무 잘난 건 괜히 꼴값해 그 따우는. 수수하게 생기면 위해줘. 너무 잘난 걸 얻으면 괜히 뚝 건달이 돼가지고 못써. 괄시한다고. 군대 갔다 와서 직장 좋은 사람 얻어야 돼. 직장 없고 인물 훤한 사람 얻지 말아.
　　할머니 야 월급 가지고 먹으면 되지 뭐.
　　할아버지 안 돼. 여자 버는 것 어디?
　　할머니 그래도 야 월급 가지고 둘이 먹어도 돼.
　　할아버지 안 돼. 남자가 벌어서 여자를 벌어 살려야 해. 남자로 생겨서 여자 하나 못 먹여 살리는 게 뭐 사람이야 그리 안 돼.

남자가 자기 짝을 책임져야 한다는 할아버지의 생각은 확고하다. 과거 남자들의 생각은 대개 그러했다. 여자들은 알뜰하게 살림을 하고 남자들은 부지런하게 일을 해서 가족의 생계를 책임지는 것이 당연한 것이다. 할아버지의 생각도 그런 기준과 잘 부합하고 있다. 잘생긴 남자가 여자 속 썩인다는 일반론도 여전히 이해가 간다. 그것이 할아버지가 지금까지 살아온 방식이고 할머니에 대한 지극한 사랑의 표현이다. 외손녀도 그런 할아버지의 삶의 방식을 존경하여 외할아버지가 이상형이라고 꼽고 있다.

"할머니는 여우같으시잖아요? 어떻게 보면 막 이렇게 하면 그래 그래 음 그렇지 이러시잖아요. 그러시고 할아버지는 크게 받아주시고. 진짜 곰 같으세요. 여자를 좀 더 보듬어주고 이해할 수 있는 분은 아빠보다 외할아버지이신 것 같아요. 제가 죽 외할머니도 보고 엄마도 봤는데 외할머니가 더 행복해 보이시고 할아버지가 많이 이해해 주시고 그런 것 같아요."

_외손녀 엄수희,교사, 28세

수희 씨는 남자의 사랑을 듬뿍 받고 있는 외할머니가 엄마보다 더 행복해 보인다고 했다. 조병만 할아버지처럼 할머니를 위하는 일은 요즘 세상 사람들에게는 쉽지 않은 일이다.

93세 남자와 88세 여자가 물싸움을 했다

개울가에 피서객들이 한바탕 놀고 간 자리에 조병만 할아버지와 강계열 할머니가 들어섰다. 손주들과 사위, 딸들이 의좋게 놀고 있는 평화로운 정경이다. 대개는 연세 드신 노인들은 물에 발 담그고 구경하는 것이 전부다. 그런데 사위와 손자들이 고무대야에 할아버지를 태우고 물 가운데로 모시고 갔다. 할아버지의 몸무게를 지탱 못하고 고무대야는 물에 가라앉았다. 할아버지는 어린아이처럼 좋아한다. 그리고 이번에는 할머니를 고무대야에 태우고 물 한가운데로 모시고 갔다. 그 두 분이 아이처럼 물에 젖어 물놀이를 하는 정경은 참으로 낯설었다. 그리고 이내 할아버지는 할머니에게 물싸움을 걸었고 두 분이 한바탕 물싸움을 했다. 93세 남자와 88세 여자가 물싸움을 하고 있는 풍경은 낯

설고도 신선한 충격이었다. 여름날 남자 여자가 물놀이를 하고 장난삼아 물싸움을 하고 이내 삐치고 하는 일련의 과정을 두 분은 만들어내고 있었다. 저 나이에 저런 동심을 유지하고 물놀이를 할 수 있다는 것이 대단하다.

브라보 유어 라이프!

"할머니 화나셨어요. 그만. 그만. 물 튀기셨다고 화나셨어요."
"장난도 한두 번이지. 난 손목 안 잡아."
"미안해 미안해요."
"그렇게 장난하는 게 어디 있어?"

조병만 할아버지는 짝에 대한 한결같은 마음으로 사랑을 보여주고 있다. 다정하기도 하고 책임을 다하기도 하는 남자로서의 자세를 잃지 않고 있다. 이런 짝을 만난 것이 강계열 할머니에게는 행운이었을 것이다. 처음에는 할머니의 애교와 유머가 돋보였지만 시간이 지나면서 역시 그 모든 것을 포용하는 할아버지가 더 돋보였다. 이 남자 지국이라는 느낌 그대로 할머니는 사랑받고 평생 행복했을 것만 같다. 지금 할머니를 웃기고 울리는 사람은 가족들도, 자식들도 아닌 바로 할머니의 짝, 조병만 할아버지다. 물놀이를 마친 두 사람이 고단한지 금방 낮잠에 빠져 있다. 벌써 할머니의 삐침은 사라지고 없다. 나란히 누워 꿈나라에 간 노부부의 모습이 마냥 행복하고 평온한 표정이다.

조병만 강계열 부부의 가족은
어떻게 짝을 찾아 갔을까?

둘째 딸은 아버지 말이라면 반드시 지켰던 모양이다. 아버지가 정해준 남자와 짝이 되어 1남 1녀를 두고 잘 살아오고 있다. 이 부부의 인연은 장작더미에서 비롯되었다고 한다.

> 사위 엄명규 이렇게 보니까 나뭇가리가 아주 정갈하게 두 가리 딱 짜여져 있더래요. 아 이 집에 딸 주면 밥은 굶기지 않겠구나 해서 주었더니 웬걸 고생을 시키는 걸.
>
> 둘째 딸 조명자 아버지가 그 집 보고 나무 해놓은 것 보니 딱 마음에 드셔 가지고 딸 주셨어요. 그래서 어쩔 수 없이 갔어요. 저는. 얼굴 보지도 못하고 갔어요. 아저씨 얼굴....아버지가 가라고 해서 아 당연히 가야 되는지 알고 갔어요.
>
> 사위 엄명규 본인이 마음에 약간 있었으니까.
>
> 둘째 딸. 조명자 가서 살아야 되는 줄 알고 가 살았어요. 아버지가 그런 말을 해서 계속 이건 힘들어도 사는구나. 어른들 모시고 시동생들 다 있어도 제가 7남매 맏이로 살았어요.

둘째 딸과는 달리 큰아들은 연애를 해서 부부가 되었다. 큰딸도 연애를 해서 결혼을 했다. 할머니를 닮은 자식은 연애를 한 것 같고 할아버지를 닮은 자손은 중매를 해서 짝을 찾은 것 같다. 그리고 추석날 강

계열 조병만 부부는 인근 마을에 사는 큰 아들 집을 찾았다. 큰아들은
재미있고 유쾌한 성품이 할머니를 많이 닮았다.

큰며느리 현금녀. 65세 옛날에 중매로 만났지요.

"아 중매 안 했어요. 솔직하게 얘기해서 연애했어요 연애. 저 사진도 있잖
아. 연애했어요. 예쁘니까 이 양반 데리고 살지. 그만큼 많은 여자들 중에 내
가 아주 특별히 뽑았는데... 그 전에는 편지를 하잖아요. 편지를 써서 보냈죠.
그래가지고 만나서 꼬셨죠. 내심 오더라고요. 그래서 살게 되었죠."

"아들 딸 잘 낳고 잘 키워주어 고맙고. 도망가지도 않고... 결혼하고 곧바
로 내가 군대 갔는데 아내가 4년 동안 어른들 모시고 고생 많이 했지요. 일주
일 만에 신랑 군대 보내고 딴 데 안 가서 좋았어. 군대 간 4년 동안 난 아내가
딴 데 갈까 걱정했거든. 오니까 있더라고. 그러니 아들 딸들 낳아주고 고맙지
뭐. 잘 길러주고."

_큰아들 조두형. 67세

할아버지 할머니의 다정한 모습은 손자들에게까지 영향이 미친다.
큰 손자부부 역시 손을 꼭 잡고 있는 모습이 두 분을 닮아있다. 그들
은 어떻게 만났을까? 동갑내기 두 부부의 인연은 장떡에서 비롯되었다
고 한다.

"저도 연애로 만나서 결혼했고요. 한 달 만에… 친구네 집에 갔다가 부침개 하는 모습이 너무 아름다워 가지고… 근데 부모님도 모신다고 하고 부침개도 잘 하는 모습에… 부모님 안 모신다고 했으면 결혼 안 했어요. 부모님 모신다고 해서했기 때문에 자식들도 보고 배우니까. 아버님, 어머님도 여태 해 오신 게 있잖아요, 할아버지 할머니한테. 저희도 그대로 배우고 크는 거죠. 그런데 그게 자연스럽잖아요. 남들은 불륜이 손잡고 다닌다고 하는데 부부가 손잡고 시장 다니면 좋죠. 내 색시 내가 위하는데 누가 뭐라고 하겠어요?"

_큰손자 조성배, 46세

추석날 조병만 할아버지와 강계열 할머니의 개울가 집에서는 한바탕 잔치가 열렸다. 대식구가 모두 모여 이야기꽃을 피웠고 흥겹게 노래 한마당도 펼쳤다. 흥에 있어서는 절대적이라는 큰아들 그리고 그 피를 이어받은 장손녀가 주거니 받거니 노래를 불렀다. 강계열 할머니는 춤을 추었고 조병만 할아버지는 노래를 불렀다. 그들 가족은 그날 저녁 그렇게 한바탕 가족잔치를 벌였다. 위에서 사랑을 노래하니 아래에서도 사랑을 노래했다. 좋은 짝을 만나기 전 그들은 좋은 짝이 되어주고 있었다. 그 물결은 한결같은 사랑과 배려로 이어진 조병만 강계열 두 사람에게서 시작되고 있었다.

통영 야소골
두 남자의 짝

가장 한국적이고 토속적인 두 남자 박영안 씨와 김덕래 씨는 무뚝뚝한 전형적인 가부장 남편이다. 그런데 올 초 박영안 씨 아내가 갑자기 암에 걸렸다. 그의 일상과 생각이 짝의 갑작스런 변화에 의해 송두리째 바뀌고 있다. 김덕래 씨는 귀머거리 아내 때문에 하루도 속편할 날이 없다. 그는 아내위에 군림한다. 그럼에도 불구하고 전 재산을 털어 아내를 위해 보약을 사준다. 이 이해할 수 없는 김덕래 씨의 속내를 따라가다 보면 한국인의 짝에 대한 관념이 자연스럽게 드러난다.

박영안 씨 아내가 갑자기 암에 걸렸다.

가장 한국인다운 사람이 있다면, 가장 한국적인 얼굴이 있다면, 가장 한국적인 생활을 하는 사람이 있다면 나는 통영 야소골 박영안 아저씨를 떠올릴 것이다. 그 분을 만난 순간을 잊을 수 없다. 막 논일을 마치고 흙 묻은 얼굴을 하고 지게를 지고 오는 모습은 그대로 고향의 아버지 얼굴을 하고 있다. 이종구 화백의 그림에 종종 나타나는 가장 한국적인 아버지 얼굴이 바로 그 모습이다. 한국의 아버지상으로 일컬어지는 배우 최불암은 너무 깔끔하고 정형화되어 있다. 그러나 야소골 박영안 씨는 68세 어른의 얼굴이지만 장난기 가득한 소년의 모습이 그대로 피어나고 있다. 불가사의하게 그분에게는 초등학교 어린아이가 그대로 어른이 되어 웃고 있는 동심의 흔적이 아직도 남아있다. 왜 그럴까 곰곰 생각하니 야소골에서 순박하고 정직하게 살아와서 이물질이 끼어들지 않아서 그렇지 않나 생각되었다. 한편 그의 아내 역시 가장 한국적인 얼굴로 착하다는 증명서가 선명하게 쓰여 있는 분이다. 교과서에 나오는 철수와 영희가 만나 결혼해서 잘살고 있다면 수십 년 뒤 아마도 이렇게 늙어 있을 것 같다. 부지런하고 성실한 야소골 남자 박영안 씨 곁에는 늘 아내가 있다. 그녀 역시 부지런하고 살림 잘하는 야소골 여자답다. 그렇게 근면하고 성실한 부부는 함께 45년을 별 탈 없이 잘 살아왔고 열심히 5남매를 키워 모두 짝을 지워 출가시켰다.

야소골은 출세의 고장이다. 부모들은 근면성실하게 자식 뒷바라지

했고 그런 부모를 성실의 표본으로 삼아 자식들은 출세를 했다. 아버지들은 산꼭대기로 소 풀 베러 다니며 소를 키워 대학을 보냈다. 어머니들도 새벽 2시에 일어나 일하고 밥하며 아이들을 키웠다. 그러는 틈틈이 새벽에는 통영 시장에 가서 채소를 팔아 학비도 보태고 용돈도 쓰던 야소골 여자들이었다. 집집마다 교육열로 뜨거운 경쟁을 하였고 자식 자랑으로 꽃이 피었다. 그런 성실한 부모를 모범으로 삼아 자식들은 열심히 공부하여 크고 작은 출세를 이루어서 야소골은 근처에 소문 난 출세의 고장이 되었다.

박영안 씨도 미국 간 아들이 자랑스러워 첫 만남에 대뜸 아들 이야기를 꺼냈었다. 그렇게 시작된 만남이 1년이 지속되었고 이듬해까지 그 만남은 이어져갔다. 야소골 사람들의 삶을 1년 동안 담으면서 알게 모르게 그들과 정이 깊어졌다. 박영안 아저씨는 보기만 하면 '이리로 온나' 하면서 소주를 권했고 자연스럽게 술친구가 되었다. 보통 물을 마시던 것과 흡사하게 술을 마셨던 것 같다. 엄청난 애주가였는데 그때마다 그분의 아내는 핀잔을 주었다. 그러나 어쩔 수 없었기에 여자는 체념했고 남자는 유일한 낙인 술을 즐겼다. 그 모습도 한국의 아버지를 닮아 있다고 생각했다. 그리고 해가 가고 다시 봄이 왔다. 그리고 안부 인사차 간 야소골에서 우리는 뜻밖의 이야기를 들었다. 놀랍게도 박영안 씨의 아내가 갑자기 암에 걸렸다는 것이다. 유쾌하고 순박하고 근면한 그들 부부에게 왜 그런 일이 생겼을까? 순간 마음은 무거워지고 복잡해졌다. 그 집을 찾아가 보니 아내는 병원에 있고 남자는 혼자 집에 있었다.

"이가 아파서 치과 갔었거든. 치과 갔다 오다가 어느 아주머니 만나서 편하나 서로 인사하는데 아래가 아프다 해서 동네 산부인과 가서 진찰해 보라고 해서 알았다. 그때 그 이 안 만났으면 지금도 모르고 있을라... 그때 나 그냥 여기 누워있었어요. 일찍 밥 먹고 나가보려고 하는데 집에서 전화가 왔더라고. 나한테. 빨리 대학병원 가라고. 쪼맨한 동네병원 산부인과 가가서. 큰일 났다고. 암이라 한다고? 무슨 시나락 까먹는 거야. 퍼뜩, 마... 응? 암이라고? 틀리다 난 그래 생각하고. 걱정 하지마 오진이고... 고 날로 우리 집 식구 온 아이들 다 난리 나버렸다."

어머니의 암 소식은 자식들에겐 청천벽력이었다. 그리고 아내가 암이라는 사실은 아무리 목석같은 남편이라도 그 마음을 순식간에 흔들어 놓았다. 배우자의 사망은 인간이 겪을 수 있는 극한의 스트레스라고 한다. 박영안 씨는 아내가 암이라는 사실이 믿기지 않고 그저 놀랍고 불안하다. 천성이 밝은 분이지만 병 앞에서는 자연스럽게 그늘이 드리워졌다.

"난 이게 겁나는 기라. 아, 우린 이런 일이 생기리라 생각도 안 했는데... 무섭다 무서워... 그러니 그하고 나, 45년 동안 살면서 한 번도 안 아팠거든. 난 원래 이거 병이라곤 하나도 안 가지고 있었어."

"참... 뭐... 순풍에 돛을 달고 이래 잘 가고 마지막까지 편하게 갈 줄 알았는데 그게 아니라. 항해하면서 파도도 만나보고... 인생이 저리 가다 도착지만 가는 거 아니거든. 요래 뭐 파도도 치고 가다가 산도 만나고 강물도 만나고 이래 해야지 재밌지. 난 이때 그런 게 없었어. 건강했지. 큰 돌을 만난 게 없었어. 아들 나 말 잘 듣지 공부도 잘 했지 잘 하고 왔다고..."

"차라리 내가 병이 들었으면... 내가 그리 했으면 나는 좀 편히 잘 살텐데."

왜요? 그러면 아주머니가 더 마음 아프시지...
"아프지만 난 저기... 이 여자일 다 하려니까 참 안 좋아. 밥 먹고 평소에는 그냥 갔는데 이젠 밥그릇 다 씻어야지. 난 깨끗하게 하는 것도 아니야... 깨끗하게 하면 기분이 좋아져. 남들이 뭐 혼자 산다고 나 숭보거든. 냄새 난다 이래 하니 팍... 안 하기 위해서, 한다 하고 있어."

박영안 씨는 25세에 결혼하여 45년을 함께 살아왔다. 바깥일 안 일 구분하여 살던 시절이라 부엌 출입을 하지 않았다. 그만큼 철저하게 분리된 남자와 여자의 삶을 살아왔다. 그는 아내가 차려놓은 밥을 늘 먹던 처지였지만 요즘에는 새삼 직접 챙겨먹는 일이 좋지만은 않다. 그는 아내가 암에 걸리고 나서 처음으로 여자가 하던 일을 하게 되었다 갑작스러운 아내의 암 발생은 그렇게 경상도 남자인 박영안 씨의 삶을 많이도 바꾸어 놓았다.

"나 별 안 해봤는데 한 3개월을 하고난께 적응이 돼 사람이... 처음에는 못 하겠대. 거꾸로는 안 해봤거든. 처음에는 밤에 혼자... 안 좋고, 먹고 나면 씻으려고 이러면 신경질 나고 이렇다만 이제는 괜찮아져."

설거지도 그동안 안 해보셨어요?

어. 안 해봤어 나는. 집사람 잘하는데 뭐 할라고. 나 설거지 한 번도 안
해봤어. 그런데 하게 돼. 하고 자게 되고. 처음에 안 좋더만 이제 괜찮아.
밥 먹는 게 안 좋다만 그런데 요새는 밥 잘 먹는다. 처음엔 잠도 안 온다.
아 혼자 잠도 안와. 인제 쫌 잔다. 처음에 진짜 안 좋았다.

아주머니 오시면 어떻게 하실 거예요?

일 안 시켜야지.

일 안 시키겠네요. 밥은 그럼 누가 할 거예요?

밥은 해주라 했어 내가. 다른 사람 이야기 들어보면 밥도 안했다 하거든.
손에 물도 안 묻힌다 하는데, 밥은 네가 좀 해주라 했어.

밥 정도만?

어. 밥 정도만.

다른 건 괜찮은데 밥하긴 싫은가 봐요?

밥? 밥은 난 도저히 못하겠어. 밥하면 한 3일 먹거든. 반찬은 이래 사는
우리 형수들도 있고 제수들도 있어서 반찬은 있는 거 뭐 갖다 주고...

밥하고 빨래하는 일로 상징되는 아내의 일은 비단 그것이 전부는 아니다. 크고 작은 일이 산적해 있다. 농촌에서 남자 여자 일을 구분하는 기준은 힘쓸 때에 한해서다. 대개는 합동하여 일을 하기 때문에 누군가의 부재는 단박에 표시가 나게 되어 있다. 아내가 갑자기 암에 걸리면서 남편의 삶도 혁명이 필요했다. 처음으로 설거지를 해보았다는 박영안 씨의 말이 역시 경상도 남자답다. 아내는 이제 힘든 일을 하면 안 되는 입장이다. 아내가 하던 수많은 일 중에 그래도 밥은 시키겠다고 하는 그 분의 말씀이 매우 인상적이었다. 관습의 힘은 혁명보다도 무섭던가? 40대 나이면 매일 밥을 하는 게 대수롭지 않은 일인데 69세 남자에게는 밥은 아무래도 중차대한 문제인 모양이다.

"밥은 그래도 해 달라고 해야지."

"여기 혼자서 집에 있으면 또 뭐할 것이고 들에 가서 일하면 재미있어. 집에 있어봐야 신경질 나는데 뭐. 마음 불편하고."

"원래 밭의 일은 여자들만 하거든. 지심도 매고 이러는데. 그것도 내가 해야지 이제. 명년 농사를 많이 안 할 거라. 이제 농사도 작게 짓고 나 혼자서. 쪼개 짓고 그래야지. 인제 둘이서 하는 건 틀렸어."

"집사람은 이까서 도저히 일 하면 안 돼. 일 하면 재발한대. 일 하는 순간."

더 잘해주셔야겠네요?

응 잘해주려고. 재발하면 죽어. 죽는다고. 고치치도 못해.

아내의 건강을 걱정하면서도 돌아오면 밥하는 일만 시키고 아무것도 안 시키겠다는 아저씨의 말씀이 반복되었다. 연신 소주잔만 들이키는 남자에게 이제는 그 흔한 잔소리도 이어지지 않았다. 그런데 아내의 부재가 아저씨에게 단지 일상의 불편만 초래한 것은 아니었다. 중요한 것은 밥이고 우리는 밥줄에 인생을 건다. 경제가 국력의 시작이고 경제력이 집안의 평화를 결정하는 시대에 우리는 살고 있다. 그럼에도 불구하고 암이라는 중대한 병이 발생하면 모든 가치관과 판단기준이 여기에서 출발한다고 생각된다. 암환자를 중심으로 생각도 행동도 돌고 돈다고 여겼다. 그러나 타인의 삶을 제대로 알기는 힘들고 타인의 생각을 제대로 읽는 것은 더욱 어렵다. 사람은 늘 자신의 희로애락에는 즉각적으로 반응하지만 타인의 감정을 이해하는 데는 한없이 둔감한 존재다. 희비극은 순간이고 인생은 계속된다. 그리고 현실은 늘 이상을 압도한다. 추상적인 세상 안에는 지독하게 현실적이고 구체적인 사실이 있다. 그의 아내가 돈을 벌고 있다는 사실을 객은 미처 주시하지 못하고 있었다. 아내가 아프다는 것이 박영안 씨의 쌈짓돈에도 영향을 주었을 줄은 미처 예상을 못했다.

"아프고 요즘 나 돈줄이 딱 끊겨 버렸어. 뭣이냐면 우리 저 채소 같은 거 하면 내다 팔아야 하거든. 팔아갖고 오면, 장사 잘 됐는가 우짰는가 하루에 5만원 6만원 딱, 아줌마 갖고 오거든... 돈줄이 딱 끊겨 버렸다. 이 채소들을 만날 해봐도 갖다 팔 사람이 없어. 그것들 팔고 와서 또 반찬 좀 사오고 그랬는데 난 그게 없어져 못가는 거라 이제. 우리 집사람 시장 많이 다닌 편이지. 한 번 가면 5만원 사오거든. 사오면 좀 쓰고 하면 3만원도 가저오고 이래 하는데 이게 없어진 게 내가 요즘 안 좋아. 용돈이 없어. 돈줄이 딱 끊겼어. 아이고 참나, 나 그래..."

세상일은 남자, 여자일이 정해진 것이 없다. 다만 누가 잘 하는가 차이가 날 뿐이다. 새벽 5시 20분. 야소골 버스 첫차에는 늘 여자들이 탄다. 저마다 시장에 내다 팔 채소들을 가져갈 수 있는 만큼 싣느라 새벽 버스 안은 늘 와자하다. 그렇게 날마다 번 돈으로 생활비를 마련했고 학비를 보탰다. 그렇게 부지런한 삶을 살았기에 자식들은 부모를 성실의 표범으로 삼아 모범적인 인생을 살아왔다. 자식들에게 야소골의 부모는 교과서 같은 존재였다. 통영 새벽 시장에서 만난 야소골 아낙들의 모습은 바다를 헤엄치는 물고기처럼 생동감 있다. 농사를 지으며 장사를 하는 그들이 있어 야소골의 밥상은 늘 풍성했다. 수십 년 전에도 그렇게 살아왔고 자식들을 모두 출가시킨 요즘에도 변함없이 그들은 새벽 버스에 오른다. 박영안 씨의 아내도 지난해까지만 해도 그랬다. 그러나 이제 새벽 버스 안에서 그의 아내를 보는 일은 힘들어졌다.

그런데 어느 순간 그 새벽 버스 안 여자들 속에 한 남자가 있다. 처음으로 박영안 씨가 집안의 채소들을 손질하여 버스에 올라 시장에 간 것이다. 처음으로 설거지를 한 것처럼 그도 생애 처음 아내처럼 채소를 팔아 보았다. 늘 처음이 힘든 것이고 그 이후는 물길 따라 가듯 인생은 가게 되어 있다. 그 다음은 그도 익숙해지고 요령이 붙고 여유가 생겨 갔다. 아내가 없는 사이, 그는 밥도 하고 빨래도 하고 혼자 잠도 자고 시장에 가서 채소까지 팔아 보았다. 아내의 부재를 톡톡히 경험했고 적응해 나갔다.

> "속상해 마 질질 짜고 그러면 안 돼. 이 동네 사람들이 다 알거든... 나 죽겠어. 안 그러려고. 밥 먹고 그런 거 없다 마 떳떳하게. 혼자 사는 걸 이웃 사람들한테 표시 안내기 위해서 일도 열심히 하고 술도 잘 먹고 어디 모임도 잘 가고 일부러..."

혼자 밥을 해먹고 혼자 TV를 보며 잠드는 남자의 모습을 보았다. 아내의 존재는 아내의 부재에서 크게 느껴진다. 그 따스하던 둥지는 더 이상 따스해 보이지 않았다. 여자가 없는 것이 그렇게 만들었고 그날 연민의 마음으로 그 남자를 보았다. 그는 경상도 남자다. 그리고 40년대생 한국인의 피가 속속들이 흐르고 있는 남자다. 자연스럽게 어른들이 정해 준 짝과 별 탈 없이 45년을 살아왔다. 갑자기 아내가 암에 걸렸고 그의 삶도 변화가 생겼다. 그런데 아내가 암 수술을 받고 있을 때 그 남자는 아내 곁에 없었다.

아저씨도 좀 우셨어요?

울기는 뭐 울어. 나 수술할 때 병원에 가보지도 않았어. 병원에 두 번 딱 갔거든.

수술할 때 옆에 계셨어요?

없었어.

그럼 엄청 섭섭해 하는데요.

섭섭해 했지.

그럼 뭐하셨어요? 그때 수술하실 때.

집에 있었지.

그럼 엄청 섭섭했겠네요.

섭섭하지. 그날이 2월 5일 날인데, 사량 농협조합장 새로 났거든. 당선돼갖고. 그날 취임식 하는 날이라. 그래 나 갈라 한께 뭐 오지 말라 하고, 오지 말라 하는 게 아니라 뭐 별 가봐야 나 뭐하겠나. 조합장 취임식 하는데 앉아 있으니까 요 밑에 우리 갑장이 오늘 수술한다 하는데 너 안 가나? 이러는 거라. 뭐 하러? 내가 가 뭐할 거고? 주사를 줄 건가? 뭐 하노? 이런 미친놈! 빨리 가라 하는 기라. 그래 또 부산 갈 거라고 집에 올라왔다. 조합장 취임식이고 뭣이고 올리왔다. 올라와 갖고 집에 와서 옷을 갈아입고 전화를 한께 뭐 수술 들어가 버렸다 하는 기라. 수술하러 들어갔는데 와봐야 뭐할 거냐 하는 기라. 그래갖고 수술하고 난 뒤에 이틀 만에 한 번 갔어. 두 번인가 가봤어.

어떻던가요? 가서 보니까?
가서 보니까 사람도 아니지. 이래갖고... 이 안의 장기를 하나 없애버렸으니까 허퉁해... 수술을 세 시간? 두 시간 반? 세 시간 했다 하드나? 수술비가 203만원 나왔다.

아주머니 착하시니까 그러지 딴 여자 같았으면 참...
나 잘 알거든. 만나 45년을 살았는데 뭐.

그래도 수술 날 조합장 취임식?
조합장 취임식! 내가 봐도 너무했어.

그러게요. 조합장이 뭐 대단하다고 아내가 더 대단하죠?
그러게. 그래 나 앉아 있었어. 시간 열시부터 시작하는데 우리 친구 하나가 느그 오늘 수술한다 하던데 이런 데 뭐 하러 앉아있냐 하는 거라. 빨리 가보라 하는 기라. 그래 집에 올라와 옷 챙겨 갈라고 전화를 한께, 벌써 수술 들어가 와봐야 뭐할 거냐 히는데 뭐. 딸들이 그래 안 갔다 아이가.

그 남자는 동네 조합장 취임식은 참석했고 아내의 수술실은 불참했다. 조합장이 뭐 길래 그 남자는 그 취임식에 앉아 있었을까? 실속은 전혀 없고 체면과 예의만 남은 취임식이 뭐가 중요하다고 그 심란한 마음으로 그 자리에 앉아 있었을까? 암 수술이 감기 치료도 아닌데 까딱 실수하면 생명이 왔다 갔다 하는데 남편은 곁을 지켜주지 못했다. 그리고는 멋쩍게 내가 심했다며 허탈하게 웃는 그 모습은 유난히 집안일보다는 동네일에 앞장서던 그 시대 아버지들에게는 어느 정도 이해되는 정서다. 그리고 얼마 후 그의 아내는 퇴원을 했다. 지난해 건강하던 모습과는 달리 하얀 머리에 수척해진 얼굴이 안쓰러웠다. 여전히 착한 미소가 얼굴에 가득하다. 그래도 다행히 수술은 성공적이었다. 이제는 절대 안정, 절대 평온만이 남았다.

아내 아 그날 전화해가지고 나는 성이 나서 안 받고 끊어버리니까 서운하대요. 수술하는 날은 올라올 거라고 생각했는데 안 오니 마음이 안 됐대요. 잘못되면 못 볼지 모르는데…
남편 의술이 발달돼서 그리 안 된다.
아내 참나.

아내가 돌아오면서 박영안 씨 집은 다시 예전의 모습을 되찾았다. 남편은 수시로 창고로 가서 소주 대병을 가지고 와서 술을 권하고 스스로도 자주 드신다. 그럴 때마다 체념한 아내의 잔소리가 이어진다. 일상으로 돌아 온 그들 부부의 모습을 수시로 지켜보았다. 집으로 돌아오면 절대 일을 안 시키겠다고 아저씨는 맹세했다. 밥 짓는 일만 제외하고 일체의 일은 시키지 않겠다고 했다. 그러나 여기는 농촌이고 부부는 부부다. 아내는 어느새 집안일을 하고 있고 남편은 일 하지 말라는 말씀을 한창 하고 있다. 갑자기 아내의 목소리가 높아졌다.

아내 하지도 안하면서 하지 말라케라! 아니 이걸 내가 하고 있으면 못하게 하면 자기가 와서 쓸고 해야 할 텐데 가만 앉아서 하지마라 캤다, 하지마라 캤다 그러면 이게 저절로 없어질 건가? 어디 날아갈 건가?

남편 보자! 종이 표를 벽에 써 붙여라. 일하면 죽는다!! 써 붙여라.

아내 아유 참 말이나...

남편 일하면 죽는다. 써 붙여야 일 안 할 것 아니가? 니 일하면 죽는다. 알아? 모든 사람이 일하면 죽는다고 하는데...

아내 할 게 천지인데 시키면 하나 하도 안 하면서. 요 치워 주이소! 비가 올려해 거둬들여야 할 건데... 걱정하면서 거들어 주지도 안하면서 걱정만 하면 뭐하노? 안 하면 해야 될 낀데 그리고 나 성격이 일을 놔두고 못 있는 성격이라 몸이 안 아플 깃 같으면 하는데...

남편 일은 절대 하지 말고! 일을 하려고 하거든 니 죽으려고 하나? 죽으려고 하냐? 절대 하지 말라고 해도 자꾸 하려고 하고 원래 일 하는 사람이 되니 못 참아 버리는 기라. 참 많이 내가 웃겨. 참 나 이래 꿈에도 생각 안 했어.

남편 밥만 하고 설거지 하면 된다. 빨래도 세탁기가 할 거고... 재발해가지고 병원 가는 꼬라지 어찌 볼 기고? 아무것도 하지 마라 내가 다 할 낀데 밥만 하고 빨래하고 설거지만 하면 돼. 그것만 하면 돼.

아내 들에 일만 안 간다 뿐이지 집안일은 다 하는 거지.

남편 이순신 장군이 살려고 하면 죽고 죽으려고 하면 살 수 있다 이런 말이 있어요. 죽으려고 생각하고 나 이 병 죽으려고 생각하면 딱 살 수 있고 살려고 뭐이 이러면 니 죽어.

아내 뭔 얘긴지... 참 이런 사람 못 봤지요? 여기 와서 보지예.

남편 포트지 포트. 미국 대통령 그 당시 닉슨 월남 전쟁 치렀거든. 닉슨 대통령 하차 했거든. 포트 대통령이, 그 양반 부인이 유방암이 걸린 기라. 유방암에 걸린 게 아니라 확률이 있다 해가지고 포트 대통령 주치의 있거든. 큰 대학병원에 갔는데 포트가 따라 나서는 기라. 기자들이 만약에 그 영부인이 유방암 설리면 이쩔끼가 질문을 한기라 포트가 뭐라고 했는지 아나?

아내 옆에서 들었습니까?

남편 만약에 우리 영부인이 유방암, 그때 유방암에 걸리면 다 죽거든. 유방암 걸렸으면 나는 대통령직 그만두고 영부인 수발들겠다, 딱 이렇게 말했어. 나 똑같이 따라 말한다. 농사 그만두고 쉽게 말해서 포트 말 그대로 하면 농사 그만두고 수발해야 되겠다. 이런 결론 나오는 기라.

아내 암이라고 했는데 농사 그만두고 수발할 일이 농사 와 짓습니까? 나 같으면 안 짓겠다.

남편 나 그 정도로 생각하고 있다고. 대통령 그만두고 수발드는 거랑 농사 그만두고 수발드는 거랑 똑같은 거라.

아내 그런 마음먹었다면 감사하고 고맙습니다. 그런 마음먹은 것만 해도...

남편 아 그런 마음이다. 절대 안 죽일 기다. 마 최선 다 할 기라고.

아내 기분이 너무 좋네 오늘. 오늘밤 잠도 안 오겠네. 기분이 좋아서. 그런 말 생전 안 하던 사람이...

그들 부부의 모습을 보면서 많이도 웃고 울었던 것 같다. 아내가 암에 걸리면서 박영안 씨의 인생관도 많이 바뀌어 갔다고 생각했다. 그리고 그의 아내를 생각하는 마음도 수시로 확인할 수 있었다. 그 모든 것은 진심이었다. 그러나 45년을 살아오면서 생성된 부부 본래의 모습은 변하기 어려웠나 보다. 체면이나 허위의식이 없는 아저씨의 모습을 보면서 한국인 부부의 원형질이 어땠을지 짐작해 본다. 거룩하지도 엄숙하지도 않아 더욱 공감되었던 그들 부부의 모습을 통해 우리 아버지의 모습, 우리 어머니의 모습을 보았다.

아주머니 병원 가신다면서요?
네. 검사하러...

내일도 같이 안 가시고...
내일 안 가.

궁금하지 않으세요?
궁금한 건 마음이라. 일을 해야 해서.

일 하실 거예요?
논에 일. 가면 뭐 하노?

2개월 후 아내는 다시 부산 병원에 검사 결과를 알아보러 갔다. 이번에도 남편은 동행하지 않았다. 농사일이 바쁘기 때문이다. 부산 사는 딸이 와서 어머니가 진찰 받는 것을 도왔다. 그렇게 그들 부부의 일상은 계속되었다. 야소골에 가을이 오고 남자는 혼자 논에 벼를 베고 있다.

"잘 나와야 될 텐데 마음이 안 좋아."

여름에 일 좀 하셨나 봐요?
(아내가) 조금 했어. 일했는데 많이는 안 했어. 잘못하면 재발하니까. 일 하면 죽는다고 하는데 나 지 죽는 꼴을 어찌 보노.

아저씨 혼자 일하는 것 보면 아주머니 마음 아프시겠네요?
아픈데... 오늘 나와 일 거들기에 대번에 가라고 했어. 오면 일 죄 하거든. 일하면 죽는데 죽는 꼴은... 보내 버렸어.

은근히 서로 걱정하시네요. (아내는)술 조금 드시라고 하고 (남편은)일하지 말라하고...
이래 살다가 그래 사는 거지 뭐.

무뚝뚝하시면서 은근히 아끼는...
아껴야지. 집사람이 나 술 못 먹게 하거든. 그런다고 내가 술 안 먹나? 당신 술 먹어 죽으면, 나 죽으면 저도 같이 죽는다고. 딱 맞는 말이다. 죽어 돌봐줄 사람 누가 있나?

그런 말씀 하세요? 아주머니가...
응 당신 죽으면 나 죽는다고...

술 조금 드시라고요?
그래가지고 무슨 소리인가 생각하니 그 말이 옳아. 나 죽으면 지 죽어. 못 살거든. 자식들은 잘 해주어도... 나 죽으면 니 뭐하러 죽나. 가만 생각하니 그게 맞는 말 같아. 술 안 먹고 살아야지... 당신이 죽으면 나 죽는다...

우리 경상도가 그렇다 아니가. 경상도 무뚝뚝한 게 그게 그런 게 서울 사람들이랑 같나. 속에 마음은 있어도 겉으로 아양 부릴 줄 모른다. 타고난 전통인데... 억수로 무뚝뚝하다 아니가. 속은 마음은 다 있어. 아양 부리고 못한다.

늦가을이 왔다. 언제나처럼 부부의 일상은 이어진다. 무뚝뚝해 보이지만 남자는 아내를 걱정하고 있고 여자는 그런 남자를 잘 알고 있다. 부부는 부부만의 언어가 있고 그것은 통하게 되어 있다. 창고에는 술병도 있지만 아내를 위해 마련해 둔 몸에 좋다는 나무도 있다. 구지뽕 나무다.

"이게 무슨 나무인지 아나 이거?"

뭐예요?
이 나무가 아주 항암에 억수 좋은 나무. 구지뽕 나무.

달여서 드시는 거예요?
응 달여서...

"지금 행복하지. 그런 게 알고 보면 정상일제 몰랐는데 아파보니 알겠
는 기라. 여자가 얼마나 중요한가?"

아내가 갑자기 암에 걸리면서 그 부부의 일상은 변했다. 그렇지 않
았으면 몰랐을 심정이 부부의 정을 더욱 끈끈하게 하고 있다. 겉으로는
내색도 안하고 무뚝뚝하지만 대화를 나누면 박영안 씨는 아내를 많이
사랑하고 있다는 것이 느껴진다. 한국인정서에 가족이라는 말보다 식
구라는 말이 더 울림을 줄 때가 있다. 지금 박영안 씨의 안식구는 아
프다.

오랜 시간의 아픔을 통해 나는 알게 되었다.
아픔도 길이 될 수 있다는 것을.
아픔을 통하지 않고는 절대로 볼 수 없는 것들이 있다는 것을.

바람이 불지 않는 인생은 없다.
바람이 불어야
나무는 쓰러지지 않으려고 더 깊이 뿌리를 내린다.
바람이 나무를 흔드는 이유다.
바람이 우리들을 흔드는 이유다.
아무리 험한 산도
그 가슴속 어딘가에는 오를 수 있는 길이 있다.

– 이철환, 〈반성문〉 中

김덕래 최학년 부부는 왜 함께 살아가고 있나?

야소골에서 늘 소란스러운 집이 있다. 적막 아니면 고함이다. 한없이 조용하다가 느닷없이 고함이 오가는 식이다. 노부부 단둘이 사는 집이 야소골에서 가장 시끄러운 것이다. 김덕래 씨의 아내가 귀가 어두운 까닭에 부부의 대화는 늘 고성이 오갈 수밖에 없기 때문이다. 그 노부부의 삶을 2년에 걸쳐 지켜봐도 늘 그 일상은 비슷했다. 늙은 남자 여자가 아무 사랑도 없이 그저 함께 사는 이유가 궁금해졌다. 무표정한 남자와 여자가 함께 잠을 자고 함께 밥을 먹는다. 늘 지지고 볶고 싸우며 아무 정도 없이 사는 것 같은데 남편은 매년 아내를 위해 보약을 사준다고 한다. 보약 값은 그들 부부의 수입을 고려하면 1년 수입과 맞먹는다. 그들 부부의 겉모습과 속정은 이리도 다를 수 있을까. 이해할 수 없는 남자의 마음은 대체 무엇일지 그들 부부의 일상을 좀 더 들여다보았다

.

김덕래 할아버지는 마루에 놓여 있는 대병에서 소주를 마시는 것으로 하루를 시작한다. 그는 담배를 매우 맛있고 멋있게 피운다. 그 모습은 매우 남자답고 그 표정은 깊고 오묘하다. 그러나 그 아내의 표정은 더욱 깊고 오묘하다. 일그러진 할머니의 표정은 늘 변함없고 한결같다. 90도로 굽은 허리와 한결같이 찡그린 표정 때문에 할머니의 모습은 더욱 측은해 보인다. 겉으로 보기에도 남편과 아내의 권력관계는 뚜렷하게 나타난다. 그런데 아내는 안쓰럽게도 귀가 매우 어둡다. 절대적으로 대화가 불가능한 상태다. 그래도 부부라서 대화를 하긴 하는데 늘 마을이 떠들썩하도록 고성이 오간다. 멀리서 들으면 틀림없는 부부싸움이다. 그들 대화는 심한 경상도 사투리 때문에 알아들을 수가 없다. 경상도 언어 전문가가 받아 적은 것을 읽어 봐야만 무슨 말인지 이해할 수 있다.

자연스럽게 여자는 밥을 하고 빨래를 한다. 다른 집의 부부처럼 들일을 가는 일은 절대로 없다. 철저하게 할머니의 일은 집안에서 머문다. 얼마 안 되는 밭농사를 짓느라 할아버지는 자주 들에 나간다. 소 한 마리를 키우느라 소 꼴을 베는 것이 할아버지에게는 가장 중요한 일과다. 지난해 할아버지에게는 아픈 기억이 있다. 일 년 동안 정성스럽게 키우던 소가 임신을 했는데 그만 상상임신이라는 것이다. 송아지를 바라며 매일 맛난 풀을 베어 나르던 할아버지의 정성이 물거품이 되는 순간이었다. 곧바로 소를 팔고 소주잔을 들이키던 모습이 생생했는데 다시는 소를 안 키우겠다던 할아버지는 얼마 후 송아지 한 마리를 다시 거두기 시작했다. 소와 함께 남자와 여자는 그 집에서 동거한다. 가끔 화가 나면 소를 향해 화풀이하는 남자와 여자의 모습은 그냥 한국적인 정경이다. 이 집의 대들보인 소가 이 집에서는 유일한 돈벌이일 수도 있다. 농사짓는 것은 자급자족이고 겨우 송아지라도 팔아야 할머니의 보약 값을 댈 수 있을 것이다.

전형적인 가부장적인 경상도 남자 김덕래 할아버지와 겉으로 보기에도 딱해 보이는 최학년 할머니가 짝을 이루고 산 지도 10년이 넘었다. 사실 최학년 할머니는 할아버지가 15년 전 병으로 전처를 잃고 맞이한 두 번째 짝이다. 야무지고 똑똑한 전처만 살아 있었어도 할아버지의 처지는 매우 달랐을지도 모른다. 그런데 전 부인이 세상을 떠난 뒤 할아버지는 날마다 술만 들이켰다고 한다. 거의 죽어가던 할아버지를 살린 것은 지금의 아내였다.

"본 할매는 죽어버리고 3년 넘어 이 영감 밥만 해먹고 있었거든 지 혼자서. 밥 해먹나? 술만 먹고 죽을 판이 된 기라. 아이 됐다 이래가지고 이 할매 데리고 온 기라. 여자가 한 10년 정도 살았을 낀데 확실한 건 모르지만 밥도 해주니 살았어. 우리 생각에 할매 안 그랬음 죽었어. 우리 이웃 사람 다 그러거든."

_박영안. 69세

그래도 할머니가 계시는 게...

좋지.

더 나요?

그럼 낫지. 첫 번째 아내가 죽고 나서 술만 먹고 밥을 안 해먹어서 영 죽게 됐다. 올케가 눈도 어둡고 귀도 먹고 이래 놓으니 일을 못해. 밥만 끓여주고 빨래시키고 그런 것만 하고 들일을 모르니 오빠가 이리 갔다 저리 갔다 논 농사 쪼깨 짓지 그러니 쪼깨 딱하지. 올케는 잘 하는 거 없어.

근데 왜 산대요? 할아버지가.

어디 갈 데도 없고 올케도 아들도 없고 아무것도 없으니까. 밥이나 끓여먹고 그래서 살지. 어디로 쫓아 보낼 거고 그래서 그냥 데리고 안사나?

_김덕래 할아버지 여동생 인터뷰 中

남자나 여자나 딱하기는 마찬가지다. 아마도 그 필요성 때문에 둘은 군말 없이 살고 있는지 모른다. 여자는 거처가 있고 남자는 밥을 먹을 수 있다. 아내가 암에 걸려도 밥만은 해주었으면 하는 박영안 씨의 말처럼 김덕래 할아버지도 밥해 먹는 것은 끔찍하게 싫었던 모양이다. 비로소 짝을 지어 사니 밥도 먹고 건강도 회복하고 일도 시작했다. 인간은 애초부터 불완전한 존재였는가. 김덕래, 최학년 부부의 하루 일상을 지켜보면 둘은 왜 함께 살까에 대해 의문이 든다. 그러나 그들을 살아가게 하는 힘은 둘이 함께하고 있다는 사실 때문이라는 것이 아이러니하다. 어린 시절 왜 나이 든 남자 여자가 재혼할까 이해할 수 없었던 때가 있었다. 철없던 시절의 철모르는 생각 아니었나 싶다. 그런데 이렇게 필요하고 절실한 두 사람이 함께 살아가는 일상은 그렇게 평온해 보이지는 않는다. 이들 부부는 둘 다 귀가 어두워 대화는 늘 소란스럽다. 마당에 널어놓은 고추를 할머니가 뒤적이고 있다.

> 남편 와 내가 한 걸 또 해? 젓지 마라 젓지 마라. 내가 저서 났다.
> 아내 고추가...
> 남편 벌써 해났다. 하지 말란 말이다! 하지 말란 말이다! 이거 널어도 이리 널어야 된다.
> 아내 말려야 된다.
> 남편 하지 말라는데 그래! 놔둬 놔서 하지 마라. 헤집어 났다.
> 아내 내가 할게!
> 남편 해났다. 고마. 봐라.

화가 난 남자는 여자를 밀친다. 발길질에 욕이 나온다. 여자는 잘해 보겠다고 고추를 다시 널고 있는데 때 아닌 봉변을 당했다. 그러나 여자가 하는 일이 남자는 늘 마땅치가 않다.

> 아내 고마. 나 나갈기다.
> 남편 나가라! 나가라! 서서 았다고 안 했나?

아내 와 때리노?

남편 내가 저섰다고 하면 말일이지. 해놨다고 하면...

아내 때리긴 왜 때리노?

아내 아프다.

남편 하지 말란 말이다. 저서 놨다고 해도 내가 저섰다고 안 했나? 말귀를 못 알아들으니... 참.

화가 난 여자는 하소연하러 이웃집 송무개 할머니에게로 갔다. 혼자 사는 송무개 할머니는 고등학교 교사인 큰아들, 행정고시를 합격하고 재경부 사무관으로 일하다 순직한 둘째 아들 그리고 한의사인 셋째 아들을 두었다. 야무지고 똑똑한 송 할머니에게 최학년 할머니는 억울한 심정을 하소연하러 온 것이다.

최학년 고추 그만 말려도 될긴가 말려보러 좀 봐 주라. 영감이 나를 발로 차고 때린다.

송무개 금실 좋은 부부라고 촬영하는데 이 짓을 해. 하하하...

최학년 때려가 두드려 패고 발로 차고...

송무개 아들도 없고 아무 자식도 없고 가만히 있었으면 편안하게 살건데 뭐하러 이런 영감한테 와가지고 고생하고 욕 처 듣고 두드려 맞고 그리 살아.

최학년 동생아 혼자 사는 게 제일 편타. 나 마냥 두드려 맞고 하느니 혼자 사는 게 제일 편해.

"니가 죽고 없으면 후회 할끼다. 영감이 니 미워서 그러나 좋다고 그래 좋다고... 니 좋다고. 무슨 천복이 들었네. 일 년에 세 번씩 보약 먹는 집이 어디 있노. 이 다정하게 사는 사람 어디 있노. 한 번30만원씩 1년에 돈 90만원씩 아니가. 일년에 보약 세 번이나 먹이지. 이 동네에서 그러는 사람 없다. 그리 좋은 영감을 갖다가..."

_송무개

최학년 나 빠마할끼다.

송무개 응 예쁘게 해가지고 영감 내버리고 가라.

최학년 꼬슬러버릴끼다.

송무개 영감 좋다고 할끼다 뽀뽀도 해주고 할끼다.

최학년 빠마할 때 됐지?

송무개 빠마할 때 됐다.

최학년 이번에 오글오글 꼬실러 버릴끼다.

　그들의 일상은 평화롭다. 그러나 종종 폭발한다. 말은 많이 해도, 적게 해도 문제가 된다. 의사소통에 있어서 힘든 민큼 언쟁은 종종 엉뚱한 곳으로 튀어간다. 오늘도 부부는 사소한 일을 가지고 한바탕 전쟁을 치렀다. 그리고 혼자 사는 게 편하다던 할머니는 이내 일하러 간 할아버지를 마냥 기다리고 있다. 할아버지는 돌아와 지게에 지고 온 것을 마당에 냅다 쏟아 붓는다. 고추다. 눈짓에 맞춰 할머니는 마당에 나와 군 말없이 고추를 골라낸다. 할아버지는 마루에 앉아 담배를 맛있게 피

우고 있다. 그런데 할머니의 일하는 것이 또 할아버지의 심경을 불편하
게 하고 있다.

"한 데 담지 마라. 한데 담지 말고... 이런 건 괜찮은데 시**"

"놔두소."

"이러면 안 된다고 하니까 문딩이 지랄하고 있네."

"..."

"보고담아 한 데 담으면 안 돼!"

"아ㅇㅇㅇ 아이고 참."

"에이그 이것도..."

"뭔데 사람 쥐어박고 두들겨 패노?"

"이거 여기 놔두란 말이다."

"아 몰라."

"문딩이 풋고추는 풋고추대로 안 하고."

그렇게 늦여름의 일상이 가고 있다. 그렇게 싸움을 한 다음 날 할
아버지는 말 한마디 없이 외출한다. 눈치를 살피던 할머니는 할아버지
를 따라나선다. 그렇게 여자는 남자 뒤를 따라가고 있다. 옛 어르신 부
부를 보면 대개는 남자는 앞에 가고 여자는 서너 발걸음 뒤에 따라온
다. 그것이 대표적인 한국인 부부의 모습이다. 그렇게 할아버지가 할머
니를 데리고 간 곳은 동네 미용실이다. 할머니는 그렇게 원하던 파마를
하게 되었다.

"할아버지가 염색만 하시라는데?"

"파마할끼다."

"염색만 하시라는데!"

"아 꼬실러."

파마를 하는 할머니의 모습은 행복해 보였다. 심술 난 표정은 온 데 간 데 없고 오랜 시간을 잘도 참고 있다. 할아버지는 왔다갔다 기다리고 있다. 남자 머리처럼 무성하게 뻐친 할머니의 머리가 꼬실꼬실하게 말려 있다. 할머니는 다시 할아버지 뒤를 따라 집으로 갔다. 대문을 들어서는 발걸음이 가벼워 보인다. 오자마다 소 풀을 듬뿍 담아 소에게 던져주었다. 여자의 마음은 나이가 들어도 비슷한 모양이다.

"오늘 저녁에 안고 뽀뽀 한 번 하겠네 좋아서. 이 할매도 좋다고 영감 영
감~ 영감~ 그리고 그런다. 천 번이나 부른다. 지 기분 좋으면... 사랑도 표
현한다. 사랑도 아무도 보는 사람 없을 때는 표현하고 살짝 걸어와서 할
매 볼에 좋다고 이리 쓰다듬는다. 경상도 남자들이 다 그렇다. 좋아하지.
할매 영감 그래 한다 좋다고 한다."

_송무개

사실 김덕래 할아버지는 할머니가 없으면 매우 불안해한다. 부부
싸움을 하고 할머니가 없어지면 정신없이 온 동네를 찾아다닌다. 그것
이 그 두 사람이 사랑하는 방식이라면 말도 안 되겠지만 남들이 보는
그런 장면이 전부는 아니다. 십 일년 째 그들의 일상을 지켜보는 이웃집
송무개 할머니는 그들 부부의 자연스러운 일상을 가장 많이 목격해왔
다. 송무개 씨는 아무도 없을 때 할머니 뺨에 볼을 부비는 할아버지의
모습을 종종 보았다.

"뭐라고 하는 것 거짓말이다. 거짓말로 그런다. 미련해가지고 욕을 하고.
지가 눈앞에 안 보여 봐라 찾아 만신창이 되고 그런다. 영감이 술 먹고
얄궂은 짓을 하면 우리 집에 와서 숨거든. 어디 가서 숨는다. 할머니가
안 보이면 돌아서도 찾아 댕긴다. 여 산 넘어 저 아래까지 다 가고 우리
가 거기 안 갔다고 해도 가고... 할멈 금방 없으면 찾아 나온다. 어디로
갔어."

_송무개

"서로 귀가 안 들리니 말로 해서 못 알아듣거든. 고함 지르는 기라. 고함 질러도 못 알아들으니 우리 볼 때 '구박한다' 이리 보지. 어떤 때는 보따리 싸가 가라고 그러지. 마 못 알아 듣는기라. 무슨 말인지. 그런데 내가 생각할 적에 이웃 다 그러거든. 들어온 할머니한테는 안 할 낀데 할머니가 이빨이 조금 아프면 영감이 병원에 데리고 오는기라. 해마다 보약도 해주고 싸움하는 거 보면 대조적이라. 싸움할 때는 보따리 싸 가라고 하는데 아프면 마 다 해주고. 이상해. 이상해. 보면 희한해."

_박영안

농촌에는 약장수가 가끔 돌아다닌다. 할아버지도 여기 단골고객이다. 보약 값으로만 90만원, 거의 일 년 수입이 다 들어간다. 그렇게 타박하고 뭐라고 하면서도 보약 짓는 일만은 해를 거르지 않는다. 그것은 야소골 사람들에게도 널리 알려진 사실이다.

아내 이거 다 뭐꼬?

남편 약이다 약. 니 먹고. 내가 하라고 하는 대로 먹으면 된다.

　　　 놔두라 그냥.

아내 약이네 약.

남편 놔두라고 안 하나. 이건 내 약이고 니 먹어 그건 니 먹어. 저기 있는 거 나 먹을끼다. 그건 니 먹으라

아내 이거 내?

남편 하무~

아내 내 먹을게.

남편 아이! 각자 틀리다 약이! 그거 먹으란 말이다 니는.

아내 두 개 다 먹으라고?"

남편 아이! 저기 있는 건 내가 먹을 기고. 이건 니가 먹으라 그 말이다.

아내 여기 있는데...

남편 이건 나 먹을 기고 그건 너 먹어라. 니 마서라.

아내 나 먹어?

남편 어허이... 아니다!! 이 약 먹으란 말이다. 그리 놔두고 이거 이고 그거 네 먹고 먹어라.

아내 이거 먹으면 안 아프다 안카나.

남편 먹어라 마서버리라. 허허허.

보약을 놓고 두 사람은 한 참 실랑이를 벌였다. 아주 사소한 일이 말만 들으면 심각해 보인다. 알고 보면 그것이 이들 부부가 살아가는 방식이다. 소리는 높지만 속정은 깊다. 내일 또 타박을 하고 싸울지라도 할아버지는 아내가 옆에 있어야 편히 잠자리에 든다. 김덕래 최학년 부부에게 가장 평화로운 시간이 찾아왔다.

"뭐 할라 자꾸 찍어 싸노."

두 분이 얼마나 사랑하나 해서요?

"내가 뭐 이래가지고 사니 골치 아프구만. 밥 해주고 빨래 해주고 하는
건 좋은데 사람이 첫째 말길을 알아들어야 할 것 아니가. 저리 천치 짓
을 하니 그러니 골치가 아프다 그 말이지. 말길 알아듣고 이러는 것 같으
면... 하기야 말길을 알아들으면 나하고 붙어 살까 내빼든가 갈리지. 나이
팔십 넘은 사람이 뭐 살면 얼마나 살거라고. 아 느그도 한 번 겪어봐라
팔십 넘으면 영 틀렸구나 이런 소리 다 나올끼다."

남자를 술독에서 구한 귀머거리 아내, 그 아내를 위해 전 재산을 털
어 매년 보약을 사는 남자. 야소골 김덕래 최학년 부부의 삶은 드라마
처럼 오늘도 펼쳐져 간다. 살아보지 않은 인생을 뭐라 할 수 없지만 그
들 부부의 모습을 지켜보니 짝을 지어 살도록 한 조물주의 이치가 몸으
로 느껴진다. 단순히 성 역할로만 분리한 게 아니라, 음양의 조화만을
고려한 게 아니라 거기에는 불완전한 인간을 배려한 큰 뜻이 숨어있어
보인다. 세월이 흘러 김덕래 최학년 부부처럼 살게 될 사람은 많다. 아
프면서도 밥상은 차려주고 다시 방에 가 끙끙 앓던 할머니의 모습을 보
았다. 혼자 밥상에서 밥을 먹으면서도 할머니를 석정스레 쳐다보던 할
아버지의 모습을 보았다. 그것은 측은지심의 마음이다. 지금도 그 눈빛
이 잊히지 않는다.

'습관이란 무서운 것이다.

다른 사람들 앞에서는 공손한 말씨를 쓰다가도 아내에게만 오면 말투가 퉁명스럽게 변했다. 가끔은 이 지방 사람들만이 쓰는 욕설이 튀어나오기도 했다. 당신은 공손한 말투는 아내에게 써서는 안 된다고 어디 책에 나와 있는 것처럼 굴었다. 그랬다... 스무 살에 만나 오십년이 흘러 이 나이가 되는 동안 아내로부터 가장 많이 들은 게 천천히 가자는 말이었다. 평생을 아내로부터 천천히 가자는 말을 들으면서도 어째 그리 천천히 가주지 않았을까. 저 앞에 먼저 가서 기다려 주는 일은 있었어도 아내가 원한 것, 서로 천천히 얘기를 나누며 걷는 것을 당신은 아내와 함께 해 본적이 없었다.'

– 신경숙, 〈엄마를 부탁해〉中

너는 내 운명인가?

"널 만나기 위해, 널 만지기 위해 40년을 보냈다.
너, 어디 있니? 너, 붉은 사과 속 같은."

누군가의 인생을 결정적으로 흔들어 놓는 존재, 그것이 바로 짝이다. 바람 부는 인생의 팔 할은 그(녀)의 짝과 관련이 있다. 대개의 인생이 그러하듯 운명의 상대가 누가 되는가에 따라 바람은 동남풍이 되기도, 북서풍이 되기도 한다. 대한민국 사회는 여자는 종종 장관, 총장, 교장, 사장, 상무, 전무 등등 남편의 직함 따라 위상이 자리매김 된다. 고등학교 졸업 후 30년 만에 가지는 여고 동창회에서 서열은 절대 성적순이 아니다. 푸르른 청춘이 인고의 세월을 거치는 동안 때 묻고 퇴색되고 보니 진짜 얼굴이 나타난다. 누구는 곰을 닮아 있고 누구는 여우를 닮아 있다. 그것은 짝과 함께 살면서 만들어진 인간의 초상이다. 짝에 대해서는 누구나 가식과 치장과 위선이 난무한다. 우아한 장군의 사모님도 집에 오면 장군에 대한 불만으로 바로 거칠어질 수 있다. 그러나 여전히 대외적으로는 자랑스러운 남편이고 우아한 장군의 아내다. 진실은 늘 세상의 장막을 거두어야만 보이는 법이다. 카메라가 기록한 진실은 때로는 카메라로 인해 거짓이 될 수도 있다. 손님이 있을 때 점잖고 우아한 부부는 손님이 가면 본래 모습을 고스란히 드러낸다. 세상의 이치는 그런 것이다. 타인의 감시 아래서 도덕은 완벽하게 작동한다. 그러나 스스로 지켜낼 때 도덕은 아름다운 법이다. 산골 아무도 없는 곳에서 짝에 대한 순수와 희생, 사랑을 지켜낼 수 있다면 그 짝은 아름답다고 인정할 수 있다. 한국인의 짝에 대한 특성들을 고찰하다 보면 무엇을 위해 결혼을 하는지, 어떻게 살아야 하는지 길이 보일 수 있다. 가문이나 부모의 결정으로 짝이 맺어진 한국인도 있고 생존을 위해 짝이 된 한국인도 있다. 그리고 사랑을 믿고 짝이 된 한국인들도 많다. 이유가 어떠하든 과거나 지금이나 짝이 맺어지는 유형은 매우 다양하다. 들판에 자유로운 생명체들처럼 인간들도 사랑의 페르몬은 차고 넘친다. 사랑하면서 행복하게 살고자 짝을 이루려는 인간의 본질적 욕망에는 변함이 없다. 지금 내 곁에 있는 사람이, 바로 그 사람이 내 운명이다. 당신 곁에는 지금 누가 있는가? 당신은 지금 어떤 모습으로 그 짝을 대하고 있는가?

interview 1

"우리는 부부입니다. 52년 같이 살았습니다."

두 분은 어떻게 만났어요 처음에?

할배　참나 어찌 만나 중매 해가지고.

만나서 몇 번 데이트 했어요?

할매　몰라 데이트는 뭐 그 전에 데이트가 있었나 한 번도 안 나갔다.

중매 후 처음 보고 나서 마음에 들었어요 아저씨는?

할배　결혼하고 7개월만인가 군에 갔는데.

첫날밤은 어땠어요? 기억나요?

할매　참내 첫날밤은 첫날밤이지.

할배　술 먹고 일가친척들이 요즘 결혼식하고 같나 구식으로 해놓으니 일가친척들이 삼일이고 사일이고 밤에 잠을 자고로 해야 할 건데 문을 열었다 닫았다가.

할매　우리는 형제간이.

할배　10형제가 되어 놓으니.

둘만 있고 싶은데?

할배　허히 첫날밤 첫날 잠도 못 자고 장난 바람에 아유 그래서 그럭저럭 하다가 10월달에 10월 16일 결혼하고 다음해 5월달에 갔으니까 7개월만에 군에 갔네.

interview 2

"우리는 부부입니다. 62년 같이 살았습니다."

할매 17살 먹어서 했다 아니가 결혼. 영감은 22살. 62년 됐다.

할매 천지도 모르고 우리 그때는 뽑혀가니까 일본.

할배 위안부 잡아들였거든.

할매 거기 가느니 결혼을 시켜버린다고 결혼시킨 사람은 안 잡아갔거든 쳐다보고 못하고 결혼을 했는데... 중매장이가 좋다고 하면 했지 보도 못 했고... 딴 데는 중신 한 번 못 해보고 바로 이리 왔지 뭐. 하하하

할배 그래 잘 왔지. 하하하.

첫날밤 같은 건 생각나세요?

할매 무슨 생각이 나 첫날밤이 뭐시고 하하하 첫날밤에 누워 자지. 겁이 나서 남의 집에 오니 겁이 난다 아니가.

좋은 생각 안 났나요?

할매 좋은 생각 무슨 좋은 생각이 나노 남의 집에 오니 겁이 나지 생전 와 보지도 안한 집을. 그때는 나이 어리니 남의 집에 가봤나? 자봤나? 시집 이라고 가마 타고 왔다. 여울내서 순전히 가마 타고 왔다 아니가.

그래도 초창기 재밌었지 않아요?

할매 아이고 초창기 재미는? 그래가지고 몇 년 있다 군데 가버렸나. 한 삼 년 있다 군에 갔을 끼다 군데 갔다가 5년 있다가 안 왔나.

5년 동안 뭐 했어요?

할매 5년 동안 군에 가 잡혀가서 영감은 있었고 난 시집살이하고 .

5년 동안 혼자?

할매 아니 시부모들 둘이 시어머니 시아버지 큰시숙 동서가 층계층계 한 집이 열넷씩.

할배 한 집에 식구가 열넷.

할매 만날 여기 있음 벼 짜고 길쌈하고.

할배 밭에 가서 밭 매고.

사랑하러 온 게 아니라 일하러 왔네요

할배 일하러 왔지.

할매 순전이 머슴 살러 왔지. 머슴 살러 온 택이지.

할배 옛날에 그랬다.

5년 동안 보고 싶었겠어요.

할매 보고 싶고 어쩌구 전사편지 오는가 싶어 만날 그거지. 만날 두드려가지고 전사편지가 맨날 오니까 그때는.

할배 공기 좋고 물 좋고 이런데 있으니 여태까지 살아있고 건강이 좋고 하지.

할매 아이참~ 영감 니 맴이다 그건. 나 마음은 아니고 영감 니 맴이지.

오래 같이 살아보니까 어때요?

할매 오래 살아보니 그것도 싫증이다. 하하하.

언제 뽀뽀한 게 마지막이에요?

할매 몰라 이제 뽀뽀도 안 하고 우리는 이적지 살아도 영감 할매 뽀뽀도
안 해봤어. 하하하.

곱게 시집와서 할아버지 할머니가 됐네요.

할배 젊어서 와가지고 꼬부랑 할아버지 할머니가 돼 버렸다.

할매 육십 몇 년을 살았는데 뭐. 순간에 다 늙 어버렸다. 어찌 되는지도 모
르고 다 늙어 버렸다.

4부 짝의 균열과 회복

잉꼬 새는 지금 왜 울고 있는가?
　　메모지로 대화한 부부
　　당신은 짝으로 인해 행복한가?

한국의 짝은 지금 어떻게 살고 있을까?
　　CCTV 속에 비친 어느 부부의 일상 1
　　　-귀신이랑 사는 것 같고 벽보고 얘기하는 것 같고…
　　CCTV 속에 비친 어느 부부의 일상 2
　　　-죽도록 사랑해서 결혼했는데…
　　CCTV 속에 비친 어느 부부의 일상 3
　　　-그들은 지금 좀비가 되어가고 있는가?
　　CCTV 속에 비친 어느 부부의 일상 4
　　　-그들만의 여행을 떠나 보았다
　　'짝' 또는 '결혼'에 대한 한국인의 마음
　　좀비가 된 로맨티시스트

interview 한국의 아내와 남편
　　짝의 균열에 대한 어느 아내의 고백
　　포장마차에서 만난 남자들 짝에 대해 말하다

짝의 회복을 위하여
　　추민수 부부의 파란만장 결혼생활 극복기
　　이용희 할머니의 망부가
　　좋은 짝이 되기 위한 준비는 되어 있는가?

미워도
다시 한 번

지금 사랑하는 사람과 살고 있는가?

당신은 짝으로 인해 행복한가?

당신은 당신의 짝에게 어떻게 해주고 있는가?

잉꼬 새는
지금 왜
울고 있는가

짝의 시작은 거룩했으나 중반전에 와서는 개판이 되었고 종종 법의 심판을 받아보려는 유혹에도 빠진다. 그러면서 날마다 지지고 볶고 살아가고 있다. 그것이 인생이고 그것이 짝의 본질인 것 같다. 이런 불완전한 내 모습을 진심으로 안타까워하고 반성하고 있다. 그러나 '진짜 잘하려고 해도 안 된다' 라는 것이 인생의 딜레마다. 그런데 대한민국 어느 부부를 들추어봐도 그 정도는 대동소이할 것이 분명하다. 그만큼 완벽한 짝은 존재하기가 어렵다. 난 성인군자가 아니기에 이렇게 짝에게 완벽하게 하지 못하는 것을 부끄럽다고 생각하지는 않는다. 지구상에서 가장 이기적인 동물이 인간이라는 프리즘으로 볼 때 짝의 실체는 더 선명하게 보일 수도 있다. 누가 사랑을 아름답다고 하는가? 아무도 통제할 수 없는 세상에서 사랑은 때로는 폭력적이다. 깊은 산 속에서 혼자 사는 사람은 광인이지만 남녀가 둘이 살면 연인이 된다. 그 연인의 모습이 어떨지는 둘만의 비밀이다. 그들이 행복했다면 행복한 것이고 아니면 아닌 것이다. 그러나 세상과 단절된 그곳에서도 부부 문제는 존재하고 표준화되고 있을 것이 분명하다. 아! 인생의 딜레마여...

"당신은 지금 가장 소중한 짝에게
희생과 배려와 사랑을 베푸는 것을 잊고 살지는 않는가."

짝의 균열은 위험하다. 잘살아 보자던 짝이 흔들리면 아이들도 가정도 사회도 연쇄적으로 경고등이 켜진다. 처음엔 너 없으면 못 살겠다는 사람들도 10년, 20년 이 땅에서 살다 보면 변심하고 원수가 되어간다. 결혼 초심을 지켜나가는 짝은 드물다. 대부분은 무덤덤하거나 원수가 되어 있다. 누가, 무엇이 백 년의 맹서를 흔들어 놓는가. 누가 원앙을 파멸로 이끌었는가? 잉꼬 새는 지금 왜 울고 있는가?

돈 때문인가? 지랄 같은 성격 때문인가? 과연 짝의 균열에 국가는 책임이 없을까? 위정자의 가렴주구苛斂誅求가 극에 달했을 때 백성은 파탄이 났다. 가장 먼저 부부 사이에 금이 갔다. 지금도 우리가 인지하지 못하는 사이 짝의 균열은 오고 있다. 짝의 균열은 어디에서 오고 우리는 무엇이 필요한가? 사랑의 감정도 우리의 소중한 일상 때문에 박살이 난다. 우리가 미처 알지 못하는 사이 배에 구멍이 났을지도 모른다.

냄비 속의 개구리는 어떻게 해야 삶아지지 않고 살아날 수 있을지 지혜가 필요한 때다.

메모지로 대화한 부부

이 부부에게 꼭 들어보고 싶은 이야기가 있다.
남편 집을 찾아간 것이 다섯 번
그와 동일한 회수로 아내 집을 찾아갔다.
수없이 찾아갔지만 두 사람은 끝내 문을 열어주지 않았다.
양쪽 변호사들도 모두 찾아가 보았다.
그러나 그들은 끝내 만나주려 하지 않았다.
메모지로만 7년을 대화한 부부 이야기다.
한집에 사는 부부에게 도대체 가능한 일일까?

메모지로만 7년을 대화한 노부부 이야기는 충격적이다. 남자 나이는 82세. 여자 나이는 76세다. 그들은 재혼해서 41년을 함께 살았다. 그리고 자식들도 2명 두었다. 경찰 공무원 출신의 남자는 가부장적 성향에 매사에 꼼꼼하고 경제관념이 매우 투철했다고 한다. 반면 여자는 비교적 자유로운 사고방식의 소유자라고 한다. 성격차이로 갈등이 있었고 그들 부부는 2003년경부터 남자의 제의로 이른바 '메모지 생활'을 시작하게 되었다. 남자가 메모지를 통해 명령하고 지시하고 통제하고 여자는 메모지로 답하는 방식이 7년간 지속하였다.

- 정장 스봉이 거실에서 나왔다고 했는데 그 진실한 내용(거짓 없이)을 소명하라고 했는데 어찌 지금까지 묵묵부답인지? 명일까지 소명할 것.
- 냉장고 저장 품목을 점검 기록해 달라고 했음. 이것도 어찌 묵묵부답인지?
- 앞으로 생태는 동태로 하고 삼치는 꽁치로 구입할 것
- 가장이요 세대주의 밥그릇이 복지개 따로 밥그릇 따로가 언제까지 계속되는 것인지?
- 밤에 먹는 물그릇은 사발에 접시를 덮어서 싸구리 쟁반에 현재까지 먹고 있음. 이런 애우와 형편밖에 안 되는 것인지?
- 지난번 메모지에 교회를 나가지 말고 가사에 신경 쓰라고 분명히 말했음. 앞으로도 교회는 나갈 수 없음. 불필요한 시간과 경비만 낭비할 필요가 없음...
- 앞으로도 계속 교회에 나갈 때에는 현관문 잠그고 절대 열어주지 않을 것임. 각오할 것.

7년 동안 두 사람은 줄곧 메모지로만 의사소통했다. 그 시초가 무엇인지 그 삶은 어떠했는지 들어보고 싶었다. 남자의 아파트는 경기도에 있고 지금은 혼자 살고 있다. 그의 집을 수차례 방문했지만, 그는 문을 열어주지 않았다. 새벽 운동을 하는 산에도 최근 몇 개월간 발을 끊

었다고 한다. 늦은 밤까지 캄캄한 그 남자의 아파트 창을 바라보면서 황혼의 부부가 왜 행복하게 살아가지 못하는지 안타까움이 밀려왔다. 평생을 봉건적이고 권위적인 방식으로 가정을 이끌어 오던 남자의 책임일까? 남자를 포용하지 못한 여자의 한계일까?

아파트촌의 불빛들은 사랑하는 짝들이 만나 둥지를 틀고 살며 뿜어내는 사랑의 호르몬이다. 새끼들을 낳고 잘 길러 보겠다고 더 강하게 빛을 뿜어내는 행복의 호르몬이다. 그러나 그 속을 들여다보면 사랑이고 행복이고 온데간데없이 지옥의 그림자가 드리운 집이 한둘이 아니다. 메모지 부부의 집도 그런 유령이 사는 집과 다름이 없었을 것이다. 그렇게 그들은 7년간 메모지로만 침묵의 대화를 했다.

- 두부는 비싸니 많이 넣어서 두부찌개 식으로 하지 말고 각종 찌개에는 3-4점씩만 양념으로 사용할 것. (국산 2개 = 2,700원)
- 가장을 마음 편히 섬기지 못하고 피곤하게 하는 여자 이젠 싫다. 이상의 가정사가 싫으면 편히 단독 생활하는 것이 상호 간에 편하다. 싫으면 편한 생활 택해 주기 바란다.
- 앞으로 4시 이후에 귀가 시는 절대로 현관 차단할 것이다.
- 오늘 저녁상에는 깻잎 반찬 해 놓을 것.

　결국, 부부는 폭발했다. 그들의 41년 결혼 생활은 환멸만 남긴 채 끝
났다. 법원은 이혼 판결을 내렸고 그들은 위자료 청구와 재산 분할 문제
로 또 날카롭게 대립하고 있다. 이 세상에서 가장 가까웠던 사람이 가
장 철천지원수가 되어 있다. 그들도 처음에는 서로 좋아서 결혼했을 것
이다. 그러나 말년 7년의 메모지 생활을 거쳐 황혼 이혼으로 끝난 그들
의 41년 결혼 생활은 만신창이가 된 채 종지부를 찍었다. 그들은 왜 그
렇게 극단적인 좀비형 부부가 되어갔는가? 그들 부부에게 꼭 들어보고
싶은 이야기였다. 그러나 당사자들은 꼭꼭 숨어버렸다. 수없이 방문한
집에 당사자들은 부재중이거나 묵묵부답이었다. 변호사들도 모두 입을
굳게 닫고 있었다. 그 집과 친한 이웃집 부부를 어렵게 만나 메모지 부
부의 삶을 들어보았다. 그 이웃집 여자는 메모지 남편의 보수적이고 권
위적인 방식 때문에 그집 아내기 매우 힘들어했다고 말해 주었다. 메모

지 부부 보도 자료와 별반 다를 게 없었다. 그러나 그 이웃집 남자는 그 남자를 그다지 나쁘게 보지 않았다. 대수롭지 않은 일이라 여기며 심지어 매우 긍정적인 입장의 말을 해 주었다.

메모지 부부의 문제를 다른 이웃집 부부가 보는 눈은 남자가 보는 것과 여자가 보는 것이 매우 달랐다. 남자는 남자 편을, 여자는 여자 편을 들어주고 있다는 것에 놀랐다. 누구에게나 부부의 벽은 있고 틈은 존재한다. 그것이 갈라져 메모지 부부는 세상에 노출된 것이고 다른 부부들은 아직 노출되지 않은 것뿐일지도 모른다. 메모지로만 대화한다는 것이 대수롭지 않은 일이라고 보는 사람들이 분명 존재한다. 메모지로 대화하든 말로 하든 상관없고 대화를 하든 안 하든 별 문제 없다는 의식이 있는 한 부부에게 희망은 없다. 이 메모지로만 소통한 부부의 이야기는 매우 극단적인 사례다. 하지만 실제로 이렇게 마음 없이 원수처럼, 좀비처럼 살아가는 부부들은 많다. 거대한 아파트촌의 불빛이 하나 둘 꺼져가고 있는 모습을 보고 있다. 그 속에서 누구는 사랑을 나누고 있고 누구는 전쟁을 하고 있다.

당신은 짝으로 인해 행복한가?

아파트 불빛은 모두 똑같아 보인다.
그러나 불빛을 들여다보면 저마다 다른 인생이 감추어져 있다.
아파트 불빛마다 짝지어 사는 인간들이 있다.

그들의 희로애락은 짝과 함께 펼쳐져 간다.

지금 사랑하는 사람과 살고 있는가?
당신은 짝으로 인해 행복한가?
당신은 당신의 짝에게 어떻게 해주고 있는가?

모든 사람에게 짝과의 만남은 특별하다. 그 순간은 영원히 그 감정이 변하지 않을 것이라고 확신한다. 그래서 주저 없이 둘만의 둥지를 마련한다. 그러나 십 년이 지나기도 전에 누구는 좀비처럼 혹은 원수처럼 살아간다. 잘 알면서도 안 되고 잘 알지도 못하면서 이래저래 말만 많다. 탈 많은 부부생활을 하다 보면 남편이나 아내나 팔푼이 인간 되는 것은 시간문제다. 인격 부적격, 성격 불합격, 생활 부적응자 등 미완성 인간 딱지는 날마다 늘어만 간다. 잔소리 늘어놓는 것도 욕 듣는 것도 내성이 생기고 스산한 인생 산고를 겪다 보면 표정은 예술이 된다. 웃다 울다 화나다 풀어지다 반복하다 보면 한 달이 가고 일 년이 간다. 그렇게 지지고 볶고 사는 것이 인생의 참맛인지도 모른다. 음식도 지지고 볶다 보면 고소한 냄새가 온 마을을 진동하게 되지 않는가? 그런데 어느 날 갑자기 남녀가 지지지도 볶지도 않는 순간이 오게 된다. 위험한 순간은 늘 그렇게 평화를 가장하고 오는 법이다. 부부는 서로에게도 집안 문제에도 별 관심이 없어 보인다. 남의 둥지에 놀러 온 새 같다. 그리고 둥지를 떠나 있는 시간이 점점 늘어날수록 둘의 대화는 점점 줄어들고 조용한 가족이 완성된다 말과 행동이 따로 놀면서 남자의 삶도, 여자의 삶도 따로국밥이 된다. 어쩌란 말이냐? 당신은 꼼짝도 안 하는데 나보고 어쩌란 말이냐. 좀비가 된 로맨티시스트의 종착역은 법원이 된다. 그러나 그것도 칡넝쿨처럼 복잡하게 얽힌 문제로 간단하지가 않다. 사는 것도 제기랄, 죽는 것도 제기랄. 제 입장만 맴맴 돈다. 이러지도 저러지도 못하고 우물쭈물 망설이다 인생이 간다. 인간은 본래 그렇게 허술하고 부서지기 쉬운 존재다.

　세상의 생명체 중에는 사랑 앞에 목숨 거는 바보들이 참으로 많다. 곤충은 보통 사랑의 절정에서 생을 마감한다. 인생의 절정이 꼭 사랑에서만 오는 것은 아니건만 그것은 종종 미화되고 포장되어 전달된다. 소낙비 피하던 소년과 소녀도 그 순간이 가면 아무것도 아니라는 것을 모르고 덜컥 평생을 약속한다. 스무 살 때 찾아온 첫사랑도 결실을 맺어 둥지를 틀 것이라고 꿈을 꾼다. 첫정을 바친 남자나 여자나 그 사람이 영원할 것이라고 믿어 의심치 않는다. 누구나 그렇게 사랑의 맹서는 아름답고 숭고하고 단호하고 그리고 결연의 의지가 담겨 있다. 그러나 인간은 나약하고 모든 것은 봄날 일장춘몽이었다. 나의 복사꽃 아래 사랑의 맹서도 그렇게 복숭아 열매가 익기도 전에 부서지고 말았던 것을.

한국의 짝은

지금 어떻게 살고 있을까?

CCTV 속에 비친 어느 부부의 일상 1
- 귀신이랑 사는 것 같고 벽보고 얘기하는 것 같고...

여자는 컴퓨터를 한다. 남자는 TV를 본다.
남자가 컴퓨터를 한다. 여자는 TV를 본다.
그 사이에 5세 난 아들이 있다.

한국의 부부는 어떻게 짝을 이루어 살고 있을까?
도시의 한 가정에 카메라를 설치해 보았다.

그들은 결혼 6년 차 부부다. 남자가 죽자 사자 쫓아다녀서 결혼을 했고 현재 5살 된 아들과 셋이서 살아가고 있다. 남자는 자동차 회사 생산직에 근무하고 있고 여자는 서른 살이고 전업주부다. 그녀가 하는 일은 대부분 아이와 놀아 주는 일이다.

남자가 야간 근무를 마치고 새벽에 들어왔다. 아내와 아이가 깰까 봐 남자는 조용히 들어와 곧바로 옆방에 들어가 잠을 잔다. 남자는 움직이지 않고 그대로인데 해는 중천에 뜨고 있다. 남자가 깨어나면 그들의 일상은 다시 15평 방안에서 계속된다. 부부는 함께 식사를 하고 남자는 설거지도 돕는다. 여자는 아이 보고 남자는 TV 보고 혹은 컴퓨터하고 겉으로 보면 일상은 평온해 보인다. 그러나 자세히 보면 무언가 이상하다. 남자와 여자는 서로 말을 하지 않고 있다. 그들은 불필요한 말들은 과감히 생략한다. 고작 나누는 대화도 아이에 대한 말이 대부분이다. 두 사람의 관심사는 TV와 컴퓨터 그리고 아이가 전부다. 두 사람도 이런 사실을 인식하고 있다. 그리고 그들의 둥지 안 삶은 이렇게 지속되고 있다.

아내 귀신이랑 사는 것 같고 그냥 혼자 벽보고 이야기 하는 것 같고 결혼 했는데 사랑하는 사람이랑 있는데도 왜 혼자 있는 것보다 가슴이 더 시리고 더 외롭고 춥고 막 화가 나고 그런 깃들이 한 2년 동안 그랬거든요. 왜 이렇게 대화를 안 해? 오빠 우리는 대화를 왜 이렇게 안 해? 내가 얘기하면, 말하면 싸우니까 그래요. 왜? 너랑 말을 길게 하면 싸워. 나랑 애기 길게 하면 싸운대요.

남편 그냥 싸울까 봐 싸우기 싫으니까. 전 싸우는 거 진짜 싫어해요. 싸
우면 몸이 아파요. 진짜 죽을 것 같아요. 머리가 터져 나갈 것 같아요.
아내 결론은 싸우기 싫어서 말을 안 한대요. 나는 답답해 죽겠는 건데...
남편 집안 시끄러워 봤자 좋을 게 없으니까.

CCTV 속에 비친 어느 부부의 일상 2
- 죽도록 사랑해서 결혼했는데...

"폭풍 같은 사랑을 하고 결혼했다.
그러나 우리 사랑도 식고 삶도 삭아가고 있다."

짝의 균열은 어디에서 무엇 때문에 시작되는가?
결혼 6년 차 부부의 현실을 들여다본다.
그들은 왜 변했을까?

대개의 경우 남녀 만남은 조물주의 은총에서 시작한다. '네가 거기
있어서 나는 만났다.' 그토록 절묘한 시간과 공간의 조화가 있어야 남녀
는 만난다. 그들도 20대 젊은 시절 나란히 자리 잡은 가게에서 첫 만남
을 가졌다. 님자의 고백이 이어졌고 열렬한 구애활동이 장기간 펼쳐졌
다. 끈질긴 남자의 구애 끝에 여자의 마음은 움직였다. 그리고 누구나

그러하듯 긴 연애기간을 정리하고 그들은 그들만의 둥지를 마련했다.

남편 아무튼 제가 엄청 좋아해서 결혼한 거예요. 처음 봤을 때 진짜 그런 거 있잖아요. 사람한테 후광이 비추고 시간이 멈추고 그런 느낌을 받았어요. 처음에 봤는데 사람이 너무 차갑게 생기고 도도하게 생겨서 다가갈 수 없는 그거...

아내 처음에는 진짜 눈도 못 쳐다봤거든요. 눈도 못 보고 혼자 딴 데 보고 괜히 쑥스럽고 부끄러워서.

남편 전 조건으로 봤을 때 아무것도 없는 사람이거든. 돈 벌어놓은 것도 없고 그런 거 하나 안 따지고 그냥 저만 믿고서 돈 조건 하나도 안 보고서 저랑 결혼해준 게 전 고맙죠.

아내 그때는 자기한테만 잘 해주는 사람, 어려서 그랬는지 모르겠지만 그냥 무조건 헌신적이고 내가 입 밖으로 뭐가 나오면 어 그래? 뭐 먹고 싶네 그러면 후다닥 가서 사다 주고. 제가 뭘 좋아하는지 미리 알아두었다가 밖에 나갈 일 있으면 가서 말도 안하고 사오면 여자들은 그런 게 작은 감동인 것 같아요. 이 남자가 이거 사소한 부분인데 참 날 예리하게 사소한 것들을 챙겨주는구나. 결혼하면 참 좋겠구나. 결혼은 이런 사람이랑 하는 거구나. 친구 좋아하고 술 좋아하고 이런 사람보다는 가정적이겠다. 결혼하기 전에는 화를 한 번도 안 냈고 연애하면서 단 한 번도 다

투어본 적 없었고 그랬죠. 조건 같은 거 하나 없이 나한테만 잘 해주니까. 모르겠어요 그게 제일 좋았던 것 같아요. 물질적으로 경제적으로 그런 걸 떠나서 나만 행복하면 되고...

남편 제가 땡 잡은 거죠. 제가 잘 해야 하는데 전 그래도 저 나름대로 한다고 하는데도 못 미치니까. 사랑이 변한 건 아닌데 그 사랑이 예전에 하던 행동들이 자꾸 같이 살고 있다 보니까 다른 쪽으로 이게 바뀌니까 눈치 보게 되고...

짝의 균열은 어디서부터 시작된 것일까? 부부의 일상을 조금 더 들여다보기로 했다. 열다섯 평 공간 안에서 남자와 여자의 일상은 반복되고 있다. 아이 목욕을 시켜 주어야 하고 동화책을 읽어 주어야 한다. 이 모든 것이 여자 남자에게 정해진 바는 없다. 남자도 육아와 가정 일에 의무 방어전을 치루고 있다. 여자의 요구와 아이의 요구 사이에서 할 일은 하고 있는 것이다.

엄마 아빠가 쉬는 날에는 아빠랑 목욕해도 되지.
아빠 아니야 엄마가 더 잘 씻겨줘. 아빠는 깨끗이 못 씻겨 주잖아.
아들 아빠는 깨끗이 못 시켜 준다. 어~
엄마 아빠랑, 아빠한테 목욕해 주세요 해봐.
아들 아빠 목욕해주세요.
아빠 엄마가 더 깨끗하게 잘 씻겨주니까 엄마랑 해.

아들 엄마가 깨끗하게 한대. 엄마랑 한대.

폭풍 같은 사랑을 하던 이들의 사랑은 꽤 오래 갈 것 같았다. 그러나 사랑이 뜨겁다고 유효기간이 긴 것은 아니다. 연애는 달콤했지만 결혼은 쓰디쓴 현실이다. 연애시절에는 포장지에 담긴 물건을 보게 되지만 결혼을 하면 포장지를 뜯어내고 그 실체를 보게 된다. 그렇게 사랑의 조각배는 그들의 일상에 의해 박살이 났다.

"재미는 없죠, 사는 게. 어떻게 보면 약간 의무. 아빠로서 역할은 해야 되는데 귀찮다고 얘기하면 안 되고. 요즘에 너무 힘들어 바빠 가지고 몸이 좀 힘들다. 그게 몇 번 반복이 되니까 아내도 포기를 하는 거야. 그냥 그때 내 몸 상태 아 힘들다. 아 나 힘든데 힘들어 죽겠는데 이런 생각이 드니까. 아 항상 솔직히 미안하죠 제가. 전 하루에 8시간 10시간 근무를 하면 앉아있는 시간이 한 20분 30분 안 되니까 계속 서있어야 되고 서서 왔다 갔다 하고 일 자체도 움직이는 일이니 몸이 힘들잖아요. 일할 때 모르는데 집에 들어오면 몸으로 느껴지는 거죠. '힘들다!' 애 매달려가지고 놀아 달라 그러면 놀아주고 싶은데 너무 힘드니까."

_남편

2교대 근무로 일하고 있는 남자는 직장 일에 성실하다. 가정에도 성실하다. 회사 일이 끝나면 곧바로 퇴근하는 것이 대부분이다. 아내를 위해 가정일과 육아일을 나누어 해야 한다는 생각은 변함이 없다. 그들은 애정에서 출발한 과거와 지금은 틈이 갈라지고 벽이 생겼다는 것을 알고 있다. 그것이 안타까우면서 어쩔 수 없는 것이 그들에겐 마냥 답답할 뿐이다. 집에서 그는 여자의 남자가 아니다. 그저 아이의 아빠일 뿐이다.

아내 아이하고만 이야기하는 게 잘 보시면 알 거예요. 이렇게 저랑 아기랑 얘기하고 이렇게 남편하고 이야기 하는 게 없죠. 자꾸 아이가 중간에서 다리 역할을 하는 것 같아요. 다른 집도 다 이렇게 살지 않나? 아이가 중간다리 역할을 하고 둘이는 서로 대화가 없고... 심한 말로 마음에도 없는 소리 하면서 서로 괜히 상처 받고 일주일 동안 말 한 마디도 안 하고 그러면 아들이 비둘기 역할하고.

남편 애정표현이요? 거의 없다고 봐야죠.

아내 스킨십도 안 해요. 스킨십 그런 거 하면 이상해요. 어색해요. 그런 거 하지도 않지만 잠도 따로 자거든요. 아기랑 저랑 같이 자고 아빠 따로... 따로 따로 자는데 자다 뭐가 발이 스칠 때가 있잖아요. 아이고, 피해야지. 이렇게 되고 이상해요. 점점 너무 스킨십도 없어지고 대화도 없어지고 같은 공간에 살지만 뭔가 오빠의 세계 나의 세계 따로 있는 것 같이 살다보니까.

결혼, 6년 차 부부의 일상이 행복과 점점 멀어져 가고 있다. 죽자 사자 쫓아다닌 남자의 마음은 일상에 부딪혀 박산이 나 있다. 겉으로는 아무 문제가 없어 보이지만 실상은 금이 가 있다. 아프다는 소리 없는 비명은 들리지 않고 보이지 않는 병은 속수무책이다. 애정표현도 대화도 사라지고 좀비처럼 살아가는 것이 지금 많은 부부들이 처한 현실일지도 모른다. 행복하게 살아보겠다고 전쟁을 치루고 맺은 짝들이 왜 행복하지 못한 것일까?

CCTV 속에 비친 어느 부부의 일상 3
– 그들은 지금 좀비가 되어가고 있는가?

"우리는 죽도록 사랑해서 결혼했다.
그러나 지금 우리는 맥 빠진 채 별수 없이 살고 있다."

대부분의 좀비형들은 죽도록 사랑해서 짝을 맺었다고 주장한다. 남자가 모든 것을 걸고 구애를 해서 결혼한 그들 부부도 5년이 지난 지금 결혼 전 가졌던 낭만과 환상은 온데간데 없고 냉정한 현실만 있다. 15평 좁은 방안에서 여자의 삶은 아이와 함께 종일 펼쳐지고 있고 남자는 회사와 집만 시계추처럼 오가고 있다. 도덕적으로 아무 결점 없이 열심히 살아가는 대한민국의 젊은 부부 중 하나다. 그러나 정서적으로 충족되지 않는 결혼 생활은 지금 위기가 오고 있다. 그들은 지금 좀비가 되어가고 있는 것인가?

현재 아내는 육아에만 전념하고 있다. 남편은 점점 말이 없어져 갔다. TV 보고 라디오 듣고 인터넷 하는 것이 각자 진행되는 그들 부부의 일상이다. 남편에 대한 아내의 불만은 점점 커져가고 있다. 짝에 대한 불만이 커가고 멀어질수록 새로운 짝에 더 집중하게 된다. 새로운 짝은 남자는 일이나 취미가 되지만 여자는 아이가 되기 쉽다. 남자는 일중독이 되고 여자는 아이 교육에 집중하는 집들이 늘어나는 것이 대한민국 현실이다. 이들 6년 차 부부도 여자는 아이에게 정서적으로 위안을 받고 점점 아이에게 집착하고 있다.

> "아기랑 얘기해요. 아기랑 노래 틀어 놓고 둘이 춤추고 아기랑 그러거든요. 그럼 오빠도 같이 껴서 즐겁게 웃을 수 있는데 그러던지 말던지. 그럼 나는 남편이 안 받아주니까 답답한 거 나름대로 풀어야 되겠고 이상하게 남편한테 채워지지 못하는 그런 사랑을 자꾸 아기한테 채우려고 하다보니까 전 아기랑 얘기 하고 아기한테 집착하게 되고 아기를 사랑하게 되고 어떤 때는 이런 생각이 드는 거예요. 내가 애한테 이렇게 집착해서 애 없으면 못 살겠지. 애를 너무너무 사랑하고 애 모든 것들이 머리끝에서 발끝까지 내가 만들어 놓은 것들인데 이렇게 정성을 쏟고 있는데 애가 나중에 커서 사춘기가 올 것 아니에요. 엄마가 나한테 해준 게 어디 있어? 이렇게 이야기 하면 내가 가슴이 얼마나 아플까? 내 가슴이 얼마나 뻥 뚫릴까? 그런 날이 오면 어떡하지 불안한 거예요."
>
> _아내

5년 만에 육아에 집중하면서 아이가 새로운 짝이 되는 여자의 일상이 보편적이 되었다. 그렇다면 남자의 일상은 어떨까? 하루 종일 집안에서 아내와 아이 셋이 지내다 저녁을 먹고 나면 남자는 야간 근무를 위해 집을 나선다. 그리고는 곧장 버스를 타고 회사로 가서 밤새 일하다 새벽 5시에 일이 끝나면 곧장 다시 돌아온다. 집에 오면 조용히 문을 열고 아내와 아이가 깰까 봐 작은 방으로 들어가 곧장 잠을 잔다. 그리고는 12시까지 곤하게 자고 일어나면 아내의 일도 돕고 아이와 놀아 주기도 하는 낮의 일상이 전개된다. 남편은 성실하게 일하고 정해진 시간에 칼 퇴근을 한다. 아주 가끔 회식을 해도 2차, 3차 없이 바로 돌아온다고 했다. 집에서 기다리는 아내를 위해서다. 남자는 여자가 혼자 종일 아이를 돌보는 일이 힘들다는 것을 이해하고 있다. 남자도 아이를 위해서 할 만큼은 하고 있다. 남자의 사랑이 5년이 지나 변한 것은 아니다. 여전히 남자는 지금 여자를 사랑하고 있다. 그러나 달콤한 구애와 화려한 짝짓기의 뒤안길은 조용히 내리막길을 가고 있다는 것을 남자는 느끼고 있다. 아울러 짝으로서의 지위도 변하고 있다.

"아 저도 정말 결혼하면 너무 행복할 줄 알았어요. 하루하루가 진짜 만날 신혼일줄 알았어요. 그게 아냐 결혼한 때까지만 해도요. 저는 그랬어요. 제가 진짜 바다 같은 마음으로 다 감싸주겠다 이런 생각으로 했는데 이게 사니까 막상 안 되더라고요. 진짜 국기에 대한 맹세 하는 것처럼 난 평생 널 정말 하루에 눈물 한 방울 안 흘리고 행복하게 살게 해주겠다 이렇게 했는데 결혼해서 한 달이면 뭐 화장실에 슬리퍼가 세워져 있네 치약을 중간부터 짰네 끝에서부터 짰네 이거부터 해서 수건을 펴서 걸어났

네 대충 구겨졌네... 나는 이렇게 살았어, 난 이렇게 안 살았어. 그런 것부
터 싸우잖아요. 사소한 거부터."

_남편

"아 내가 정말 그렇게 죽자 사자 쫓아다녀서 결혼을 했는데 왜 그러지?
그렇다고 마음이 변한 것 같지는 않은데 왜 그러지란 생각을 해요. 어쩔
때는 제가 아내한테 하는 행동이 예전에 생각도 못한 그런 행동이죠..."

_남편

"어쩔 때는 저도 그런 생각을 해요. 내가 이 집에서 뭔가? 내가 가장이 맞
나? 심할 때는 나는 그냥 돈 벌어다 주는 기계인가? 그렇다고 돈이라도
많이 벌어다 주면 뭐라고 말을 할 텐데 일은 일대로 하는데 돈은 못 벌어
다 주니 할 말도 없고. 아내도 나이 먹어서까지 이렇게 일할 수 있겠냐?
다른 거 준비해야 하는 거 아니냐? 맞는 말인데 굉장히 부담으로 오죠.
부담. 턱턱 막히니까 전에 그런 게 없었는데 요 근래 그런 이야기를 좀 하
니까. 어떻게 보면 미안하죠. 제가 뭐 말썽을 부리고 뭐해도 먹고 사는데
지장없이 돈이라도 잘 벌어다 주면 그래도 뭔가 라도 떳떳할 텐데 뭘 해
도 떳떳하지 않아요. 돈을 여유 있게 벌어다 주지 못하니까. 그건 항상
예전에도 그랬고 지금은 더하고 어쩌면 앞으로도 더하겠죠. 둘째를 낳아
야 되나 말아야 되나 얘기하는데 저 확실하게 답을 못해요. 지금도 힘든
데 둘째 낳으면 어우 상상이 안 되니끼."

_남편

경제적 문제 해결되고 여유가 있으면 지금 상황보다 훨씬 더 좋을 것 같아요?

지금으로써는 그래요 지금으로써.

남자의 눈가가 촉촉해졌다. 그들에게 경제문제는 현실이 되고 있다. 어느 부부처럼 둘은 사랑했고 결혼했고 최선을 다했지만 현실은 녹록치 않다. 그 남자의 속내를 들어 보기 위해 동네 술집으로 남편을 불러냈다. 삼겹살에 소주를 한 병 마셨고 그가 느끼는 답답함이 그대로 전해져 왔다. 모두들 남자라서 남자 속내가 쉽게 다가왔다. 촬영감독도 담당PD도 본업을 잊고 공감하고 있었다. 짝을 이루어 사는 사람들이라면 쉽게 인정하는 남자들의 애환. 그것은 그만의 고민이 아니다. 대한민국 남자들의 고민도 모두 고만고만할 것이다.

"최선을 다 하는 게 그런 것 같아요. 서로가 참으면서 최선을 다해요. 서로가 억눌린 걸 참으면서 최선을 다하니까 불안한 거죠. 그래 난 이만큼 한다. 이렇게 하고 있어. 말은 안 해도 어떻게 보면 그렇게 보일 수도 있는 거죠."

_남편

남자는 결혼은 현실이라는 것을, 자신이 책임져야 할 현실이라는 것을 알고 있다. 사랑과 낭만으로 이어진 연애시대는 이미 아득한 과거가 되어 있다.

"서로가 무엇 때문에 힘들어하는지도 솔직히 제일 잘 알아요. 서로가. 같이 사는 사람이고 이러니까. 그래서 뭐라고 할 수가 없어요. 뭐라고 할 수가 없는데 기분 나쁜 건 있고 이해는 하지만 자꾸 그게 쌓이고... 한 번은 잘 울지도 않고 감정이 되게 메마른 사람 같은데도 신혼 초에 한 번 운 것 말고 그 뒤로 운 걸 본 적이 없는데 갑자기 눈물을 막 흘리더니 모든 걸 놔 버리고 싶다고 그러더라고요. 자기가 죽으면 보험금이라도 나오지 않나 가끔 그런 생각을 한다는 거예요."

_아내

여자의 눈가도 촉촉해졌다. 그들에게 현실은 구체적이고 사실적이다. 그들은 부부이고 그 둘 사이에는 5살 난 아들이 커가고 있다.

CCTV 속에 비친 어느 부부의 일상 4
– 그들만의 여행을 떠나 보았다

여자는 꿈을 꾸고 남자는 현실을 보고
여자는 아이에게 집착하고 남자는 라디오에 빠지고
TV, 인터넷, 라디오 그리고 아이 없이
그들은 둘만의 여행을 떠나 보기로 했다.

여자는 처음으로 제주도를 가본다고 했다. 남자도 오랜만에 연애시절로 돌아가는 기분이라고 들떠 있다. 아이는 잠시 친정 엄마가 돌봐주기로 했다. 그들의 문제는 아이 때문일까? 아이 없이 둘만의 여행에서 그들은 초심을 발견할 수 있을까? 겉으로 보면 그들은 여행 온 다정한 부부다. 남자는 잘 생겼고 여자는 예쁘다. 남들 보기에 두 사람은 충분히 멋지고 다정한 부부다. 그러나 숙소에서 둘만 있는 공간에서 보이는 CCTV 속의 부부 모습은 집에서 모습과 별 반 다를 바 없어 보인다. 둘은 숙소에서 그저 TV만 시청하고 있다. 그들에게 짧게 주어진 감미로운 순간이 그들의 실체를 감출 수는 없다. 5년 동안 조금씩 갈라진 틈이 아이가 없다고 쉽게 좁혀지지는 않는다.

"이런 사람이랑 결혼해서 살면 그래도 경제적으로 풍부하게 살지 못하겠지만 서로 아끼면서 사랑하며 살 수 있겠구나! 그거 하나만 믿고 결혼한 건데 지금 이렇게 보면 그때랑 지금이랑 정말 매치가 한 개도 안 되는 거예요. 정말 감정이 싹 마른 사람 같고 예전에 어떻게 나한테 저렇게 했을까 상상이 안 가고. 옛날에 이렇게 감수성이 풍부했던 사람인데 지금은 어떻게 표현도 안 하고 말을 안 하나? 표현을 해라. 분명히 이 오빠가 나한테 죽자 사자 매달려서 결혼한 건데 말은 한 마디도 안 하고 인상만 쓰고 있고 오빠 어때 뭐 먹으러 갈까? 나는 혼자 주절주절 이러니까 굉장히 남편은 싫어하는데 내가 매달려 결혼한 것처럼 남들이 이렇게 볼까봐 이게 너무 창피하고 부끄러운 거예요. 그러니까 내가 속아서 결혼한 것 같고 많이 '사랑해. 사랑해' 이거 말고 좀 그냥 사랑을 느낄 정도만 표현해 주었음 좋겠는데..."

_아내

남편 그런 걸 난 다른 걸로 표현하니까.

아내 난 다른 거 말고.

남편 표현 방식이 틀려서 그런 거야. 그래도 널 아직 사랑하고 있기 때문에 혼자 밖으로 겉돌지 않는 거야.

아내 밖으로 겉돌지.

남편 아니 집에 일찍일찍 들어오고 나 혼자 어디 간다고 혼자 스스로 행동하는 게 없잖아.

아내 아니 근데 오빠만의 나라에 살잖아. ○○○의 나라. 나랑 아이는 우리만의 나라. 오빠만의 세상에 살잖아. 오빠는 언제나 집에서.

제주도에서 그들의 모습은 아이가 없고 일상이 변했지만 큰 변화는 없어 보인다. 여자는 남자가 변했다는 것이 섭섭하다. 그러나 결혼 후에 상황은 늘 변하게 되어 있다. 그 변화를 인정하지 못하는 것은 한국의 짝들이 처해 있는 현실이기도 하다.

"실제로 그 달라진 상황 속에서 이전에 내가 이 사람을 봤을 때 가장 좋아했던 그 조건이 그대로 유지되기만을 기대하는 거죠. 이전에 멋진 외모 때문에 서로에게 매력을 느꼈다면 지금은 상대방에게 다른 걸로 매력을 느낄 수 있는데 그 매력을 느끼는 것이 무엇이 있을 수 있는가에 대해서 관심을 두지 않는단 거죠."

"결혼하기 전에 가졌던 생각이나 상대방에 대한 기대라는 자체는 결혼을 함과 동시에 완전히 버려야 돼요. 왜? 상황이 바뀌었으니까. 이미 봄이 아니고 여름이 됐거든요. 그럼 여름에 맞추어서 그 새로운 기대와 희망과 또 새로운 행동방식을 만들어 나가야 되거든요. 그게 쉽겠어요, 어렵겠어요? 어려워요. 그러니까 사람들이 어떻게 하느냐? 남자는 회사 일 핑계대고 여자는 집안일 핑계 대고 또는 시부모, 친정 이런 핑계 대면서 그 문제에서 비켜 나가기 시작을 해요. 그럼 결국에는 뭐 결혼 생활 참으면 되지 뭐. 부부사이에 굳이 서로 안 통하면 어때? 이렇게 하면서 지내는 거예요. 그리고 아이가 딱 생겨 버리면서 이미 결혼 생활 끝이란 심리적 상태에 처하게 되는 거죠. 왜? 부인이 새로운 짝을 찾았거든. 대개 새로운 짝은 아이가 돼 버려요. 남자는 새로운 짝을 어디서 찾느냐? 대개는 새로운 짝을 바깥에서 새로운 여자를 통해서 찾는 경우도 있겠지만 대부분 한국 남자들은 일이 바로 내 짝이에요. 그래서 일을 사랑하는 남자로 대개는 열심히 살아가죠."

_황상민, 연세대 심리학과 교수

짝 3부 미워도 다시 한 번

'짝' 또는 '결혼'에 대한 한국인의 마음

'짝'과 '결혼'을 통해 본 한국인의 마음의 지도 연구 결과 한국의 부부생활은 심각한 이상과 현실의 괴리를 겪고 있었다. 마음의 짝을 두고 형식적인 결혼 생활을 하는 심리상태를 읽을 수 있었다. 한국의 많은 부부들이 좀비처럼 혹은 원수처럼 살고 있다.

'당신은 지금 사랑하는 사람과 행복하게 살고 있습니까?' 이 질문을 하면 그렇다고 대답할 수 있는 사람은 몇 명이나 될 지 의문이다. 결혼이란 것은 유효기간이 있는 것처럼 결혼하고 일정기간이 지나면 이상 징후가 여기저기 튀어나온다. 결혼에 대한 부정적이고 회의적인 생각들이 쉴 새 없이 전파된다. 결혼은 해도 후회하고 안 해도 후회한다는 말이 그럴듯해진다. 배우자보다는 자식에 올인하면서 부부는 없고 그냥 가족만이 전부가 된다. 드라마와 같은 삶을 꿈꾸는데 현실은 궁상맞은 삼류드라마가 된다. 비교하고 투정하고 부정하느라 제 짝의 소중함은 까맣게 잊고 산다. 대개는 그렇고 그런 결혼 생활을 하면서 말 그대로 '생활인'이 되어간다. '결혼'과 '짝'에 대한 한국인의 괴상한 심리상태가 궁금하다.

> "이것은 '결혼해서 행복하게 잘 살 것이다.' 라는 건 동화에 불과한 것이고 현실에서 보면 어떤 외적인 욕망을 충족시키기 위해서 결혼했는데 '정작 결혼해 살면서 본인들이 욕망이라고 생각하는 것을 상대방을 통해서 충족할 수 없다.' 라는 것을 매번 체험하게 되는 그런 심리상태라는 거죠."
>
> _황상민, 연세대 심리학과 교수

한국인은 "짝"과 "결혼"에 대해 어떤 마음을 가지고 있는가?

이상적인 짝이 되려면 학벌, 경제적인 능력, 외모 등의 조건이 자신과 맞아야 한다고 생각하는 사람들이 있다. 그들은 짝짓기의 시작과 끝은 돈이고 결혼은 신분상승의 기회가 된다고 믿는다. 불안한 미래 속에서 내 삶을 완벽하게 통제하고 보장받으려는 욕구로 완벽한 조건을 따져서 짝을 찾는다. 이들이 현재 결혼 정보 업체의 주요한 고객이 될 수가 있다.

한편, 집안이나 조건보다 사랑과 정서적 교류를 가장 중요하게 생각하는 사람들이 있다. 이들에게는 짝을 정하는 데 있어 사랑이 중요하고 감정교류가 절대적이다. 로맨틱 정서가 죽을 때까지 충족되리라는 기대로 그들은 짝을 찾는다. 사랑이 모든 것을 해결해 준다고 믿는 감성을 중요시하는 유형은 한국인들에게 가장 보편적으로 나타나고 있다. 그리고 소수지만 개인보다는 가족이나 집안이 중요하다고 생각하여 짝을 정하는 사람들도 있다.

하지만 한국사람들이 바라는 짝은 결혼 후 그 기대가 무너지면서 짝에 대한 욕망은 철저하게 무시된다. 결혼 전 조건을 맞추어서 짝을 지은 사람들은 그 기대가 무너지면 결국 책임감만 남게 된다. 가정은 유지되어야 하기에 모든 것은 나 하나만 참으면 된다는 방식으로 살아간다. 내 배우자와 자식은 내가 책임지겠다는 그런 의지로 생활을 한다. 결국 결혼은 오로지 돈 벌고 자식 키우는 책임과 역할만 남는다. 한편, 사랑이 전부였다고 믿고 짝을 맺은 사람들은 결혼 후 정서적 욕구가 충족되지 않을 경우 별 의미 없는 부부로 살아간다. 문제가 있다는 것을 알면서도 그들은 이혼할 용기도 개선의지도 없이 그냥 좀비처럼 산다. 상대방은 나를 망가뜨린 존재이고 모든 잘못은 상대방에 있다고 생각한다.

좀비가 된 로맨티시스트

우리는 특히 좀비처럼 살아가는 부부에 주목하고자 한다.
우리 주변에서 너무 흔하게 볼 수 있는 애정이 가는 이웃이기 때문이다. 정서적으로 통했던 이상적인 모습이 왜 좀비가 되어 황폐하게 살아갈까? 결혼 전에는 누구나 로맨티시스트임을 자랑한다. 그러나 한국 사회에서 결혼에 대한 로망은 오래가지 못한다.
그 짧고 강렬한 유효기간이 지나면 짝은 신음한다.

'너도 한때는 잘 나갔는데...'
'이 웬수야.'
'이혼? 자신 없어?'
'결혼이라는 게 다 그렇지 뭐.'

사랑에 목숨 걸고 결혼했지만 결혼에 대한 환상은 깨지고 구속만 남아 있다. 이건 아닌데 하면서 결혼생활은 엉망이 되어간다. 그 상내방은 어느 순간부터 나의 달콤한 인생을 망가뜨린 존재로 옆에 천덕꾸러기처럼 있다. 남들에게는 잘 사는 짝으로 비추어져야 하기에 속으로만 끙끙 앓고 있다. 이혼은 하지도 못하면서 자포자기로 살아가고 문제를 해결하려는 의지도 어느 순간 다 사라져 좀비처럼 살아가고 있다. 집안에 걸어 다니는 유령 둘이 살고 있으니 집안 분위기는 황폐해져 간다.

"좀비로 살아가는 사람들의 특성 가장 대표적인 건요. '결혼생활은 참으면 되는 거지 뭐.' '그냥 결혼하면 내 혼자만 참으면 돼'라고 하는 생각을 하시는 분 이게 일차적인 조건이에요. 그런데 그거로만 끝나는 게 아닙니다. 그 다음에 집에서는 그냥 참고 살고 밖으로 나갈 때는 다른 사람들한테 좀 번듯한 내 모습을 보이고 싶다. 그래서 명품이라도 하나 들어야 되는데 그게 형편이 안 되면 짝퉁이라도 하나 들고 그래도 좀 번듯하게 보여야 된다. 자기와 전혀 관계 없는 어떤 사람들, 유명 인사나 스타의 결혼은 완벽하고 행복한 것이고 나의 결혼은 그건 결혼 생활도 아니고 마지못해 사는 거다 이렇게 생각하고 그러면서 실제로 자기의 결혼생활 문제를 보려고 하지 않는 이것이 가장 대표적인 좀비의 결혼 생활 조건이라고 할 수 있죠. 그러면서도 뭐 그냥 사는 거지 뭐 특별하게 결혼이 다른 게 있어? 그러면서도 내 짝은 어딘가 따로 있을 거야란 믿음이 마음 한구석에 있게 되는 거죠."

- 황상민, 연세대 심리학과 교수

좀비가 된 로맨티시스트에게는 더 이상의 낭만도 환상도 기대도 남아있지 않다. 마주보고 잠자던 모습은 과거일이 되어버렸다. 이제는 서로 등을 돌리고 잠을 자는 것은 고사하고 빈 침대에서 혼자 웅크리고 자는 모습이 일상이 되어 있다. 결혼에 대한 처절한 현실을 느끼며 서로에게 바라는 것도 없고 사는 것은 모두 거기서 거기라고 생각한다. 이미 결혼생활은 몸만 있고 마음은 떠나 있다. 나에게 맞는 짝은 어딘가 다른 곳에 있다고 생각하며 살고 있다.

"현실에서도 짝에 대한 욕망은 그대로 유지되는데 내 짝은 여기 있지 않고 어딘가 있지 않을까 산 너머 파랑새를 기대하는 심리가 그대로 나타난다는 거죠. 그런데 이건 사실 꼭 짝에만 국한되지 않아요. 지금 현재 한국인의 심리에서 가장 뚜렷하게 나타나는 거죠. 현재 내 손에 있고 내 주위에서 경험하는 것보다 뭔가 새로운 게 더 좋은 게 어딘가 있을 거다."

_황상민, 연세대 심리학과 교수

"문제는 여전히 한국 사회가 상하 남의 눈을 의식하고 그런 사회기 때문에 이것들이 괴리가 있다는 거죠. 남의 눈을 의식한다든가 남의 기준에 따라서 내가 그럴싸하게 보여야 된다는 거. 그런 면에서 볼 때 한국 사회는 되게 척박하죠, 자원이라는 게 없고 반면에 욕심은 엄청나게 많은 사람들입니다."

_ 이명진, 고려대 사회학과 교수

한국 사람들이 욕심 많다는 말은 부인하기 어렵다. 욕심 때문에 교육열도 높아졌고 출세도 했고 부자도 되었다. 현실에 만족하지 않고 끊임없이 욕구를 충족시키려는 한국인의 특성은 짝을 찾는데도 나타난다. 상대방에 대한 높은 기대치를 가지고 짝을 찾고 결혼을 한다. 결혼 후에는 그 기대감과 욕구를 포기하지도 않는다. 현실을 인정하고 만족하며 불만 없이 살아가는 사람들은 드물다. '당신은 지금 사랑하는 사람과 행복하게 살고 있습니까?' 이 질문을 하면 그렇다고 대답할 수 있는 사람이 몇 명이나 될 지 의문이다. 결혼이 유효기간이 있는 것이 아닌데 왜 짝은 균열이 오고 부부 생활은 황폐해져 갈까? 앞에서 살펴 본 자동차 회사 생산직에 근무 중인 6년 차 부부의 일상도 그렇게 균열이 오고 있다. 여자는 5살 난 아들을 돌보며 알뜰하게 살림하고 남자는 힘들지만 성실하게 생활하며 오로지 회사와 집만 왔다 갔다 하고 있다. 겉으로 보이는 그들 부부는 열심히 살아가는 대한민국 젊은 부부들의 모습과 흡사했다. 그러나 그들의 곁으로 들어가 카메라를 들이대 보면 소리 없이 신음하고 병들어 가고 있다. 그 모습은 안타깝고 많이 아프다. 그것이 어쩌면 대다수 부부들이 처한 현실이라 생각되었다.

interview 3

짝의 균열에 대한 어느 아내의 고백

"당신과 나는 피장파장
서로에게 준 상처와 슬픔과 모욕을 되뇐들 무슨 소용..."

대부분의 좀비형들은 죽도록 사랑해서 짝을 맺었다고 주장한다. 캠퍼스 커플로 7년을 연애해서 결혼한 박OO씨도 그런 연인들이었다. 남들이 부러워하는 오랜 공인 커플로 그대로 결혼도 했으니 그들의 금실은 변함이 없을 것이라고 굳게 믿었다. 그러나 지금은 대화 없는 부부가 되어 있고 심각하게 이혼을 고려하고 있다.

"저희 신랑도 이런 상황을 힘들어하고 저도 힘들어하는 건 저희는 서로 너무 너무 사랑을 해봤으니까. 우리는 그렇게 사랑할 수 있는 사람들이었는데 변해 있는 이 모습이 굉장히 속상한 거죠. 신랑도 속상하고 저도 속상하고 우리가 왜 이렇게 됐을까? 예전에 그 모습을 생각한다면 지금 저희가 이런 모습으로 지내는 건 상상도 못해요. 이렇게 서로 대화를 잘 못하고 서로 원망할 줄 몰랐죠."

그녀는 지금 유치원 다니는 아들을 돌보는 전업주부이고 남편은 금융 회사에 다니고 있다. 겉보기에는 문제 없어 보이는 젊은 부부다. 그러나 그녀의 일상은 무너져 있다. 사랑을 믿고 짝을 이루었는데 남자는 변했다. 그녀는 그 현실이 매우 혼란스럽다.

"생활적인 것들은 전혀 부족한 게 없는 사람인데 너무 공허한 거예요. 왜냐하면 인생은 그런 게 아니잖아요? 사는 게 내면적인 거, 감정적인 게 너

중요한 거잖아요. 그게 채워지지 않는 거죠. 그게 애초부터 안 그랬음 괜찮은데, 됐었어요. 신혼 초까지도 됐었고 연애하는 그 오랜 기간 동안 됐어요. 이 사람은 내 평생 도반道伴이 될 수 있는 사람이라고 생각해서 결혼했어요. 근데 변하는 거죠."

어디서부터 짝의 균열은 오고 있는가? 그토록 사랑해서 만나 결혼하면 부부 문제는 모두 남 일이라고 믿었다. 그녀는 둘 사이에 왜 틈이 벌어졌는지 이해할 수가 없다. 객관적으로 보면 남자나 여자나 아무 문제가 없어 보인다. 여자는 육아에 집중하고 남자는 일에 몰두하는 생활이 반복되었을 뿐이다. 그것이 그들 사이를 위태롭게 만들었을지 모른다고 여자는 생각하고 있다.

"근데 너무 너무 죽어라 일시키는 것도 문제인 것 같고 사장이 바뀌었는데 사장이 그랬대요. 죽도록 일 하라고. 열과 성을 다해서 죽도록 일 하라고 했대요. 그렇게 너무 너무 일을 많이 하는 거. 신랑이 요즘에 힘들어하는 게 집에서 자기가 설 자리가 없단 거예요. 회사에서 너무 시달리다 너무 늦게까지 일을 하다보니까 아이한테도 아빠의 자리가 적어지고 저하고 얘기할 시간도 없고 그러니까 내가 이렇게 일을 해서 내 인생에 남는 게 뭐지 하는 생각이 들더래요. 진짜 자기 인생의 꿈이 없어지는 것 같아서 우울해 하더라고요. 신랑이 이놈의 회사는 일을 너무 많이 시켜서. 아침에 8시까지 출근해야 되니 6시 50분에 나가거든요. 한 달 | 내내 주말에 출근도 계속 하니까 거의 신랑하고 얘기할 수 있는 시간 자체가 없고 낮에 문자 보내거나 통화하거나 전화하면 회의 중이니까 전화를 못 받는 경우가 많고 얘기할 시간이 없어요."

"아침에 출근 잘 했어? 오늘 늦어? 하고 전화해요. 점심에도 전화해요 점심 먹었어? 오늘 약속 생겼어? 물어봐요. 저녁 오후에 한 번 더 전화해서 오늘 늦게 와, 일찍 와 계속 물어보는 거야. 신랑은 일하면서 짜증이 나는 거예요. 난 당신을 기다리느라 그러는 건데 왜 내 전화를 그렇게 싫어해? 전 그러는 거고 신랑은 몰라 언제 끝날지 몰라. 나도 일찍 가고 싶은데 어떻게 될지 몰라 하루 이틀 계속 반복되니 짜증난 거고 저도 회사로 전화 안 하고 이젠 체념하고 그래 결혼하면 애들 보고 사는 거지 사랑은 무슨. 사랑이 어디 있어 이 세상에 사랑이 어디 있어 부모 자식 간의 사랑 말고 사랑은 없는 거야 이렇게 제가 체념하고 사랑에 대한 기대를 버린 거죠."

그렇게 결혼 5년이 지나고 나니 소문난 캠퍼스 커플 출신인 그들도 심각하게 이혼을 고민하는 지경까지 왔다. 사랑에 대한 흔적은 여기저기 흩어져 버리고 말았다. 지금은 사는 게 사는 게 아닌 모습으로 그저 좀비 부부처럼 메마르고 스산한 길을 가고 있다. 사랑은 어디로 샜고 인생은 어디서부터 꼬여간 것일까?

달콤한 구애와 짝짓기가 끝나면 남자들은 둥지를 지키는 기계가 된다. 돈만 벌어 와도 별로인데 돈도 제대로 못 벌어오는 남자들의 처지는 급속도로 딱해진다. 한국의 남자들은 가정보다는 일에 승부를 거는 일이 빈번하다. 우리 주변을 돌아봐도 일벌레 근성은 쉽게 발견된다. 그러나 공개적으로 드러내 놓고 가정에 잘하는 것을 소문내는 남자들은 드물다. 그렇게 일이 우선시 되는 사회환경을 고려해 보면 집에서 오로지 가족만 돌보는 것이 전부인 아내가 힘들어하는 것도 이해가 된다.

"왜 그렇게 처음에 서로 뜨겁게 사랑하고 항상 같이 붙어 있으려고 했던 두 사람이 어느 순간부터 가까이만 가더라도 서로 역방향으로 피하려고만 하는 그런 사람이 되게 되었을까. 그건 결국에 상대방 존재에 대해서 호기심이 떨어졌기 때문에 그렇지 않느냐 라고 하는데 그런 분일수록 상대방에 대해서만 호기심이 떨어진 게 아니라 자기 자신에 대해서도 호기심이 없어요. 우리는 재밌게도 실제로 달라진 사항 속에서 이전의 내가 이 사람을 봤을 때 가장 좋아했던 그 조건이 그대로 유지되기만 기대하는 거죠. 이전에 멋진 외모로 인해가지고 서로에게 매력을 느꼈다면 지금은 상대방에 있어 다른 걸로 매력을 느끼는 것이 무엇이 있을 수 있는가에 대해서 관심을 두지 않는다는 거죠. 그건 사실 생활에 쫓기다보니까 남자는 바깥일 하고 여자는 애 키우고 이러니까 그렇지 않겠습니까? 라고 하는데 그것이 한국인의 결혼 생활에서 바로 가장 전형적인 약간은 이기적이고 자기 자신 위주로 짝이나 결혼 생활하는 상태에서 나타나는 현상이라는 거죠. 그래서 대부분의 결혼한 커플들 같은 경우 남자들 같은 경우 회사 일을 핑계로 끊임없이 거기 몰두하고 여성들 같은 경우 결혼하게 되면 자식을 잘 키운다 또는 자식 키우는 게 힘들어서 라는 핑계로 거기 몰두하게 되거든요. 아내의 자식교육이라는 핑계는, 그것이 가장 사회적으로 수용 가능하고 남들에게 있어 번듯한 이유가 되거든. 그런데 두 사람이 새롭게 감정을 공유하고 서로에게 있어 호기심을 찾아나가는 거. 처음부터 학습해 나가는 공동학습이란 자체에 대해서는 우리는 생각조차 안 하고 결혼생활을 시작한다라는 거죠."

_황상민 연세대 심리학과 교수

interview 4

포장마차에서 만난 남자들 '짝'에 대해 말하다

남자1 우리 나이 또래 이혼 잘 안 한다고. 같이 살기 힘들어도 같이 살려고 하지. 우리 인생은 희로애락 아냐? 아무리 아름다워 보이고 멋있어 보여도 그 집안에 장롱 문 열면 그 사이에 한두 가지 애달픈 사연 다 있는 거야. 그걸 서로 보듬어주고 서로 격려해주고 그런 게 짝이지.

남자2 난 집에 들어가면 술 먹고 들어가면 와이프가 나한테 어쩌구 저쩌구 바가지 긁어도 솔직히 행복해. 와이프 자다가 와이프 코에 땀 흘리면 내가 입으로 빨아줘. 이뻐서.

남자3 그 여자를 암만 예쁜 여자가 있어도 쳐다 보면 안 되지. 가끔 바람이야 피지만, 하하하. 저 분명히 인정합니다. 저 와이프한테 잘 한 적 없지만 내 이 가정과 내 자식들 위해서 지금까지 잘 이끌어 주고 지켜준 와이프에 대해서 고마운 걸 떠나서 가슴 뭉클함을 느낍니다. 내가 늘 기회가 없었어요. 늘 와이프한테 싸가지 없이 하거든. 전 대한민국 오천만 인구 북한 이천만 인구와 중국 15억 인구 대표해서 제가 하는데… (너무 세게 나간다. 하하하) 나의 와이프 이름이 오영희입니다. 내게 해준 거에 대해서 고맙게 생각하고 내 죽는 날까지는 지키고 싶고요 사랑하고 싶습니다. 오영희, 너 나를 지켜준 만큼 내가 널 지켜줄게.

남자4 남자들 방이 몇 개 있어요. 방이 몇 개 있는데 하나는 아내와 생활하는 방이 있고 또 하나는 친구들과 생활하는 방이 있고 또 하나는 직장에 동료들과 생활하는 방이 있어요. 근데 그 방방마다 하는 역할들이 다 틀려. 근데 그 어느 방도 중요하지 않은 방이 없어요. 우리 나이에 있는 사람들은 그 방이다 다 중요해. 굉장히 중요해.

_우신고 동창회 모임 뒤풀이에서 만난 49세 남자들

짝 의
회복을 위하여

추민수 부부의 파란만장 결혼생활 극복기

결혼 21년 차 벨리댄서 추민수 씨는 대전의 유명인사다. 이 세계에서는 모르는 사람이 없다. 여자는 화려하고 자유로워 보이는 유명 벨리댄서이고 남자는 보수적으로 보이는 은행의 부지점장으로 일하고 있다. 이미 갈등이 예정되어 있는 것처럼 그들 부부의 결혼 생활은 순탄하지 않았다. 남편은 유명한 아내로 인해 대단한 스트레스를 받아왔다. 그러나 주변인의 우려와는 달리 지금 그들 부부는 잘 살아가고 있나. 겉보기에는 유리알 부부처럼 위태로워 보이는 그들 부부가 무너지지 않는 이유는 무엇일까? 그들 부부는 무슨 말을 할 것인가? 추민수 씨의 남편을 만나 보았다.

"지금 저보다는 우리 집사람이 더 유명인이고 대전에서 많이들 알고 있어서 저도 덩달아서 사람들이 많이 알아보기도 하고... 다른 건 다 관계없어요. 추민수 남편으로 살던 전혀 따지지 않습니다. 제일 중요한 건 집에 없다는 거. 그게 제일 문제지, 추민수 남편으로 살아도 관계없을 것 같아요. 집에 없다는 거. 퇴근하면 집에 좀 있고 했으면 좋겠는데 그게 제일 힘든 거죠. 우리 부모님 밥 잘 안 차려 주셨거든요. 바쁘시고 먹고 살기 위해서 일 다니느라 힘드셨으니까. 제가 우리 처형들 만나면 그런 이야기해요. 전 이 사람한테 불만이 무지 많은 사람이라고. 밥을 안 차려준다고 밥을! 미치겠다고. 제가 결혼하면 절대 나의 안 사람 되는 사람은 밖에서 일하는 걸 절대 안 시켜야 되겠다. 집에서 애들 가르치고 남편 내조하고 이런 걸 되게 바랬었거든요. 지금 현실이 너무 바뀌어 있어요."

_남편 박현배, 은행 부지점장

화려하고 유명한 아내와 전통적이고 평범한 남편. 벨리댄서와 은행 부지점장. 정상적인 퇴근과 늦은 귀가. 대조적인 라이프 스타일만 고려해도 남자는 평소 스트레스를 많이 받았을 것 같다.

"우리 가족 먹고 살 수 있는데 왜 이렇게 힘든 일을 하는지, 학원 운영하면서도 남들은 쉽게 이야기해서 경제적으로 돈도 많이 벌고 한다고 할수 있겠지만 그렇지 않거든요. 본인 의생이라고 봐야 돼요. 그리고 본인이 좋아하는 거니 하는 거죠. 어쩔 때는 뭐라고 그럴까, 쉽게 얘기해서 좀 짜증난다고 할까요. 아예 망해서 문을 닫았으면 좋겠단 생각도 그런 생각도 해본 적 있어요."

_남편 박현배

그녀는 결혼 10년 생활 중 어느 날 갑자기 벨리댄스를 제대로 배우 겠다고 아예 남편과 두 아들을 두고 홀홀단신 터키로 갔다. 집에서 살 림만 해주기 바라던 남편에게는 결코 원하지 않는 시나리오였다. 그리 고 터키에서 돌아와 본격적으로 벨리댄서로서 활동하면서부터는 남자 에게는 더욱 큰 고통이 되었다.

"그 당시에는 생각 안 했던 것 같아요. 오로지 벨리 생각만 했던 것 같아. 남자가 혼자 남겨져서 독수공방하는 그런 건 생각 못해봤던 것 같아요. 오히려 자유롭고 좋지 않나? 전 항상 가정이 최우선이고 제가 일에 매진 해서 하면 집안도 밝아지고... 내가 행복하면 가정도 행복하겠지. 그리고 행복을 전 일에서 찾으니까."

_아내 추민수

한쪽 짝의 입장에서 보면 추민수 씨는 이기적인 선택을 해왔다. 하 지만 그녀의 입장에서는 벨리댄스를 하지 않으면 병이 날 것 같았고, 실 제로 몸이 아프기 시작했다. 그렇다면 남편의 입장은 어떨까?

"반대 많이 했죠. 반대 안 하면 이상한 거죠. 졌어요. 그때 졌어요. 제가 결정적으로 진다고 했잖아요. 이거 방송 촬영도 제가 안 한다고 했거든 요 분명히. 제가 안 한다고 했어요. 그런데 앉아 있죠 제가 지금? 하하. 다른 거 사소한 건 제가 이기는지 몰라도 이긴다면 좀 어폐가 있는지 모르겠지만 결정적인 거 본인 하는 거 있잖아요. 이런 거 하는 건 제가 많이 지는 편이고...

_남편 박현배

누구나 결혼 전 가졌던 이상과 결혼 후 부딪히는 현실은 차이가 있다. 추민수 씨의 남편은 밥 잘 해주는 아내를 원했지만 현실에서는 아내를 기다리는 남자가 되어 있다. 추민수 씨는 열정과 노력으로 실력을 인정받고 나름 유명인사가 되었다. 하지만 짝에겐 그 모든 과정은 고통이었다. 밤 늦도록 술 먹고 집에 오는 아내를 바라보는 남편의 마음이 편안할 리 없었을 것이다.

전 항상 가정이 최우선이고

남편 저도 이해를 못하는 건 아닌데 밤에 술 먹고 사람들 만나서 학원이
끝나고 사람 만나면 11시고 1시고 들어와요 집에. 그러면 제가 안자고 기
다려요. 저 못자요 성격이. 못 자고 기다리고 있다가 그때부터 언성이 높
아지고 그럴 때가 있죠. 쉽게 이야기해서 때려 쳐! 그만해! 얘기가 나오고
그런 게 너무 너무 싫었어요 진짜로. 술 먹으면 1차, 2차, 3차 좋아해요.
그런 것들이 너무 너무 싫었어요. 술 먹고 이렇게 좀 주부가 어느 정도
시간 되면 중지하고 먼저 이야기하고 와야 되잖아요. 그게 아니라 본인
이 주동해요. 하하하... 주동해서 다른 사람들까지 못 가게 하는 거야. 근
데 집에 와서 하는 이야기는 뭐냐 하면 누가 자꾸만 먹자고 해서 먹었단
거예요. 근데 제가 그런데 참석해보면요 본인이 원샷 하고 막...

아내 이미지 큰일 났네.

추민수, 박현배 부부는 짝을 맺은 지 20년이 되었다. 처음 그들은
연애결혼을 했고 나름 어렵게 결혼 생활을 시작했다. 현재는 그들의 일
과 가정은 안정권에 접어들었다. 그러나 그 과정은 나름 지난했다. 결혼
하고 그들은 취향이 다른 만큼 많이 부딪혔다. 그러나 결혼할 때만해도
남자는 여자에게 큰 믿음을 주었다. 남자의 자신감은 여자로 하여금 집
안의 반대를 무릅쓰고 그 남자와 살 수 있도록 하는 힘이었다. 부부는
단돈 30만 원을 가지고 신혼살림을 시작했다.

남편 옛날에는 집사람하고 저하고 30만 원 가지고 시작한 것 같아요. 30
만 원 가지고 시작했는데 지금은 많이 벌어 놓은 건 없지만 먹고는 살잖

아요... 그때 아기 가졌는데 이게 뭐 임신하고 그러면 여자들이 뭐 먹고 싶어 하잖아요... 지금 생각나는 게 한 번은 아내가 사과를 먹고 싶어서 천원에, 그때 당시 천원인가 얼마인가 썩은 걸...

아내 천 원에 좀 많았어요. 8개인가?

남편 많았다고 하더라고요. 그걸 천원에 썩은 걸 그걸 사다가 먹었다고 하더라고요.

어려울 때 그녀의 짝은 정서적으로 가장 큰 힘이 되어 주었다. 남편이 존재한다는 것은 그녀에게 든든한 병풍이 되어 주는 것이라고 했다. 지금도 그녀에게 버팀목이 되어 이해해 주고 참아주는 것은 남편이다. 그리고 현실이 어려울 때마다 두 사람은 서로를 도왔다. 추민수 씨는 학원을 하면서 크고 작은 위기를 겪을 때마다 남편의 도움을 받았다. 얼마 전에도 추민수 씨는 학원 일을 하면서 큰일을 겪었다. 외국에서 힘들게 사 온 수천만 원 상당의 벨리의상을 믿었던 사람에게 도난당하는 아픔이 있었다.

"집사람은 항상 그래요. 지금도 그때 말 하거든요. 당신 없으면 난 죽었을 것 같단 말 많이 하거든요. 저도 그렇더라고요. 제가 힘들고 할 때는 집사람 찾게 되고 전 그런 사람에 대한 상처나 그런 거 되게 마음이 약하거든요 강해 보여도, 옆에서 계속 따라다니면서 잘 될 거야. 괜찮아, 괜찮아. 잘 될 거야. 그때 그 고마움... 나쁜 일 겪을 때마다 그내 생각이 나는 거예요."

벨리에 대한 추민수 씨의 열정 때문인지 지금도 그녀는 남편에 대하여 소홀하다는 생각이 든다. 그럼에도 불구하고 그 가정은 평화가 유지되고 있다. 그 이유가 궁금했다. 그런데 남자를 만나고 보니 가정의 평화는 상당 부분 남자가 잘 하고 있어서 그런 것이라는 생각이 들었다. 남자의 관점에서 봐서 그런지 상대적으로 남자가 매우 괜찮아 보였다. 남자는 자상하고 이해심이 많아 보였다. 일요일 아침마다 빨래를 하는 것은 남편의 몫이다. 그것도 손빨래를 하고 있다. 결혼 생활 내내 늘 하던 것이라 어색하지 않다고 한다. 아내는 밥을 하고 남편은 빨래를 하는 집안 풍경에서 답을 보았다. 부부에게는 사랑하는 정서뿐만 아니라 어려운 일을 함께 겪으면서 만들어진 두 사람만의 역사가 있다. 이제 20여년이 지난 지금 초라했다고 말하고 있는 그들의 둥지는 가장 견고한 성이 되어 있다.

아내 결혼기간 연애기간까지 합쳐서 그 많은 세월 23년 동안 그렇게 힘들게 하나하나 순가락 하나까지 서로 상의해서 바꾸면서... 아무튼 화장품도 안 써가며 그렇게 이루어온 어떤 성城... 화려한 성은 아니지만 소박한 성을 욱하는 것으로 무너뜨리고 싶지 않은 게 지금 결혼생활을 하는 이유가 아니었을까? 사실 모범적인 가정인지 아닌지 전 자신은 없어요.

남편 20년 서로. 이런 일 저런 일 다 겪으며 살았는데 그때보다는 정이라는 게 더 무서운 것 같아요.

　요즘도 두 사람은 가끔 술잔을 기울인다고 했다. 대화도 자주 갖는다. 지난했던 그들의 과거는 좋은 술안주가 되어 주곤 한다. 술 잘하고 호방한 추민수 씨와 이해심 많고 자상한 남편이 만들어 가는 하모니는 당분간 이상 없을 듯하다. 사랑만으로 만나 하나하나 그 어려움을 견딘후 마주 선 부부의 모습은 보기 좋았다. 설령 그들이 우리에게 보여 준것이 유리창 속 부부 모습이라도 난 그들의 진심을 믿는다. 그리고 진심으로 그 부부의 행복을 기원한다. 인생은 부서지기 쉬운 것이기에 그리고 부부는 더 부서지기 쉬운 존재이기에 지금까지 결합하여 존재하는 것만으로도 축복받을 이유는 충분하다.

　누구나 짝이 되는 순간은 장밋빛 미래를 그릴 뿐 앞날을 비관하지 않는다. 지금 안정되어 보이는 짝에게도 반드시 위기의 세월은 존재하게 된다. 똑같이 사랑해서 결혼했는데 어떤 사람은 틈이 벌어진 채로 살고 어떤 사람은 짝다움을 유지하고 있는 이유는 무엇일까? 어떤 짝은 좀비가 되고 어떤 짝은 좀비가 되지 않은 이유는 무엇일까?

"연애했을 때 뜨거운 감성과 결혼 생활에서 뜨거운 감성이 같을까요. 다를까요? 전형적으로 결혼하기 전과 결혼한 후가 완전히 상황이 달라졌음에도 불구하고 과거 연애할 때 감성이 그대로 유지되어야 한다고 믿는다면 어리석은 일이죠."

"대부분 결혼하고 나면 사람들은 그 사람의 내면의 에센스가 무엇인가 알려고 노력하지 않게 돼요. 상대방에 대해서 비난하지 않고 그 상대방에 대해서 저 사람이 참 훌륭한 사람이야. 나하고 다른 뭔가가 있는 사람이야 라는 약간의 존경의 마음을 가지고 있을 때는 좀비 상태에 빠지지 않아요. 그러니까 사실 짝이 되려고 할 때 저 사람이 내 마음을 울리는 무엇이 있는가 한번 조금이라도 생각하고 그것은 내가 평생 누구에게도 뺏기지 않는 보물로 내 마음속에 간직하겠다는 생각만 있다면 좀비로 갈 수 있지 않게 되는 조금의 방책이 될 수 있겠죠."

_황상민, 연세대 심리학과 교수

만물의 짝이 있는 이유는 종족 번식만은 아닐 것이다. 사랑의 힘은 강하고 무섭다. 우리 모두는 사랑이 만들어가는 행복한 세상을 꿈꾸고 있다. 그러나 현실은 전사처럼 싸우고 있다. 짝에 대한 배려는 희박하고 불평불만은 폭발한다. 짝이 아닌 자식을 향한 집중과 애착도 강해져 간다. 짝을 향한 불친절한 한국인 특유의 역사는 지속되고 있다.

지금 이 순간 짝이 던지는 화두는 단순하고 명쾌하다. 짝이 건강해야 가정도 사회도 평화롭다. 지금 내 곁에 있는 바로 그 사람이 내 운명이다. 우리들의 인생은 순수하고 황홀한 짝짓기의 처음처럼 끝날 수는 없는가? 당신은 지금 가장 소중한 짝에게 희생과 배려와 사랑을 베푸는 것을 잊고 살지는 않는가? 짝의 노래는 그렇게 되돌아가고 있다.

우리에게 짝은 부족한 반쪽을 채워주는 사람이다.
그래서 짝은 또 다른 나의 얼굴이다.
봄, 여름, 가을, 겨울. 짝과 함께 계절도 바뀐다.
지금 당신은 짝과 함께 어디쯤 와 있는가?
가장 가까이에서 당신의 반쪽이 되어주고 있는 짝에게
어떻게 해주고 있는가?

 - 〈짝〉 내레이션 中

이용희 할머니의 망부가

"그이가 보고 싶어요.
매일 아침 눈 뜨면 그이가 있고
밥 달라는 어린아이처럼 그렇게 기다렸고
술 익은 얼굴로 그렇게 뭐라 했어도
그 모습 보지 못하는 지금은
나 힘들게 하루를 지내고 있어요.
보고 싶어서..."

그날도 아침 7시 숙소에서 나와 촬영지로 가고 있었다. 졸린 눈을 비비고 창가를 내다보는데 시골 버스정류장 근처에 꽃상여가 멈추어 있었다. 영구차를 보면 그날 재수가 좋다는데 오늘은 검은 영구차는 없고 꽃상여만 놓여 있다며 무심코 지나쳐 갔다. '요즘 세상에 상여가 있네' 그리고 500미터를 달렸을까? '어어 나는 뭐하고 있는 거지? 저 거 저 거! ...기장님 차 돌리시죠!' 그렇게 우리는 다시 꽃상여 근처로 돌아왔다.

모든 사물에는 중심이 있고 여기 이 자리에도 주인공은 있을 것이다. 꽃상여의 주인공은 누구이고 무슨 사연이 있을까? 죽음이 있는 곳에는 이별이 있다. 장례식이 있는 날 누군가는 이별을 위해 안타까운 울음을 토해 낼 것이다. 한 사람이 가고 나면 한 사람은 머문다. 지금 짝을 잃고 슬퍼하고 있을 누군가가 있을 것이다. 조심스럽게 꽃상여의 주인공을 여쭈어 보았다. 그 마을에 사는 80세 된 박상복 할아버지였다. 지병이 아닌 오토바이 교통사고로 갑자기 돌아가셨다고 한다. 그의 짝이 이용희 할머니였다.

그들은 40년을 함께 살아왔고 삼남매를 두었다. 짝으로서 언제나 당연하게 그 자리에 그 남자가 있었고 그 여자가 있었다. 그런데 어느 날 갑자기 그 자리가 비게 되었다. 짝을 떠나보내던 날 마을에는 상여소리가 울려 퍼졌고 상여 따라 짝을 잃은 아내의 통곡소리가 이어졌다. 남편의 마지막 가는 길을 붙잡고 아내는 두 번 절을 하였고 조용히 울음을 삼키다 이내 통곡하고 울었다. 망자가 늘 오갔던 길을 꽃상여가 지나갔다. 그리고 집에서 제를 지낸 후 곧장 상여는 산으로 향했고 이용희 할머니도 그것을 따라갔다. 그렇게 할머니는 할아버지 가는 길을 마지막으로 지켜보았다. 짝을 영원히 떠나보냈던 하루가 그렇게 갔다. 이용희 할머니는 이제 혼자 남겨졌다. 함께 밥을 먹고 함께 농사를 짓고 함께 잠을 자던 특별한 관계가 죽음으로 종료되었다. 남자는 가고 여자는 혼자 남았다. 장례를 치룬지 사흘째 되는 날 할머니는 삼우제를 치렀다.

실감은 나세요? 할아버지가 돌아가신 게...
아직은 잘 몰라요. 당황해서 아직은 무슨 실감이 나는지 아직은 몰라요. 아직 내 마음에 갈피를 못 잡았으니까. 근데 막상 저렇게 되니까 미워하는 건 다 가셨어요.

살아있을 때는 하루에도 몇 번씩 미워하다...
미워할 때가 있죠. 안 그렇단 건 거짓말이지. 미워할 때가 있죠. 그런데 저렇게 막상 가시고 나니 미움이란 게 나 사라지고 내가 못한 것만 떠오르지 되풀이가 되고 떠오르고...

할머니가 못하신 게 뭐 있으세요? 할아버지한테...
못한 게 많죠. 왜 논두렁두 안 깎느냐? 왜 이렇게 오토바이 자주 타고 댕

기느냐? 항상 근심이 되니까. 오토바이 타면 근심이 되니까... 돌아보면 아무리 웬수거니 싸우고 지져도 가장만 못해요. 아무리 그래도... 두 내외 살면서 영감 할머니는 다툴 때도 있지만 마음은 서로 믿거라 하죠. 자식한테 그렇게 못하거든요. 할 말을 많이 못해요. 그저 참아요. 그때서 깨우치는 거지. 두 내외 이렇게 살다가 잘했네, 못했네 그거 인생에 살아가면서 아유 내가 뭐 해야지 오늘은 어느 거 해야지 정신 쏠리고 그냥 서로 서로 챙겨주는 그 시간이 별로 없었어요. 일에만 허둥대다 보니 챙겨주지 못했는데 이제 막상 저렇게 가니까 그때서 이제 그게 떠오르죠. 그게 그때서...

　　이제 미안함과 애틋한 마음을 받아 줄 짝은 곁에 없다. 짝이 없어지고 나서 그 존재의 소중함을 알게 된다. 그렇게 짝을 영원히 보냈지만 남은 사람에게 일상은 변함이 없다. 부엌에는 다시 된장찌개가 끓고 있고 밥상 위에 하얀 밥이 올라온다. 삶은 모질고 단호하다. 배고픔이 밀려오고 삶의 허기가 채워지다 보면 자신도 모르게 또 그렇게 삶은 반복되고 있다. 이용희 할머니가 다시 일을 하러 고추밭으로 갔다. 두 사람이 함께 일하던 고추밭은 할머니가 짝과 함께했던 마지막 장소가 되었다. 그때 할아버지는 고추밭에 줄 비료를 사러 갔다가 변을 당했다. 늦여름 그 동안 거두지 못한 고추 때문에 할머니 일상은 바쁘게 가고 있다. 해질 무렵 무거운 고추를 실어 나르며 할머니는 하루 노동을 마감하고 있다. 그 곁에는 늘 있던 남편이 없다.

"이제 바퀴하고 나하고 짝을 맞추어야지 뭐... 이제 오면 할아버지는 얼른 집에 가 저물어. 얼른 가 그랬지 뭐. 아 왜 이렇게 재촉을 하오? 갈 때 되면 어련히 가려고? 왜 이렇게 재촉을 하나 그랬지요."

집으로 돌아오는 길에 할머니는 할아버지가 즐겨 부르던 18번 노래를 부르고 있다. 그 노래를 부르다 할머니는 끝내 다시 울음을 터트렸다.

"아무리 여느 노래는 잊어버려도 내가 그걸 내 가슴에 품고 가야지... 왜 이렇게 날 힘들게 해. 고추를 따면 연실 지어가고 연실 가져오고 했는데 이제 고추를 따면 누가 가져 가냐고 누가 술을 갖다 주냐. 고추 따면 수레 가져와서 고추 가지고 가고 그러더니 나는 이제 어쩌라고..."

이용희 할머니의 망부가는 그렇게 끝이 났다. 어느 날 갑자기 짝을 잃은 여자의 울음이 애처로웠다. 짝의 부재가 있고서야 비로소 짝의 소중함과 그리움이 더 절실할 수 있다. 그러나 삶은 지속되고 현실은 회피할 수 없다. 밥을 먹고 일을 하고 잠을 자다 보면 그 슬픔과 고통은 잊혀져간다. 언젠가 짝을 잃는 것은 인산의 숙명이다. 짝을 잃은 후에도 잘 살다 가는 것이 먼저 보낸 짝에 대한 예의가 아닐까.

나는 이제 어쩌라고...

좋은 짝이 되기 위한 준비는 되어 있는가?

하루의 은혜를 모르고 숨 쉬는 행복을 경시하고 살았어요.
지금의 남편은 내게 미소를 만들어준 사람이에요.

    - 강도하, 〈위대한 캣츠비〉中

2011년 한국인에게 짝에 대해 화두를 던져 보려는 이유는 분명하
다. 짝에 대한 배려에서 오는 만족만큼 큰 행복은 없기 때문이다. 그러
나 한국인이 자신의 짝에 대해서 과연 소중하게 대하고 있을지는 여전
히 의문이다. 좋은 짝이 될 준비도 조건도 소수의 사람에게만 열려 있
다. 한국의 가정과 가족은 무방비 상태로 사회문제에 그대로 노출되어
있다. 가족은 사회 구성 요소의 근간이다.

"사실 최근에 사회적 쟁점이 되고 여러 가지 형태의 사회문제는 직간접적
으로 가족과 연관이 있다. 예를 들면, 자살, 이혼, 노인부양, 출산, 양육 같
은 중요한 문제가 가족의 기능이 약화되고 변화됨에 따라 발생하는 경우
가 많다. 가족의 유대와 강제가 약화됨에 따라 가족 구성원 사이에 결속
력이 약해지게 되었다. 아울러 가족의 경제 활동의 단위와 복지의 기제
로써의 기능이 약화됨에 따라 여러 가지 형태의 문제가 발생하고 있다."

    _이명진, 고려대 사회학과 교수

지금 한국은 이혼이나 비혼, 만혼 기타 여러 가지 문제로 가정이 흔들리고 있다. 안정적인 짝에 대한 가치관이나 정서는 급속하게 변하고 있다. 한국인의 기질과 문화적 토양을 바탕으로 짝에 대한 인식의 변화를 모색할 때다. 좋은 짝이 되기 위한 조건은 무엇인가? 사회 저명인사의 삶도 필부필부의 삶도 짝의 관점으로 보면 우열을 가릴 수 없다. 짝으로 인해 행복하게 오늘을 웃을 수 있는 삶이 있는가 하면 누구는 짝 때문에 오늘도 고해의 바다를 건너고 있다. 인간의 삶에는 정답이 없다. 좋은 짝이 되기 위해 열심히 살아갈 수밖에. 이제 5년 된 짝은 더 살아봐야 알고 10년 된 짝은 더 고생해봐야 하고 20년 된 짝은 새로운 기쁨을 찾아야 한다. 여기 짝으로 살아온 지 49년 된 부부가 있다. 가야금 명인 황병기 선생님과 소설가 한말숙 선생님이다. 아내가 5살 연상이다. 그들은 여자는 대학생이고 남자가 고등학생일 때 가야금을 통해 만나고 인연을 맺었다. 자식들은 세계적인 석학이 되어 탄탄한 명문가가 되어 있고 부부금실 역시 이상 없다고 한다. 아내는 본인이 죽으면 남편이 재혼하지 말아달라고 인터뷰 했던 적이 있다. 지금도 아내는 아래층에 살고 남편은 위층에 산다. 세인의 눈으로 보면 이들은 특별한 방식으로 잘 살아가고 있는 유명 부부다. 짝으로 잘 살기 위한 지혜는 무엇일지 그들 부부의 이야기를 들어보았다.

"사람이 사람을 좋아하는 건 이유는 잘 몰라요 사실은. 이런 이런 이유 때문에 좋아한다고 하지만 사실 그게 전부 거짓말이에요. 진짜 좋아하는 건 자기도 왜 좋아하는지 모르는 거야... 좋아하는 것도 항상 변하는 거야. 변하는 게 자연스러운 일이지 그러면서 사는 거지... 가족으로서 좋아하는 거고. 처녀 총각 시절에 연애할 때 좋아하는 거랑 전혀 다른 것이죠. 그것을 그대로 몇 십 년 70, 80대까지 그대로 유지하기 바라는 건 착각이지. 변하는 것이 너무나 당연하고 뿐만 아니라 안 변할 수도 없는 거예요. 만물이 다 변하잖아요. 만물도 변하고 산천초목도 다 변하잖아요. 세월이 가면. 그러니까 사람 관계도 세월이 가면 변하는 것이 당연하고 변할 수밖에 없는 거고 그런 거죠. 안 변하겠다 하는 것은 어린아이들이 생각하는 것에 불과한 거야."

_가야금 명인 황병기 교수

봄 여름 가을 겨울 사계절이 있기에 한국의 풍경은 아름답다. 인생도 짝도 그런 것이다. 남자가 배불뚝이 아저씨로 변했으면 여자도 팔뚝 굵은 아줌마가 되어 있다. 그 변화를 인정하는 것이 중요하다. 살아 보니 그렇게 서로 어울리고 위로하며 열심히 사랑하고 사는 삶이 보기 좋고 아름답다.

"부부는 일심동체가 되면 안 된다는 것 밖에. 측백나무하고 사이플러스 나무가 서로 붙어 있으면 서로 그늘에 가려서 다 죽는다는 거야. 그러니까 측백나무하고 사이플러스 나무 사이에 바람이 통하도록 떨어져 있어야 된다. 그런 말을 하죠. 그러면서 조화를 이루어야 되겠죠. 요새 시대는 옛날하고 달라서 부부간에 서로 커리어를 가지려고 하잖아요. 그럴

경우에 서로 인정하고 서로 떨어져서 서로 존중하고 상대방을 인정하고
그런 것이 중요하지 않을까 생각이 들어요."

_가야금 명인 황병기 교수

　한국인은 나이가 많든 적든 이성을 만나 제대로 짝을 지어주어야
비로소 어른으로 인정을 했다. 그래서 짝을 지어 주는 일은 부모가 해
야 할 가장 큰 일이었고 집안의 경사였다. 짝을 지어 혼례를 올리는 순
간은 친지나 동료들의 떠들썩한 축하가 있고 당사자들은 언제나 최고
로 감성이 충만해 있다. 가장 순수한 결합일 수 있지만 가장 이기적이
고 복잡한 심리 상태일 수도 있다. 사랑과 삶은 다르기에 현실적인 조건
도 중요할 수 있다. 이래저래 짝은 인생 고민의 출발선이고 우리는 평생
짝에 대한 화두를 안고 살아갈 수밖에 없다. 짝을 찾아 살아가고 상실
하고 홀로 견디는 그 일련의 과정은 한국인의 인생관을 자연스럽게 드
러낸다. '나는 한국인이다'라는 울타리에 가두고 본 짝은 분명 인간본성
에 기초한 보편적인 내용과는 출발선이 다르다. 그 속에는 한국인의 감
정이 있고 사랑이 있고 우리들만의 이야기라는 공감대와 이해가 있다.
그곳에 우리들의 인생이 있다. 최선을 다해서 짝을 찾고 만나 살아가고
그러다 수렁에도 빠지고 때론 이별도 하고 짝 때문에 울고 웃는 인간의
삶이 지금도 파노라마처럼 전개되고 있다. 그 어디쯤에서 너와 나는 운
명처럼 만나 참 인간답게 살아가고 있다.

Epilogue
"네가 있어 다행이야"

　어느 날 눈을 떠보니 내 곁에는 중년의 여자가 세상모르고 자고 있다. 그 모습은 더 이상 푸르고 푸른 청춘의 화사한 자태는 아니다. 회상해보면 우리 만나던 그때 너와 나는 복사꽃보다 찬란했던 것만 같은데 어느새 중년의 욕심 많고 심술 사나운 아저씨 아줌마가 된 것 같아 가슴 아프다. 지금 사랑의 기억은 희미하게 지워져가고 있지만 알고 보면 우리도 광란의 사랑을 했던 것만은 분명하다. 그 흔적으로 씨를 뿌렸고 지금은 둘을 반씩 빼 닮은 새끼들을 기르느라 하루가 바쁘다. 자식을 키우느라 인생이 고달프지만 이 세상에 이들을 준 조물주의 은총에는 한없이 감사할 따름이다. 이 모든 것이 결국 내가(네가) 그때 너를(나를) 만나 둥지를 틀고 네(내) 품속으로 날마다 파고들었기 때문이다. 그 깨소금 같은 나날들이 현실에서 아등바등 싸우다보니 쉽게 잊혀져간다. 그때는 불나방처럼 맹렬하게 사랑을 위해 돌진했는데 지금은 오직 편안하게만 살고 싶어 골을 싸매고 있다. 세상에서 가장 이기적인 존재로 변해 있다. 짝을 잘 만나 한 쌍의 새처럼 즐겁게 살려고 했는데 결국 그 남자와 그 여자는 날마다 전쟁을 하고 있다. 그것이 현실이고 진실이다.

　그 현실에서 떠난 나는 매주 애정촌이라는 가상공간으로 들어간다. 애정촌은 직장, 학교, 가정, 일 등을 모두 버리고 오로지 애정에만 집중할 수 있도록 만들어진 가상공간이다. 지구상에서 유일하게 사랑만을 고민해볼 수 있는 특별한 세계다. 그 속에서 대개 애정촌 구성원들은 생애 가장 이상하고 특별한 인생경험을 하게 된다. 나는 지금 애정촌 촌장으로서 매주 사랑의 탄생을 위하여 지휘봉을 든다. 그 현장을 지켜보면서 남녀의 감정을 따라 가느라 늘 숨이 가쁘다. 매주 각본 없는 드라마를 쓰느라 심장은 타들어간다. 그렇게 짝을 찾아가는 과정은 매 순간이 새롭고 기가 막히다. 짝의 탄생을 지켜보면 너무나 흔하고 쉬운 결합도 있지만 개개인에게 그것은 파란만장한 연애사의 종합선물세트다. 누구에게나 그 모든 것이 아득한 옛날이 되고 추억이지만 본질은 변함이 없다. 그렇게 사랑은 아름답게 시작되고 짝은 오묘한 방법으로 이루어진다. 돌아보면 인간의 삶에서 짝의 탄생은 가장 황홀하고 아름다운 순간이었다. 인생의 모든 것을 걸고 그녀를 내 사람으로 만들기 위해 치열하게 노력을 했고 때로는 목숨까지 걸면서 지금의 아이 엄마를 만났던 추억이 있다. 그때는 내 청춘이 한 마리 곤충의 삶을 닮아있다고도 생각했다. 그런데 한참이 지난 후 곤충은 본연의 임무에 충실하게 번식에만 몰두하는데 우리 인간은 번식 대신 투쟁에만 몰두하는 모습을 종종 목격하게 된다. 가장 무서운 얼굴을 하고 이혼법정을 서성이는 얼굴은 묘하게도 전쟁터의 병사 얼굴을 닮아 있다. '나 혼자였을 때로 돌아가고 싶다!! ' 외치는 절규가 법정 안 가득하다. 불분명하고 혼돈에 휩싸인 결혼에 종지부를 찍기 위해 오늘도 누군가는 반드시 법정으로 간다. 짝을 만들어 행복하게 살아보기 위해 인생의 전부를 걸고 몰두했지만 내 것으로 만들고 한참 지난 후 그렇고 그렇게 사는 것을 종종 본다. 그것이 인생이고 그런 존재가 인간이다.

어느 날 애정촌에 태풍이 왔다. 비바람과는 비교할 수 없는 강력한 존재다. 힘없는 사물은 퍽퍽 쓰러지고 강인한 생명체는 어쨌든 견디고 이긴다. 새벽부터 나무는 종일 울부짖고 있다. 그 무섭다던 태풍의 한 가운데 애정촌은 모든 것이 정지되어 있는 것 같다. 그러나 남녀는 움직이고 사랑을 한다. 빈대떡을 만들어 나누어 먹고 노래를 만들어 함께 부르고 있다. 사나운 날씨에 사랑을 위해 만난 남녀가 함께 있으니 비바람이 창문을 두드리는 소리가 저절로 노래가 된다. 태풍이 가두어 놓은 집안에서 남자와 여자는 조금씩 더 친해져갔다. 이 태풍의 한가운데 왜 그 여자와 그 남자는 이 시간 그 공간에 놓여 져 있어야만 했을까? 조물주의 기막힌 운명이 없었다면 그들은 애초부터 짝이 될 수 없었다. 특별한 인연과 각별한 사연이 만나 동화를 만들고 드라마를 쓰고 영화를 찍는다. 그렇게 남자 여자는 태풍을 견디어 갔다.

태풍이 지나간 후에는 불분명하던 사물은 더욱 분명해진다. 인생도 그런 것이다. 지금 태풍이 불지만 그것은 반드시 끝이 있다. 태풍이 지나고 나면 하늘은 맑고 고요하다. 결혼 생활도 그런 것이라고 생각한다. 잠시 태풍이 불 때는 나무처럼 견디고 볼일이다. 집념과 의지의 산물이고 조물주의 선물이고 하늘이 준 인연이 바로 나의 짝이다. 그녀에게, 그에게 초창기의 창업정신을 잊고 한창 건방 떠는 게 인간의 생리고 짝의 원리인 모양이다. 잘 하려고 하지만 안 된다. 잘 알고 있지만 못한다. 그렇다면 어떻게 할 것인가? 인생에 정답은 없지만 바른 길은 있다. 측은지심 그 마음이다. 행동은 이렇게 무심하게 표현되고 있지만 마음은 시시때때로 뜨겁게 너를 생각하고 있다. 한 인간이 이 험한 세상에서 당신을 만나 그렇게 믿고 살아가고 있는데... 어쩌면 이 세상에서 유일하게 절대적으로 당신 편에 서 줄 수 있는 사람인데... 세상에서 가장 소중한 짝에게 나는 어떻게 하고 있는지 잠시 생각해보는 것만으로도 당신은 구원받을 수 있다. 참 괜찮은 남자(여자)라고 한번쯤 주문을 걸어두는 것도 좋지 않겠는가. 만물은 변하고 성장하는데 그 남자 그 여자 기대치에 흡족하지 않은들 상관없지 않겠는가. 모든 사물에는 시초가 있다. 흔들리고 혼란스러울 때는 처음으로 돌아가 근본부터 살펴보는 것이 기본이라고 생각한다. 너와 나는 어떻게 만난 사이인데 이렇게 아름다운 세상에서 전쟁을 하고 있느냐? 삶을 아름답게, 오늘 하루를 눈부시게 보내는데 있어 낭신의 존재는 소금이고 깨소금이라고 생각하며 사는 것이 행복하지 않겠는가.

이 세상에 네가 있어 다행이야.

당신의 짝은
지금 행복합니까?

초판1쇄 인쇄 2011년 12월 16일
초판1쇄 발행 2011년 12월 22일

지은이   남규홍
발행인   손현욱, 손우리

편집·디자인   엘모멘토 el momento

펴낸곳   domo books
주소   서울시 서대문구 창전동 316-2 2층
주문전화   02 3141 4935 팩스 02 3141 4934
이메일   dream-makers@hanmail.net
홈페이지   www.domobooks.co.kr
출판등록   2010년 12월 8일 제 312-2010-000055호

ISBN 978-89-965632-2-8

SBS / 짝 ⓒ SBS